出场，在节点时刻

〔卫君翔新闻评论集〕

卫君翔——著

人民东方出版传媒
People's Oriental Publishing & Media
東方出版社
The Oriental Press

图书在版编目（CIP）数据

出场，在节点时刻：卫君翔新闻评论集 / 卫君翔著. -- 北京：东方出版社, 2022.6

ISBN 978-7-5207-2728-0

Ⅰ. ①出… Ⅱ. ①卫… Ⅲ. ①评论性新闻－作品集－中国－当代 Ⅳ. ①I253

中国版本图书馆CIP数据核字(2022)第050049号

出场，在节点时刻：卫君翔新闻评论集
（CHUCHANG ZAI JIEDIAN SHIKE
WEIJUNXIANG XINWEN PINGLUNJI）

作　　者：卫君翔
出版统筹：蒋建平
策划编辑：鲁艳芳
责任编辑：杭　超
出　　版：东方出版社
发　　行：人民东方出版传媒有限公司
地　　址：北京市西城区北三环中路6号
邮政编码：100120
印　　刷：北京汇林印务有限公司
版　　次：2022年6月第1版
印　　次：2022年6月北京第1次印刷
开　　本：710毫米×1000毫米 1/16
印　　张：18.75
字　　数：252千字
书　　号：ISBN 978-7-5207-2728-0
定　　价：72.80元
发行电话：（010）85924663 85924644 85924641

谨以此书献给

热爱新闻评论事业的朋友们

序

仲呈祥[①]

卫君翔同志托人送来他的新著《出场，在节点时刻》大样，请我为之作序。我虽与君翔素不相识，但出于对新闻评论工作者的看重，于是拜读书稿，一下子便被吸引，觉早与之神交了。

君翔与我，有着类似的经历。我年轻时期，亦曾在地方党报谋过事、打过杂。不同的是，他当的是副总编、总编，我主要是写点儿新闻评论和文艺杂谈。这种经历，我极珍视。在我看来，一流的新闻评论家，当是一流的思想家。我的恩师钟惦棐先生认为评论的灵魂在“审势”——他有一篇颇为得意的力作，题目就叫《审势》。成都武侯祠里，清人赵藩总结诸葛亮的治世经验曰：“能攻心，则反侧自消，从古知兵非好战；不审势，即宽严皆误，后来治蜀要深思。”这讲的是政治，但于文化、于艺术，其理皆然。尤其写新闻评论，审势乃关键。新闻是现时发生的，但评论新闻却须审势，即审观、准确地把握好纵向的、横向的情势，也就是实事方能求是。否则“宽严皆误”，评不到位，论不及点，那就近乎胡评乱论了。而新闻评论要以理服人，最终是服人心。文化化人，评论攻心，只有着眼于坚守人类独有的精神家园，着眼于提高人的精神境界和整体素质，着眼于自由而全面的发

① 中国当代著名文艺理论家，中央文史研究馆馆员。曾为全国哲学社会科学专家咨询委员会委员，国务院学位委员会艺术学科评议组召集人，教育部艺术教育委员会副主任，中国文艺评论家协会主席，中国传媒大学学术委员会主任，南京艺术学院艺术研究院院长，中国艺术研究院博士生导师。著有《当代文学散论》《艺苑问道》《审美之旅》《“飞天”与“金鸡”的魅力》《大学影视》《中国电视剧历史教程》《自厚天美》等20余部学术专著，提出了文化功能的“氛围说、宝塔喻、引领论”和“文化化人、艺术养心、重在引领、贵在自觉”等文化建设理论主张。

展，那才堪称“攻心为上”的一流评论。也只有如此，才能分析矛盾、化解矛盾、促进和谐。读君翔的评论，大部分注重“审势”，他把这称为“大局使然”，是“党性要求”，极为可贵。从一定意义上讲，新闻评论是报纸的灵魂，代表着报纸的政治水平、政策水平和新闻学术水平。唯其如此，君翔的审势，就不只是他个人修养、学养的小事了。

新闻评论须讲时效。君翔的勤奋，令我感佩。譬如他的“南国观澜”，赴深圳、长沙文化产业考察见闻及思考，便一气写了十篇。我未读过全文（他给我拿来的是书稿的提纲和部分内容），但细品题目，便悟出其思考的锐敏与视角。要在讲时效的前提下讲审势，这就要看作者的理论学养、文化积累和哲学功底了。哲学管总，哲学通，则一通百通；哲学不通，则四处碰壁。毋庸讳言，长期以来，那种二元对立、非此即彼、好走极端的单向思维制约、影响着我们，要么把文化艺术从属于政治，用政治思维取代文化艺术思维去把握世界；要么又有意无意把文化艺术从属于经济、附庸于市场，以利润思维取代文化艺术思维去把握世界。这两种倾向都是违背客观规律的、都是片面的。君翔的那篇《以资本的力量激扬文化经济》，就题目而言，只讲了正面积极作用：但《资本论》中有名言：“资本生产对于精神生产的某些部门来说，如艺术、诗歌相敌对。”一切资本运行的最大原则都是“追求利润最大化”；而艺术即审美地把握世界的最佳境界是“超功利”。这负面的消极作用，不知君翔的评论中充分论及否？

虽未谋面，但神交既久，故君子坦荡荡，从实招来，未必言之凿凿。衷心祝愿君翔能“君子远翔”，越飞越高。

权用充序。

自序

我的评论情怀①

2000年以来，我一直坚守在报纸值班的岗位上，除了负责报纸日常出版外，还承担着撰写和组织报纸评论工作。在我获得的新闻作品重要奖项中，新闻评论居多。

评论是报纸的灵魂，版面的旗帜。马克思指出，党报必须“打着旗帜前进”。长期的新闻实践与思考，使我深刻认识到，报纸评论工作开展得好与坏，是检验一张地方党报在政治上是否成熟的一个重要标志。紧跟党的理论创新步伐，围绕中心、服务大局，是报纸权威性和引导性的使命所在。

作为总编辑，我始终警策和激励自己，以党员的忠诚、记者的责任和评论员的情怀，从党和国家工作大局出发，配合地方党委的中心任务，积极策划，并主动撰写评论，及时、适时地发出“本报评论员”的声音。从评论的立项、选题到实施全过程，我是全程主导的。回想起来，每一个系列评论的开篇多是由自己写出的。10年里，自己写出和修改的重要评论将近二百篇。

① 该序是作者参加2009年度山西省新闻系列高级编辑评审时递交的“专业技术工作总结”，原题即《我的10年评论情怀》。选用此文作该书代序时，内容上作了删改。

多少个长夜灯下，为起草一篇篇重要社评，我在沉思中送走满天繁星，西流月光；多少次黎明即起，为在上班前赶写出一篇文字而在键盘上开始思想的晨跑；为了配发评论，赶赴截稿时间，常常是舍弃了用餐和休息。我与新闻评论结成特殊的“情缘”，那种充满张力与热情的投入，几乎是在“追梦”。

翻阅多年以来的年度“述职报告”，一个关键点就是对于“评论工作”的总结。其中，我在2008年度述职报告中有这样的感言：

——“2008年，是一个极不寻常的年份。这一年，中国经历的事情太多。有权威报告评价说，2008年，中国记者经历了大考。翻阅我们的报纸，它一样承载了一个又一个重要的历史性时刻，留下了为时代立言的笔墨。”

——“围绕中心，服务大局，着力提高舆论引导水平，是党和国家赋予新闻工作者的神圣使命。使命面前，我作出的价值选择是：在每一重要的历史时刻，在每一重大报道活动中，决不放弃自己手中思考的笔，履行使命，挺笔发声。”

新闻是社会的日记，社论是串联起来的历史。追寻自己撰写评论的足迹，也获得了不少经验启示。

第一，评论工作者首先要有党性。忠于党的新闻事业，关键时候要能够为党和人民及时传递出权威性的声音，这是政治责任，大局使然，更是党性要求。

第二，评论员要在评论写作实践中不断积累思想、锤炼敏锐的观察力，以其对时代风云和社情民意的主动关注，适时发声。在服务大局、推动工作上能够体现舆论引导能力，使得评论的作用，由服务决策、支撑决策，上升到“影响决策，甚至引导决策”的新境界。

第三，在话语权上评论员行使着发先声的权力，但在更多的情况下却是隐身在“本报评论员”的背后，是无名英雄。在他们身上体现着最为强烈的集体荣誉感和崇高的奉献精神。

第四，评论写作是一种关乎大局的工作，不是为评论而评论，必须坚持人民利益至上，以求推动解决群众提出的和迫切希望能加以解决的问题。所以，评论工作者除了政治上的勇气之外，还要有追求解决问题的求实精神，有效回应群众的关切，社会的期待。

第五，在一些重大事件面前，一篇优秀的评论，就是一张报纸向党和人民交出的满意答卷。这就要求评论员不仅具有较高的理论思维和政策水平，还要兼容多类学科的综合知识，包括社会实践经验和大众生活知识。评论员要坚持不懈地进行刻苦学习、系统学习和最前沿的学习。这种学习工作，是一种高度的文化自觉，是思想上的实战练兵和力量集结。

在引领时代精神的主阵地上，新闻评论扮演着特殊的角色。在重要的时刻，评论必须出场。

我热爱新闻评论工作，这是值得一生为之献身的崇高事业。报纸出版前夜那种伏案鏖战、催马援笔的情景，带给我的是一种如同战地行军的壮美诗意，是生命中的一个激越流程。在我眼里，思想的前方总是风景如画，评论者因有崇高的追求而感知无限的幸福。

目录

第一编 报章宣言

发刊词·社论·编辑部文章

重任在肩

——《运城日报》发刊词

“风流涌动一国春。”伴随着社会主义市场经济的滚滚春潮，回报着河东430万父老乡亲的热切期望，《运城日报》于今天与读者见面了。

《运城日报》的前身《运城报》走过了22年的艰难历程。它为我区两个文明建设作出了应有的贡献，在河东这块沃土上有着深厚的根基。改刊日报，是改革开放和发展市场经济催生的硕果，它标志着本报进入一个新的发展阶段。

市场经济体制的逐步建立，读者对报纸日益高涨的期望值，人民群众对信息的热切追求，使我们感到重任在肩。

以邓小平同志建设有中国特色社会主义理论为指针，加大新闻改革力度，为振兴河东经济擎旗呐喊，为广大人民群众鼓与呼，这就是本报的使命。

发展是硬道理。河东地处内陆，经济发展有着一定的制约因素，然而地缘是个现象，改革开放才是时代的标志！我区要开放、要发展，《运城日报》必须首先要开放、要发展；重塑运城形象，《运城日报》首先要树立改革开放的新形象，跻身全国一流地市级党报行列。

改刊后的《运城日报》，首先实现观念上的创新。我们的办报思想，将突破内陆地缘，超越传统观念，改变过去那种“自立菩萨自拜佛”的封闭型的办报思维。其版面内容和版面构成是，在坚持党报性质的基础上，兼顾农民报和晚报特点。三大板块以党报为主体，农民报、晚报为两翼，集指导性、实用性和娱乐性于一身，以满足不同层次读者的需求。

改刊后的《运城日报》，实现版面和信息上的开放。开放的社会需要开放型的报纸。“小小寰球”已不再是一种艺术的夸张，地球空间概念在缩小，信息的需求量在雪崩般地日益增大。本报的报道范围将不受行政区划和发行地域的限制，而要在新闻宣传上形成对内对外两个辐射圈，为读者提供一个观察天下大事的瞭望台。

改刊后的《运城日报》，将更加贴近生活，贴近时代，贴近读者，充分尊重人民群众的知晓权、发言权，倾听人民群众的呼声，提高新闻报道的透明度，增强读者对新闻报道的关切度，进一步重视读者来信，扶正祛邪，敢于为人民群众立言。

改刊后的《运城日报》，将继续发扬全党办报、群众办报的优良传统。对于报纸，读者就是“上帝”，我们在竭诚为读者服务的同时，热切期望读者参与，除了积极提供稿件外，还要为办好报纸出主意、出点子，关心报纸、评论报纸，使本报成为邓小平同志所说的“体现党性和人民性有机统一的忠实载体”。

今当本报改刊之始，愿掬其诚，以告读者。

（《运城日报》1994 年 1 月 1 日）

前沿的使命

——写给新中国第一个记者节

1

当人类即将进入21世纪的黎明时分，历史，向一支特殊的队伍展开亮丽的一页：公元2000年11月8日，新闻工作者迎来了一个历史性的节日——中国记者节。

这是新中国成立后我们新闻工作者自己的节日。

长天太阳正红。我们热情地拥抱这一新的历史时点！

2

我们是新闻记者。

报纸是党和人民的喉舌。这是对新闻工作党性的一种鲜明、形象和科学的表达。它公开地声明，自己是站在党的立场和人民的立场上说话。我们的新闻事业是党的新闻事业，新闻的党性同新闻的人民性是一致的。

我们可以这样形象地阐释，报纸——世界的大舞台、国家的扬声器、社会的晴雨表、历史的大画卷。

新闻报纸这种本质特性，要求新闻从业者必须是社会变革的参与者，历史进程的见证者，时代壮剧的报幕员，人民群众的代言人。历史赋予新闻记者的使命是崇高的。马克思说：“最先朝气蓬勃地投入新生活的人，他们的命运是令人羡慕的。”新闻记者就是这样的人。

3

新闻记者是时代的号手。

记者向社会展示的第一品格，是高度的政治责任感和社会责任感。

记者向社会塑造的第一形象，是党的忠诚战士和人民的公仆。

新闻事业是党的事业的重要组成部分。世界上，没有哪一个政党和团体能像我们党这样重视新闻工作。

毛泽东同志早就发出这样的指令：“尽快做到在世界各地都能派有自己的记者，发出自己的消息。把地球管起来，让全世界都能听到我们的声音。”“搞新闻工作，要政治家办报。”

大江东去，时代风流。我们想，领袖的声音，就是中国记者的宣言！

4

追寻历史的先声，我们可以听到中国记者发出“为抗战和民主而奋斗”的呐喊！他们是卓越的民主、人权战士。

1937 年 11 月 8 日，以范长江为首的“左翼”新闻工作者，在上海成立中国青年记者协会。这是中国记协的前身，在新闻传播史上带着血与火的印记。它影响和激励年轻热血的新闻记者，投身到为争取中华民族解放的战斗行列。

历史永远不会忘记，50 年前围绕中国两种前途、两种命运之争，我党领导下的《新华日报》《解放日报》，与国民党的反动舆论宣传展开民主与独裁的历史性决战，一篇篇战斗的评论，如惊雷横空，引导全国的舆论走向光明！

中国革命每一震撼历史的瞬间，都映衬着中国记者的历史情绪和前进足迹。

在社会主义建设时期，特别是改革开放年代，记者以推动历史前行为大任，意气风发挥笔记录中国人民在共产党领导下，开创新时代的豪迈情怀和宏伟业绩。

我们怎能忘记——

在真理标准问题大讨论中，记者以笔为旗，表现出强烈的批判精神；在三峡大江截流工地上，为记录那历史一瞬，记者风餐露宿，熬过多少个不眠之夜；在收复香港那举世瞩目的时刻，记者最先发出中华民族骄傲的声音；在 1998 年夏季伟大的抗洪斗争中，有记者的号角，更有记者的勇敢；在北约轰炸南联盟的战争中，为了传递和平的正义之声，我们的记者流下殷红的鲜血，付出了年轻的生命；悉尼的奥运会上，中华健儿每赢得一块金牌，中国记者的笔端要喷涌多少欢欣，多少泪水？！

5

在人类社会的演进中，记者是一个特殊的群体，他们总是在与时间赛跑。在他们的事业中，最突出的就是那种对时间不断超越的进取精神和雷厉风行的时效精神。

记者最关注的是今天。他们以笔为旗，运笔如刀，不仅触及今天中国改革开放的种种社会热点、难点、敏感点，而且在观察与思考中，升华为一种时代精神，一种历史的透析，一种超前的预见。

月落夜深，记者、编辑窗前的灯光正亮。

一年四季，寒暑往来。多少次，我们用思考的笔，送走夜的沉寂；我们用心灵的歌，唤醒黎明的晨曦。每每这样的时刻，记者、编辑们的心头，自然涌动着一种为人民代言，为时代鼓与呼的自豪感和使命感！

如果我们忘记了新闻工作者的历史责任，我们就将会变得平庸，灵魂就会生锈。我们就会忘却普通百姓的状况，忘却我们这个民族负重前行的命运，忘却我们这个改革开放时代的奋进精神！试想，如果每天只住在豪华宾馆宽绰的房间，哪能想到多少“茅屋为秋风所破”？如果每天在累累酒宴上打着饱嗝，哪里还能再体会到“锄禾日当午”的滋味？如果是这样，那将是记者的羞耻和悲哀！

6

新闻舆论监督，实质上是人民的监督，它已经成为人民群众行使社会主义民主权利的一种有效形式。

朱镕基总理说，新闻监督是“政府镜鉴，群众喉舌，改革尖兵”。记者敢于坚持真理，主持正义，察民疾苦，听民呼声。记者一管长笔，行使的是“批判的武器”，错误的东西得以曝光，丑陋的东西受到鞭笞！在老百姓的眼里，记者是社会良知和正义的化身，是人民的知音。记者不代表自己，记者代表的是国家、民族、公众的利益，代表的是整个社会。

在中国改革开放进程中，新闻记者是以引导者、评论者、战斗者的身份出现的。

世界著名的报纸专栏作家李普曼这样说：“新闻事业的最高准则，莫过于阐明真理而使魔鬼战栗！”

面对社会，记者首先是战士！

我们以诗人郭小川的诗抒怀——

战士自有战士的性格：不怕污蔑，不怕恫吓；
一切无情的打击，只会使人腰杆挺直，青春焕发。
战士自有战士的胆识：不信流言，不信欺诈；
一切无稽的罪名，只会使人神志清醒，大脑发达。
战士的歌声，可以休止一时，却永远不会沙哑；
战士的明眼，可以关闭一时，却永远不会昏瞎。

7

“以正确的舆论引导人”，是我们记者的神圣使命。

与时俱进，日日出新，永葆先进性，是时代对新闻记者的本质要求。记者任何时候都要走在时代前沿。我们要有一种前沿意识，前沿精神，发挥前沿权力，肩负神圣使命！

记者的文章总是体现时代精神，时代精神是推动时代前进的精神力量。

透过历史的窗口，21世纪的曙光已经映现。

我国将进入全面建设小康社会，加快推进社会主义现代化建设的新阶段。新闻记者要面对风景如画的明天，求索、思考、运笔，勾画历史脉络，抒写党心民情，激扬磅礴正气，为实现中华民族的伟大复兴而立言，而呐喊！

（《运城日报》2000 年 11 月 9 日）

未来如歌　与时共进[1]

——写在新世纪来临之际

今天，新世纪的第一缕阳光照耀在人类上空，沐浴着万古不息的黄河和日日催新的河东。刚刚绘制的新运城蓝图——黄河金三角地区现代化园林式工贸旅游中心城市，在新世纪阳光的映照下，闪烁着更加夺目的光芒。年轻的运城，将以百倍的信心和勇气，跨入新世纪的门槛，迈开现代文明的城市化步伐。

在这“能够按照自己的意愿创造并享受美好生活”之际，我们衷心祝愿新运城的建设者们，在新百年、新千年用传承先辈的勤劳和睿智，用现代人追求卓越的精神为古老的河东增添绚丽的色彩。

今天的运城是历史河东的发展。回顾已逝的百年，穿越沧桑的千年，钩沉如烟的五千年，河东，在华夏文明史上创造过辉煌的篇章。漫长而灿烂的历史时空，河东展示了独有的巨大魅力：大禹治水、嫘祖养蚕、后稷教民、晋文称雄、关羽神勇、宗元文章、司马通鉴，岁月峥嵘，几度辉煌。

在中国由积弱走向繁荣富强的历史进程中，河东有着同祖国母亲一样的饱经磨难、不屈抗争和追求变革的风雨历程。新中国成立以后，特别是改革开放以来，运城人民高举邓小平理论伟大旗帜，坚持以经济建设为中心，积极探索强市之路，从农业结构调整的超前跨越到工业改革前沿的异军突起，一次又一次求索与突进，一次又一次挥泪与欢欣，终于创造了以往任何时候都无可比拟的恢弘业绩。

① 这篇元旦社论系急就章。发表前夜，作者在夜班前用过工作餐后，将自己关在办公室里一气呵成。该篇被评为2001年度山西省社论一等奖。

人类开始了新的世纪，又一个百年成为历史的星辰。在这千年交替、百年更迭的重要历史时刻，我们不会忘记孙中山、毛泽东、邓小平三位站在时代前列的伟大人物。他们代表着中国历史前进的三个时代，他们的伟大思想、光辉形象和不朽业绩，永远激励着河东人民奋勇前进！

展现在新世纪黎明时分的新运城蓝图，使生活在厚重的黄土地上、长期渴望用想象的翅膀触摸城市文明脉搏的运城人民，第一次清楚地看到自己的未来，从而更加积极地投身于建设现代化新运城的伟大实践。新的运城，涅槃的凤凰。面对未来，将由小城市向中等城市迈进，完成由以农业经济为主向现代文明的城市经济为主的历史性转变。

21 世纪是我国进入全面建设小康社会和加快推进现代化建设的新时期。发展，是这一时期鲜明的主题；发展，是解决所有困难和问题的关键。运城要起飞！一千年太久，唯有只争朝夕。我们要惜时如金，与时共进，负重赶超，追求跨越式的发展。

2l 世纪是科技新纪元。它推动知识经济的兴起，加快信息社会的到来，揭开网络时代的序幕。以信息化带动工业化是实现社会生产力跨越式发展的最重要力量。终身学习要成为每一个人生存和发展的首选。

机遇降临，挑战随至。确保“十五”计划任务的落实，实现新世纪的良好开局，关键是求真务实，抓住机遇，开拓进取，赢得主动，干好自己的事情。

百年如水，未来如歌。在新的世纪里，我们要紧密团结在党中央周围，高举邓小平理论伟大旗帜，按照“三个代表”的要求，咬定“十五”目标，迅速将运城推进到小康社会。

（《运城日报》2001 年 1 月 1 日）

河东呼唤现代农民①

——《运城日报·农村版》创刊致读者

今天，《运城日报·农村版》和读者见面！这是踏着改革开放强劲旋律前进的河东农民自己的报纸。

河东是一块有着悠久历史的土地。“后稷教民于稼穑。”中国农业文明的曙光，就从这里升起！董父豢龙就是在这里找到甘泉，龙的精神，龙的搏力，从来就是运城人的精神潜质。因此说，河东人民是龙的传人，是农的传人。

新中国成立45年来，河东农民在社会主义建设和农村改革开放的伟大实践中，创造了辉煌的业绩。面对汹涌而来的商品经济大潮，他们也经历过阵痛、惶惑和迷惘。过去那种单一的粮棉经济结构和传统的生产方式，已远远不能适应现代化商品农业的要求。广阔深刻的社会变革告诉人们：河东要实现由传统农业向现代农业转变，必须培养和造就一代新型农民。

造就新一代农民是一项跨世纪工程。这一历史任务，就落在各级领导同志特别是搞农村工作的同志肩上。

如何完成这一任务呢？

一是引导。我们培养新型农民，首先是要用市场经济理论教育他们更新观念，引导他们进入市场。引导本身就是服务。地处边远的临猗县北辛乡，过去经济十分落后，但是这里的干部并不受旧的条条框框的束缚和制约，以市场经济为导向，引导农民重新审视脚下的土地，大胆进行了产业结构调整，发展苹果生

① 此系《运城日报·农村版》的发刊词，署名“本报编辑部”。作者时任《运城日报》农村部主任。

产并形成新的主导产业，不长时间，就富甲一方。他们的经验说明，转变农民观念，参与市场竞争，重在引导。

二是提高。农民是农业技术的最终实践者。农业技术只有被农民掌握，才能转变为生产力。因此，我们要大力加强农业科技教育，提高农民的科学技术素质，吸引他们参与科技实践，并增强他们接受新技术和运用新技术的能力和自觉性。在那些发展“一优两高”农业先进典型的地方，几乎毫不例外地都实行了“绿色证书”制度，即没有经过科技考试、拿不到技术员证书的农民，不能承包集体的果园、林场和渔场。如果搞农村工作的干部都能以这样的战略眼光看待科技投入，我区的农业就一定会有一个突破性的发展。

三是塑造。现代化的农业必然要有现代化的农民。现代农民应该是综合素质很高的一代农村新人，他们目光远大，思维活跃，有着强烈的商品意识、科技意识和创新意识，并且有着共同致富的先进思想和宽阔胸怀。这就提醒我们，要造就新一代河东农民，就必须用发展大农业大科技的眼光、全新的市场经济理论、新的知识和新的观念去塑造他们，冲刷掉他们身上带有的小农经济色彩。各级领导同志要认清历史的责任，谁在科技领域领先一步，谁就掌握了领导农村经济的主动权，谁就能掌握未来。造就一代新型农民，就是《运城日报·农村版》肩负的神圣使命。

河东呼唤现代农民！

河东大地上一定会崛起新一代农民！

（《运城日报·农村版》1994 年 10 月 12 日）

让我们拥抱每一天日出①

——《黄河晨报》发刊词

东方风来，涛声在耳，春光无限。

今天，《黄河晨报》身披霞光，从九曲黄河“金三角”向读者走来。

黄河是中华民族的母亲河，在史称“河东”的运城，她流长800余里，环旋8个县（市），使这里成为华夏文明的重要发祥地之一。在黄河文化的历史舞台上，河东为中华民族的历史文明作出了突出贡献。

今日之运城，是河东文明的嬗递与演进。特别是进入新的千年，波澜壮阔的改革开放大潮，把运城推举到黄河金三角区域中心城市的位置。随着农耕文明向城镇文明的演变，数百万农民正在向市民转变。这一划时代的变化，使这里的人们迫切需要一张都市生活类报纸。鉴于此，《黄河晨报》应运而生！

“传承黄河文明，引领社会风尚”是我们的办报宗旨。

“言真、务实，求新”是我们的办报理念。

立足运城，辐射黄河金三角，复兴黄河文化是我们的理想追求。

反映百姓呼声，展示平民命运，披露事件真相，记录时代风云，推动社会文明进步，是我们的历史责任。

要承担起这一时代重任，我们将以汹涌澎湃、万

① 《黄河晨报》是经原国家新闻出版总署正式批准的区域性都市类生活报纸。在创刊前夜，作者赶写出这篇发刊词，署名为“本报编辑部”。

里高歌的黄河激情，以百折不挠、直奔大海的黄河志向，以惠泽四方、广纳百川的黄河胸怀，接受报业市场风雨雷电的洗礼，接纳黄河两岸人民群众的选择与评判。

黄河环抱着我们这方热土，晨报是我们共同的精神家园。我们愿与社会各界志士仁人，用新闻纸为加快运城的改革开放和社会进步提供精神动力；为提升城市文化品位，促进人的全面发展构筑新的文化高地。

《黄河晨报》将与读者共同拥抱每一天的壮丽日出。

（《黄河晨报》2006 年 3 月 25 日）

追求有力量的新闻[①]

——《黄河晨报》改扩版致读者

今天，2011年2月9日，《黄河晨报》开始全新改版，并由过去的12个版扩为16个版。

今天，农历正月初七，是立春开始后的第六天，是立春第二候的第一天，是气象学上“万物复苏”的开始！

此刻，春风浩荡，旌旗猎猎。我们明确提出“追求有力量的新闻”，并以此作为改扩版后《黄河晨报》的品牌口号。这是我们在坚持“新闻立报，服务兴报”办报方针的基础上，对晨报办报理念的新提升，对报纸特色的新定位，它标志着《黄河晨报》开始向主流化转型。

“追求有力量的新闻”，是从办报理念，从新闻品质，从报纸声音，以及推动社会前进和社会责任担当方面考虑的。力量来自责任。本报看重和宣示的“力量”，正是新闻的引导力量，思想力量，道德力量，服务力量，监督力量。这力量达到的效果，就是：有用，顶用，管用。这力量显示出的成熟，就是：有力，有理，有度。这正是晨报的追求！

这次改扩版中最大的变化，一是增大了新闻版的容量，新闻版由过去的5个版，扩至9个版，而且强化了本土新闻，显示都市主流报纸的应有风范。二是设立评论，推出“南风时评”栏目，发出本报自己的

① 作者于2009年11月兼任《黄河晨报》总编辑，这是《黄河晨报》改扩版时发表的“致读者”，署名“本报编辑部”。

声音，负起传媒对社会的责任。三是加强了报纸副刊力量，开辟文史时空“河东映像”和文学园地“大河湾”，以思想力和审美力肩负起为大众精神世界代言的使命。四是增大加密各路时鲜的服务资讯，将服务性的资讯版面调整，从边缘靠近中心，凸显本报实际的服务功能。

事实正是这样，一张报纸，如果没有引导，就没有权威；没有服务，就没有市场；没有监督，就没有力量；没有文化，就没有厚度。因此，我们“追求有力量的新闻”，就是要努力使晨报成为一张充满张力的新闻纸、信息纸、思想纸、情感纸。

报纸是一个国家和地方的日记。对于一座城市和区域性报纸而言，是心脏和眼睛的关系，是根基和窗口的依托，是形象与品位的统一。报纸有多么成熟深刻，这座城市就有多么成熟深刻。《黄河晨报》作为一张立足运城、辐射黄河金三角城市的都市类主流媒体，肩负建设区域中心城市新运城的重要使命。为了这座城市的繁荣发展，我们正在开创“晨报时代”！

（《黄河晨报》2011 年 2 月 9 日）

追求凤凰的精神品格

——对《黄河晨报》徽识的解读

本报报徽，是大写意的凤凰标识。

凤凰是太阳鸟，是太阳的召唤者和象征物。凤凰的精神品格，向上、自新、开放、负任、建设。她所传达的文化精髓，就是以新为胜，即能够焚掉旧我，产生新我，所谓凤凰涅槃。所以，凤凰的形象，也总是与时俱进，新新不已。

河东有凤凰之美示。舜是传说中的凤凰化身，舜鸣韶乐，凤凰来仪。“黄河九曲十八弯，最大一弯在风陵”，大河映带，形如飞凤，风陵渡古有凤凰咀之称。运城故名凤城，自古就有凤凰文化的独特表达。

河东地缘文化与凤凰精神形成天然的融合优势，立足于运城的《黄河晨报》以凤凰意向做设计，是报纸理念“追求有力量的新闻”的感性显现，意在彰显与时俱进、改革创新、包容和谐的时代精神。本报品牌标识与品牌口号的高度融合，是晨报人走向文化自觉和文化自信的一种理性表达。

此图标，由全国著名平面设计师韩湛宁设计。

（《黄河晨报》2011 年 2 月 15 日）

用评论力量助推运城前行[1]

——“南风时评”开篇词

2012年的春天，本报在新闻改革征程上开始一个新的出发。今起开设重要评论专栏：“南风时评”。

评论，被视为报纸的旗帜和灵魂。党报出思想，思想重在评论。评论的高度与深刻、权威与实用，取决于思想的前瞻与新锐，文风的改进与务实，服务大局的责任与能力。《运城日报》作为市委机关报，在实现把运城建设成为“山西向东向西开放的大通道和桥头堡”“山西省乃至黄河中游区域的‘四基地一中心’”的宏伟战略目标进程中，无疑置身于引领主流舆论的最前沿。擎起新闻评论旗帜，开设重要时评专栏，在第一时间发出有影响力的声音，正是本报政治意识、大局意识、责任意识、服务意识在舆论宣传工作中的具体体现。

胡锦涛同志指出：“坚持正确舆论导向，提高舆论引导能力。”党报以评论彰显自身的优势，这是一个方向。在新闻媒体竞争从信息量竞争进入到观点竞争的阶段之后，如何做到发现并引领新观念和新思想，及时表达媒体的观点，这是新时代媒体尤其是党报必须积极破解的新课题。“南风时评”将秉承思想性、新闻性、权威性、引领性和专业性的专栏理念，坚持负责、理性、建设的评论原则，通过一种清新、稳健、向上的声音，为读者呈上丰盛的思想盛宴，传递与时

① 2011年11月，作者主持《运城日报》工作，同时继续兼任《黄河晨报》总编辑。在本报开设“时评”专栏，是作者的一个新闻梦想。此文发表时署名“本报编辑部”。

俱进的时代力量。

这个栏目为何取名“南风时评”？

一是立足于弘扬和传承地域历史文化的骄傲与责任，借舜帝《南风歌》的不朽传响，凸显评论专栏的本土化特色：二是立足改革开放、科学发展的时代责任与激情，以邓小平南方谈话的时代语境为精魂，体现评论专栏的时代风采以及态度的理性与包容。让历史与时代的南风扬起我们奋进的风帆。

我们在第一时间发布重要新闻的同时，将通过本报评论特别是“南风时评”即时发表评论，以评论的观点来见证这个伟大的时代，以评论的力量助推运城转型跨越的宏伟进程，以评论的声音在共和国新闻史上留下“运城的记忆”。

“南风时评”将以清醒的“角色”意识，坚持新闻性与思辨性结合，批判性与建设性结合，释疑与引领结合，激情与理性结合，给新闻注入思想的生命和活力。它在大局下立言议事，不做哗众取宠的空泛议论，摈弃和抵制一切私见与嘈杂，并视这种随意性的发言见诸报端为耻辱！

“南风时评”对一周之内或新近本区域发生的重大新闻事件、重要决策活动、新政出台、民生大事和社会热点，以及经济社会走向、产业趋势、县市域新战略新规划、科研文化贡献等，作出权威性的评论，并在可读性的文本形式中展现思想内在的光芒与文化表达的魅力。通过有作为、有建树的评论引领，凝聚社会的共识和力量。这就是本栏目承担的主要使命和努力追求的目标。

思想是评论的命脉与利器，而思想源于创新。作为党报评论员和评论编辑，能有幸以评论这种独特的新闻作品和专栏形式，记录中国社会进步的脚步，感受、见证并融入运城的发展脉动，我们深感使命光荣、责任重大。我们将不辱使命，回应读者的期待，接受社会的检验。

（《运城日报》2012 年 3 月 7 日）

三十而立：向着未来的自信①

——《运城日报》创刊30周年纪念

（一）

在隆重纪念中国共产党建党80周年的历史性盛大节日里，《运城日报》胜利地走过了30年辉煌历程。

30年前的1971年7月1日，伴随着共和国风雨进程，《运城日报》（前身《运城地区报》）诞生于九曲黄河“金三角”的河东大地。在火红的党旗映照下，这张报纸一开始就是以地委机关报的形象出现的。30年风雨交织，起伏相间，《运城日报》始终与党和国家的命运紧紧联系在一起，一路凯歌奋进，不断发展壮大。

报纸，是历史足迹的真实记录，是时代风云的晴雨表。30年来，《运城日报》体现了鲜明的党性原则和时代风采，忠实地记录着河东人民在党的领导下进行社会主义现代化建设的前进步伐。回眸历史沧桑的足迹，《运城日报》这30年，是经历了风雨曲折但不辱使命的30年；是永葆党的先进性、始终站在时代前列的30年；是动员、组织、教育和引导河东人民投身改革开放和现代化建设伟大实践的30年；是不断向全国乃至世界宣传河东、展示河东前进风貌的30年；是报纸自身由小到大、从稚嫩不断走向成

① 本文是对《运城日报》报史的一个全面总结。同时也是作者结合实际和思考，对马克思新闻观在报纸工作和新闻改革实践运用中的再认识过程。此文发表时署名“本报编辑部”。

熟的30年。今天，《运城日报》已经成为市委得心应手的舆论工具和全市人民政治、经济、文化生活中的良师益友，跻身于全省优秀报纸行列。

30岁，是一个充满激情与活力、梦想与诗意的美好年华，是一个激荡智慧风暴、勇敢开拓创新的黄金岁月，这是面向未来、确证自己的新的起飞平台！

三十而立，标志着一个蓬勃向上的生命迈入新的起点！

三十而立的《运城日报》，将在新的征程上，为实现中华民族伟大复兴立德，为建设现代化新运城立功，为党和人民立言。

（二）

岁月悠悠，沧海沉浮。

一如大河前行，《运城日报》的发展史是一曲激越雄浑的前进乐章。30年发展轨迹可分为三个阶段："文化大革命"末期——初创阶段；党的十一届三中全会前后——成长阶段；改革开放以来——壮大阶段。

1971年到1976年，是《运城日报》白手起家、聚集人才、报纸定位的艰难创业阶段。这一时期可以称为办报的序幕，它映现着第一代运城报人拓疆驰骋的身影和宵衣旰食的敬业精神。1971年初，在地委作出筹办机关报的决策后，即把社址选定在一座杂草丛生的苹果园内（即现在的社址）。编辑部和印刷车间就建在果园的一角。接着，一批印刷工人和一批下放在运城接受"再教育"的新华总社、太原省城各大报刊社的报人，组成了一支近50人的新闻队伍。1971年7月1日，正值中国共产党建党50周年之际，报纸先以《运城地区通讯》形式出现，第二年改为报纸形式，定名《运城地区报》。风雨潇潇，满窗灯火。第一代运城报人一手拿锹，一手握笔，开始了拓荒式的创业岁月。时值"文化大革命"末期，由于特定的历史原因，报纸在这一时期有过沉痛的教训，但它却反映了河东在大时代背景下曲折前进的一段真实历史。

1977 年到 1983 年，是《运城日报》经受历史考验，在挫折中奋力前进的时期。1978 年底召开的党的十一届三中全会，是我们党和共和国历史上的重要转折点。中国农村改革惊雷响起，思想解放的春潮澎湃奔涌。然而，就在运城报准备发出河东改革舆论第一声的时候，1979 年 6 月 30 日，报纸被宣布停刊。时隔一年之后，1980 年 7 月 1 日，报纸复刊，改名《运城报》。浴火重生的《运城报》以极大的政治勇气，对在推行联产承包责任制上敢于“一步到位”的闻喜县工作经验，在第一版上以半个版的强势版幅突出报道。消息发出后，在省委决策层和社会上产生了强烈震动。为了将全区干部群众的思想认识统一到推动农村改革的新的伟大实践中来，编辑部组织力量，经过周密的调查研究，以“农业生产责任制漫谈”为题，刊发系列评论，有力地推动了全区联产承包责任制向纵深发展。《运城报》赢得了人民群众的信任和欢迎，为报纸发行飙升打好了基础。1982 年，《运城报》发行达到 14.3 万份，全区平均 28 人一份报纸。

1984 年到跨越新世纪的 2001 年，是《运城日报》深化新闻改革，加速技术改造的飞速发展时期，更是《运城日报》在正确引导舆论中发挥党报主干作用，开始走向成熟的大有作为时期。

世界采编印刷技术不断发展，电子时代更是日新月异。《运城报》从 1986 年开始加速技术改造，引进先进设备，于 1991 年实现了电脑照排和胶版印刷，从此告别了如同古老歌谣一般的铅与火的作业历史。随着报社印刷技术的提高，1994 年元旦，《运城报》改刊《运城日报》，同时创办《运城日报·周末版》，后又创办《农村版》和《大众漫画》。2000 年，《运城日报》扩为对开四版大报，至此，形成“一大两小”、一报多版的报业格局。

1997 年 10 月，党的十五大高举起邓小平建设有中国特色社会主义理论伟大旗帜。在十五大精神的指引下，地委提出建设

“工业大市、农业大市、教育大市、旅游大市”的强市目标，河东的改革开放和现代化建设进入一个全新的发展时期。在新的历史进程中，《运城日报》显示了一张党报应有的作为和建树。从全国国企改革十杆旗“南风”形象的打造，到关铝、海鑫、亚宝、丰喜、振兴、龙门一批工业经济明星的托起；从农业专家走进科技示范园区的前沿实验，到农民对农业结构战略调整的自觉参与；从农民对农村城市化前景的理性觉醒，到中国基层民主政治建设的春潮涌动；从整治“公路三乱”的舆论监督，到跨越黄河、长江赴南方对改革前沿地创造经济发展大环境经验的采风传播……《运城日报》为河东的思想大解放和现代化建设，提供了有力的思想保证、精神动力、智力支持和良好的舆论环境，同时也为展示自己开辟出广阔的天地。

（三）

历史是人类社会活动的编年记录。今天的新闻即是明日的历史，而“总结历史是为了开辟未来”。

30年的《运城日报》泼墨如河，铺纸连云，在记录河东改革开放和现代化建设伟大历史的同时，也给历史留下坚实的足迹。在历史的长河中，30年只是短暂一瞬，但却刻录了几代运城报人笔走龙蛇，薪火传承，为党的新闻事业创造和奉献的真实轨迹，更积淀了可供后人借鉴与思考的极为宝贵的经验教训和丰富资料。

1.30年的经验告诉我们——新闻宣传的党性原则，首先体现在党报性质即喉舌作用问题上。党的新闻事业是党和人民的喉舌，新闻的党性同新闻的人民性是完全一致的。作为喉舌，它代表着“大脑”发言，这就需要有一个较稳定的基调，不能随波逐流，变化无常。《运城日报》在报纸宣传和新闻改革中的成功之处正在于始终坚定不移地把党的基本路线和党的十五大精神作为宣传中心，准确地把握主旋律，报纸在任何情况下都能立脚稳当，打好主动仗。

2. 马克思主义新闻观是指导我们做好新闻工作的基础。“导向论”是马克思主义新闻观的核心。江泽民同志指出：“新闻舆论单位一定要把坚定正确的政治方向放在一切工作的首位。”在今天，我们的新闻宣传任务，一言以蔽之，就是“以正确的舆论引导人”。积 30 年的经验教训，我们深深感到，报纸是党和国家前途命运所系的工作，一定要坚持“政治家办报”的原则，如果政治上糊涂，方向不清，就难以肩负重托！

3. 要建立起一支政治强、业务精、作风正的新闻采编队伍，最重要的是抓好理论武装。理论上的成熟是政治上成熟的基础。如果我们不从理论上武装新闻队伍，不在坚持马克思主义新闻观的前提下进行新的理论创新和实践创新，是难以准确把握正确的舆论导向的。因此，系统地学习领会邓小平建设有中国特色社会主义理论，并运用于报纸实际工作当中，是我们每一位新闻工作者的一项重要任务。

4. 在坚持正面宣传为主的前提下，要真正发挥党报联系群众的桥梁和纽带作用，正确反映人民群众的呼声、意见和要求，重视和加强舆论监督工作。舆论监督是反腐败斗争的有力武器，是民主法制建设的一个重要步骤。发挥舆论监督利器，是《运城日报》的一大特点。实践证明，党报的舆论监督具有很强的威慑力。搞好舆论监督关键是要增强政治意识、大局意识、责任意识，以对党和人民高度负责的精神，揭露假恶丑，改进工作，促进稳定。

（四）

一个世纪过去了。

三十而立的《运城日报》，满怀豪情走进 21 世纪新的历史大门。

这是一个创新的时代。创新并不是简单地从“过去”走到“今天”，而是如何使“当今”体现“未来”。为探索社会主义市场经济条件下拓展地方党报发展空间的有效途径，把《运城日报》办成一张开放型的党报，新一代运城报人面向未来，提出了“以报为纲，夯实基础，从严治社，双轮驱动，力求效益最大化，创办全省第一、全国一流报纸”的工作思路和奋斗目标，以“团结、敬业、求实、创新”的团队精神，掀开了《运城日报》走向全国的新一页。

新闻工作是党的事业的重要组成部分。从我们党成立的第一天起，党的新闻战线就以宏大的革命气魄走上了历史舞台，担负起引导人民群众共同认识中国、改造中国，认识世界、改革世界的历史任务。在纪念建党80周年的历史性日子里，我们缅怀党的新闻事业的奋斗历史，更加感受到肩头担负的使命重大神圣。我们要站在世纪之交的时代高度，以“三个代表”重要思想统揽报纸工作，自觉运用世界历史的眼光，紧紧把握社会发展的趋势，不断开拓新境界，从而保证《运城日报》始终走在时代发展的前列。

在进入新世纪的重要时刻，运城市委以科学精神和拥抱未来的勇气，勾画出新运城的宏伟蓝图——“把运城建设成黄河金三角地区现代化生态旅游工贸中心城市”。这是运城走向现代化的具有标识性意义的重大决策。《运城日报》肩负着建设新运城的舆论先导任务。新闻没有疆界。我们要站在中西部、中国乃至世界的大背景下看运城的发展，看运城的明天，树立“大运城”的观点，以“大运城”的思维、眼光和气魄办好《运城日报》，使市委建设新运城的重大战略构想，变成河东人民投身其中、充分展示其才智和力量的伟大实践！

新闻，是人类社会从过去走向未来途中兴起的新型社会文化。科学技术发明和应用，不断地支持和推动了新闻业的发展。报纸事业永远是跋涉不尽的大道前沿。运城报人将不断创新机制，借鉴采用最新的媒介技术，包括现代印刷术、无线电传播技术、图像传播技术和网络传播技术，强化新闻生产流程的系统性，与时俱进。在充满挑战与希望的 21 世纪，我们追逐新闻传播手段飞速变化的前沿，塑造和展示《运城日报》走向未来的全新图景。

生活永远是崭新的开始，报纸永远是常干常新的事业。《运城日报》将以磅礴奋进的时代前沿精神和创新精神，托举出河东上空每一天的壮丽日出！

（《运城日报》2001 年 7 月 1 日）

白天鹅，我们给您送去时代的消息[①]

——寄给踏上万里归途到黄河三湾越冬的人类朋友

（一）

美丽的白天鹅——

寒风初起，冬天来了，您又要回来了。

此刻，您已从高寒的西伯利亚出发，以坚强的灵魂和团结友爱的精神，飞翔在万里云天的回家路上。您带领自己新出鸟巢的儿女，携扶着年长的妈妈，一路讲着人类友爱的故事，披星戴月，风雨兼程，向着中国黄河上一个叫三湾的美丽地方，搏击而来。

白天鹅，这里是您安详而神圣的家园。这里有着友好善良的人们，有着安澜不惊的湖面，有着充裕无愁的粮仓……

白天鹅，您可知道，在冬季的信风中，家人们正翘首云天，等待着您的回归。

《黄河晨报》作为三湾家园的使者，为您送去这封家书，祈望您平安回来。

（二）

圣洁的白天鹅——

您给三湾带来美丽传奇的故事，三湾也给您奉献了人类伟大的友爱精神。

① 2010年新春刚过，《黄河晨报》组织全体编采人员赴白天鹅越冬地平陆三湾村，欢送白天鹅返程西伯利亚。在强化生态文明建设的报道中，白天鹅成了《黄河晨报》版面上飞翔的精灵，时常为本报所关注。这篇以书信形式写出的新闻评论，见报后在全社会引起热烈反响。该文发表时署名“本报编辑部”。

三湾，是平陆县城西南方向黄河岸边一个湖村的名字。

三湾地区崖高水宽、气候温和、采食丰富，是黄河母亲给平陆馈赠的一枚月亮宝石。它上接太阳渡故址，下连三门峡黄河大桥，一片近10公里长的平静温柔、背风向阳的大水湾，给逐水而居的天鹅群造就了一方安详的栖息地。

20世纪80年代初，您派出第一批探访者悠然降落在平陆圣人涧的鱼塘，平陆县便张开三湾的臂膀，以对生态环境保护的超常力度，为您营造起充满爱心的家巢。从此，您的族类迷恋这里，万只翔集，成为“圣人家乡”的骄傲子民。

早在1985年，一位名叫马宝祥的林业护林员，吃住在湖边，按时给您造餐送食，昼夜不舍地巡护着您，一干就是20多年！

白天鹅，您一定感知到了，像马宝祥这样的天鹅守护神，在平陆的湖水群山间到处都有。

您还记得那个特殊的冬夜吗？

2006年1月8日，暮色降临，放羊归来的茅津村村民毛创计，发现您的不少成员食物中毒，挣扎在河滩的冰面上。他立即报警。即刻，平陆县委、县政府及人大、政协的领导，圣人涧镇的干部群众，县公安、林业、畜牧等部门相继赶到现场。在3平方公里的河滩上，为搜救正在受难的病天鹅，40余辆职能部门的车和自发赶来的出租车，一齐打开灯光，将处在零下12摄氏度的漆黑河滩，映照得一片通明。营救工作一直进行到深夜，您的113只中毒的兄弟姐妹，全部得到救治。

您一定还想着那个在雪地里领着藏獒的人吧！

这位獒主名叫赵琦。为了不给妄图偷袭您的不法分子以可乘之机，从2008年开始，坚持冬季义务巡护。在春节放假的时节里，他将全家分成两组，领着藏獒，轮流在三湾和茅津两个天鹅巡护点日夜守护。当我们的记者问他：“全家人牺牲春节团聚的机会，不感到有点遗憾吗？”这位可敬的人回答：“我只想通过自己的努力，教育和带动全社会的人们形成保护白天鹅的意识，维护人与自然和谐相处的生态环境。”

在此，给您重复这些动人的故事，只是想让您更多的同类记住——“平陆是白天鹅翔集的地方”。

（三）

忠诚的白天鹅——

在您认定了三湾这个温馨的家园以后，这里的人们也开始走进您家族传奇的世界。

在鸟类的自然王国里，您是一种大型候鸟，长着优雅的长颈，栖息于湖边和沼泽地。每年初冬，您从老家西伯利亚一带结队南徙越冬。第二年春天，又飞迁西伯利亚产蛋繁殖，生育儿女。

您是出色的旅行家，可以在 1.7 万米的上空以每小时 68 ~ 90 公里的速度飞翔。

在飞行中，您有着严密的组织，幼鸟和体弱的鸟，大都插在队伍的中间，显示着集体的友爱精神。一路上，您排成人字形或一字形，一边飞翔一边发出关爱的叫声，相互鼓励和照应。您忠诚于爱情，终生厮守，不换配偶。当雌性产蛋时，雄性忠实地守在一旁，遇有敌人来侵，便勇敢地上前搏斗。您忠诚的品质，感动并启示着人类。

您是飘飞在万里长空上的大写的“人”。

（四）

三湾的白天鹅——

今年正月底的一天，《黄河晨报》编辑部全体人员扯起一面上写“欢送白天鹅，愿一路平安，盼 10 月回家”白底绿字的大旗，在黄河岸边为您返飞送行。

8 个月过去了，您又要返回三湾的家园了。晨报欣喜地告诉您，为了迎接大家回家，平陆县委、县政府已召开了几次专项会议，安排部署今年的越冬工作。100多人的专职保护队伍，也已提前进入三湾的岗哨。

白天鹅，您可曾知道，为使您能在三湾幸福安居，平陆县在近3年的时间里，以壮士断腕的勇气，累计投资1亿元，淘汰了一批落后企业，大力度实施节能减排，使这里的生态环境明显改变。

白天鹅，您可曾知道，平陆县2009年的1号通告是《关于加强黄河湿地白天鹅保护的通告》；2009年政府1号文件是《关于成立平陆县三湾滩涂开发及湿地保护项目建设领导组的通知》。

白天鹅，您可曾知道，在2009年4月28日召开的“保护黄河湿地打击违法犯罪现场会”上，平陆县县长面对媒体记者，讲出一番充满深情的话：“圣洁高雅的白天鹅，已经成为平陆良好生态环境的突出标志，成为人与自然和谐相处的亮丽名片。保护黄河湿地和白天鹅等野生动物，就是保护我们的家园，就是保护我们的生命。”对您的保护工作，已经成为平陆县委、县政府和25万平陆人民的一项长久而重大的任务。

三湾的白天鹅，
运城的白天鹅，
黄河的白天鹅，
人类的白天鹅，
晨报给您送去时代的消息——

在“关于十二五规划建议的说明”中，温家宝总理指出：“节约资源和保护环境是我们的基本国策。”“我们更加清醒地认识到，生态环境恶化不仅影响发展，而且威胁到人类生存。我们必须加强生态环境保护，坚持保护优先和自然恢复为主，从源头扭转生态环境恶化。”

白天鹅，生在这样一个崭新的时代，是您的幸福，人类也将因您的幸福存在而生活得更美好。

（《黄河晨报》2010年11月15日）

打开产业化时代的长卷

产业是时代的标志，产业反映着时代。

各种行当和各种产业的不断衍生和优化，构成了经济社会的演进基础和前进方向。没有像样的产业，就没有繁荣的经济。

产业是经济发展的直接动能，在全球经济一体化的大走势中，能否壮大主导产业，培育新兴产业，优化传统产业，形成这样那样充满活力的产业群，已成为一个地域全局性发展的决定性因素。

国家批准设立晋陕豫黄河金三角承接产业转移示范区的“天赐良机”，为三省四市特别是为中心城市运城的重大战略性产业的聚集和崛起，开辟了一个产业化的新时代。

无疑，这给媒体赋予了新的重大使命。正是在这样一个背景下，《运城日报·产业周刊》与读者见面了。

本刊的主要任务是——

引导产业发展。用国际视野和前沿声音，围绕全市“两强战略”（工业强市、文化强市）的生动实践，引领和助推运城各项主导产业、特别是新兴战略性产业的发展。

服务产业承接。紧密结合晋陕豫黄河金三角承接产业转移示范区的建立和发展，积极发挥主流媒体在产业承接中的桥梁和纽带作用。

评析产业走势。从科学、技术、经济、政治、社会多重视角，汇聚运城各领域在产业和产业化过程中的创新做法和经验，对产业发展的走向作出深度评析和研判。

希望广大读者能够关注她，也希望诸多产业与她相融合，同壮大、同发展。

（《运城日报》2012 年 7 月 26 日）

党报，传播十八大精神的火炬[1]

党的十八大为中华民族开启了新的壮丽征程。学习宣传贯彻党的十八大精神，是当前首要的政治任务。党报作为党的重要舆论阵地，学习宣传贯彻好党的十八大精神，既是职责所在，更是使命要求。

习近平总书记在十八届中央政治局第一次集体学习时的讲话中指出："我们党在不同历史时期，总是根据人民意愿和事业发展需要，提出富有感召力的奋斗目标，团结带领人民为之奋斗。"总书记的讲话，为各级党报和新闻工作者指明了前进方向。准确学习和领会党的十八大精神，认真学习、广泛宣传、全面贯彻十八大确立的重大理论观点、重大方针政策、重大工作部署，媒体要快行动，党报尤其要走在最前面。

回顾本报在宣传报道党的十八大召开盛况的日子里，为了在第一时间快速传播，为了与主旋律精确对接，为了确保报纸的安全出版，我们的编辑记者度过了连续数个无限幸福、无限兴奋的不眠之夜。那是一段值得骄傲的日子——编辑部的彻夜灯火，印报车间的隆隆机声，与北京的伟大历史时刻，一起融为辉煌的画面。"这是重要的时刻，我们要以党的意识和对党的忠诚，出色完成党的十八大宣传报道任务。"我们不会忘记，在党的十八大即将召开前夕，市委领导带领宣传部的同志专程来到报社，召集会议，看望

① 党的十八大召开后，《运城日报》开设新栏目："在采访中宣讲，在引领中深化——十八大精神接地行"。对于本报来说，此文是这次活动的一个宣言书和动员令。文章发表时署名"本报编辑部"。

大家，并深入车间，检查了擦洗一新的印刷机。

马克思说过，党报必须“打着旗帜前进”。党的十八大报告，是党团结带领全国人民沿着中国特色社会主义道路继续前进、为全面建成小康社会而奋斗的政治宣言和行动纲领。党报，要成为传播十八大精神的火炬，就必须坚定高举中国特色社会主义旗帜，让她高高飘扬在中国前进的道路上。

党的新闻事业是党的生命的重要组成部分，党报时时刻刻奔流着党的血液，无时不在激扬着对人民群众的深厚感情，追梦一般地肩负着实现中华民族伟大复兴的光荣使命。面对党的十八大提出的新任务新要求，本报应该成为模范的学习者、忠诚的宣传者、优秀的报道者、创新的实践者。

做模范的学习者。在当前和今后的很长时期，我们要完成对党的十八大精神学习宣传贯彻的重大任务，首先要做好自身的学习。通过会议、座谈、宣讲、报告等形式，确保先学一步、学深一层。学习是基础，学习深度决定宣传力度和贯彻力度。因此，只有搞好我们自身的学习，做到“了然于胸，运用自如”，才能实现宣传报道的实效性和有效性。

做忠诚的宣传者。信念在胸，使命在肩。我们要认真落实中央《关于认真学习宣传贯彻党的十八大精神的通知》，紧紧围绕省委、市委的部署安排，全力以赴做好十八大精神的宣传报道，创新形式，权威发布。同时，要组织编采人员采访与宣讲并举，深入基层、企业、社区、学校，在不同层面的采访现场，让党的最高声音激荡回响在河东大地。

做优秀的报道者。基层永远是党报的根。宣传报道人民群众在党的十八大精神鼓舞下进行的伟大实践、描绘的多彩画卷、洋溢的幸福感受，是新闻报道的时代主题。我们要坚持“三贴近”原则，用十八大精神创新和延伸“走基层、转作风、改文风”活动。置身于人民群众中间，活跃在基层党建阵地，记录和讴歌在十八大精神引领下的新实践、新成效、新创造，用伟大的“中国梦”和最为鲜活的“运城故事”，引导和激励全市人民在“五个建设”和实施“两强”战略中开创新的业绩。

做创新的实践者。在新的舆论环境下，党报必须充分发挥资源优势，创新传播方式，拓宽传播渠道，统筹传统媒体与新兴媒体同步发展，不断提升舆论引导水平。我们要紧跟党的理论创新步伐，以十八大报告中的新思想、新论断、新观点，用忠诚与坚守、先锋与引领、激情与创新的党报情怀，在充满时代潮涌的新闻版面上，在和谐幸福、日趋美丽的河东大地上，勇于作为、勇于建树，努力开创党的十八大精神学习宣传贯彻新局面。

（《运城日报》2012 年 12 月 3 日 ）

第二编

节点时评

“中国印记”事件评论

中国记者的精魂[1]

——为在北约导弹袭击中牺牲的3位记者悼怀

北京时间5月8日清晨，东方霞光正亮，而南联盟却处在战云密布的沉沉暗夜，以美国为首的北约悍然使用导弹袭击中国驻南大使馆，我3名记者倒在血泊里，以身殉职。北约的血腥暴行，激起了中国人民的愤怒火焰！我们新闻工作者，为自己的同仁在异国不幸遇难，洒下伤痛的泪水！

新华社记者邵云环和《光明日报》记者许杏虎、朱颖夫妇，用自己的鲜血提醒国人：世界并不太平，战争并不遥远，战争就在身边。祖国的强盛，人民的团结，才是我中华民族安身立命之本！

记者是战士。战地记者是英雄的战士。

毛泽东针对当时新华社发展国外工作的问题讲道："尽快做到在世界各地都能派有自己的记者，发出自己的消息。把地球管起来，让全世界都能听到我们的声音。"几十年来，国际形势风云变幻，我一批批驻外记者，为反对霸权主义，维护世界和平立下了不朽功绩。从海湾战争到巴尔干地区惨烈的战火，无处不看到中国记者的英勇身姿。他们深入战争最前沿，向中国、向全世界传递着正义的声音。邵云环、许杏虎、朱颖3位记者，在北约对南联盟狂轰滥炸、肆无忌惮地制造人道主义大灾难的险恶环境中，不怕牺牲，携九死之一生，冲破北约的新闻封锁，及时、准

① 1999年5月8日，北约导弹袭击了中国驻南联盟大使馆，新华社和《光明日报》3位驻地记者以身殉职。面对这一血腥事件，作者于极度激愤之中写下这篇评论。

确、鲜明地向国内发回报道，一次次揭露和戳穿以美国为首的北约推行强权政治和霸权主义的丑恶嘴脸和狼子野心。3位记者身上，跃动着巨大的历史责任感、强烈的国魂意识和高尚的国际主义精神。他们一篇篇充满激情的文章，展示了中国驻外战地记者人生的壮丽流程。

中国记者主持正义揭露北约，昭告天下，以申挞伐。侵略者战栗了！他们公然冒天下之大不韪，竟对我驻南使馆人员和新闻记者进行导弹袭击，对中国人民犯下了不可饶恕的滔天罪行！以美国为首的北约充当了历史的反面教员，侵略者的叵测用心暴露无遗。人们再次睁大了眼睛，清清楚楚地看出他们才是制造人道主义灾难的罪魁祸首。我们的同胞付出了血的代价，然而中国记者的不屈和光荣，将载入人类战争与和平的史册，成为辉煌的永恒。

邵云环他们是中国记者的骄傲，是中国记者的精魂！他们不仅为中国的新闻工作者，而且为全世界爱好和平的新闻同行树立了光辉的榜样。

“我以我血荐轩辕。”我们新闻工作者有着笔担千钧的历史使命，我们要用战斗的笔，呼唤全世界爱好和平的国家和人民，要消除人道灾难，就必须团结起来，与推行霸权主义的列强作坚决的斗争；我们要用战斗的笔，激励我们的同胞不能忘记我们伟大的民族精神：中华民族有同自己的敌人血战到底的英雄气概，有自力更生奋发图强屹立世界强国之林的伟大决心和力量；我们要用战斗的笔，以稳定大局为己任，坚持正确的舆论导向，为实现中华民族的伟大复兴而立言、而呐喊！

长歌为祭，告慰英灵。

（《运城日报》1999年5月13日）

一个新的里程碑[1]

——热烈祝贺中共运城市委成立

当新世纪的晨曦穿越历史大门，照耀在河东大地的时候，中共运城市委正式宣布成立了！这是运城政治、经济和社会生活中的一件大事，标志着480万河东人民热切关注的撤地设市工作正式启动。

撤地设市，是运城发展史上的一个具有里程碑意义的重大转折。我们将告别30年地区建制，豪迈地跨入城市建制行列。撤地设市，将使运城由小城市向中等城市迈进，经济格局由以农业经济为主向现代文明的城市经济为主转变；将会进一步提高运城在中西部地区乃至全国的知名度，增强其对外开放的辐射能力；将使政府职能运作更为现代、合理、高效，民主法制建设更加健全、完善。运城，从此将进入一个以城市化、工业化为主要内容的全新发展时期。

运城是中华民族的重要发祥地之一，在华夏文明史上创造过无数辉煌。新中国成立以后，特别是改革开放以来，勤劳智慧的运城人民，在历届地委、行署的领导下，以邓小平理论为指针，坚持以经济建设为中心，取得了两个文明建设的巨大成就。最近几年，地委、行署站在跨世纪发展高度，高屋建瓴地提出了建设农业大区、工业大区、教育大区、旅游大区“四大目标”，实施了科技兴农、企业技术创新、高科技产业化“三大工程”，全区经济结构逐步进入良性发

① 此文为本报社论。作者时任副总编。

展轨道。同时在党建、精神文明和民主法制建设等方面，也取得了可喜成绩，为运城地区撤地设市奠定了坚实的基础。

党的十五届五中全会绘制了“十五”规划的宏伟蓝图，明确提出，从新世纪开始，我国将进入全面小康社会，加快推进社会主义现代化的新阶段。为此，全市各级党委和政府必须清醒地看到撤地设市给我们带来的新的历史机遇，在新市委的领导下，坚定不移地贯彻党的十五届五中全会精神，牢牢把握发展这一主题和结构调整这一主线，进一步解放思想，统一认识，奋力开拓，认真制定和完善运城经济发展的战略规划，加快工业化进程，提高城市化水平，把经济建设和社会发展推向一个新的高度。

随着市委的成立，市人大、市政府、市政协将相继产生，其职能也将得到进一步加强。我们要投入更多的精力，进一步推进民主政治建设，依法治市，创造安定团结的发展环境。一定要按照“三个代表”重要思想的要求，切实抓好各级班子建设、干部队伍建设和基层组织建设，加大干部制度改革力度，使大批优秀人才脱颖而出，为全市经济和社会发展提供强有力的组织保证。

撤地设市是运城行政管理体制改革的一项重大举措，涉及政治、经济、社会各个方面，既关系到许多部门和单位的职能划分，也关系到许多干部、群众的利益调整，是一项规模庞大而又十分复杂的系统工程，必须稳步推进。各级领导和有关部门一定要加强协调，精心组织，扎实工作，动员全市干部、群众积极投身于建设新运城的伟大实践中。

新市委作为领导全市改革开放和经济建设的核心，肩负着河东人民跨世纪的重托，全市人民在市委的领导下，高举邓小平理论伟大旗帜，团结奋进，顽强拼搏，一定能够创造出两个文明建设的辉煌成就，托起一个充满生机和活力的新运城！

（《运城日报》2000 年 11 月 1 日）

抒写中华民族的自信[1]

——鹳雀楼重现天下之际论王之涣诗《登鹳雀楼》

一

白日依山尽，
黄河入海流。
欲穷千里目，
更上一层楼。

1300 多年前，正是中国的大唐盛世。

就在 8 世纪的 20 年代，已负盛名的青年诗人王之涣，沐浴着“开元之治”的灿烂阳光，游历到黄河中游的河中府蒲州城，登上“前瞻中条，下瞰大河”的鹳雀楼。诗人极目骋怀，逸情云上，与山河对话，代盛唐立言，写下了这首气象恢弘，格调高迈，放射着哲理光芒的五言绝句——《登鹳雀楼》。

这首诗，以其居高临下的逻辑力量和气贯长虹的审美意趣，形象地勾勒出人类社会曲折演进的前进法则。20 字的流韵绝响，抒写出中华民族放眼世界，走向未来的理想与自信，胸襟与气魄！

“诗以言志。”在世界上，中国是一个诗的神圣国度。中华民族是一个天才地创造诗的辉煌，又不断得到诗歌艺术滋养哺育的伟大民族。千百年来，王之涣这首诗，恰如一篇展示中华民族精神的宣言，其宏朗乾坤的音韵，磅礴于历史时空，流布于寻常巷陌，与时俱进，因而成为世界诗歌艺术殿堂中的伟大诗篇。

① 此文系作者署名文章。2003 年 3 月，曾获第二届中国世纪大采风活动金奖，并入选北京大学“教育大典”系列。

今天，鹳雀楼，这座消失于历史风尘中700多年的建筑艺术杰作，欣逢历史机缘，在中央领导的高度重视下，始得复建而重现天下。我们奋进在民族复兴征途上的中华儿女，登临斯楼，以现代意识涵泳领略王之涣《登鹳雀楼》诗，将会获得全新的智慧、力量和启迪。

二

王之涣《登鹳雀楼》作为唐诗中的极品，史称绝唱，为世代传诵。此诗的诞生，在格调和思想上为唐诗开辟出一个新的境界。清代一诗评家评说："王诗短短二十字，前十字大意已尽，后十字有尺幅千里之势。"从字义上看，诗人是写景抒情，实则深入诗心，观照语境，就不难发现，这是一首内含人生、社会深邃思考的哲理诗。

我们对王之涣的通篇诗意，是否可以作如下的赏析？

太阳要沉入苍茫的群山之中，黑暗将临，但是亘古不息的黄河，不会因为暗夜封裹、万籁俱寂而停止它的滚滚奔流；群山虽然可以一时把太阳遮没，但是却阻挡不住黄河奔向大海的腾跃气势。大海是崇高的万象之源。此刻能看到波涛汹涌的大海多好啊！眼前的黄河之所以有一往无前的挑战精神，因为它有奔向大海的理想信念。拥有理想和抱负，是人类精英的本质优势，然而人在人生的旅途上都不可能一帆风顺，必然会遇到困难和挫折，但是只要站在高处看世界，做到全局在胸，就不会被眼前的"浮云"所困惑。而要拥有高远的眼光穿透时空，就必须勇于投身社会实践，不断攀登，开辟人生新境界。

从哲学的角度思考，我们就会逻辑地发现，诗的前两句"白日依山尽，黄河入海流"，表现的是大自然的永恒张力，"子在川上曰：'逝者如斯夫，不舍昼夜'"；诗的后两句"欲穷千里目，更上一层楼"，弘扬的是人类生命的主体张力，"天行健，君子以自强不息”，整个诗篇体现哲学的深邃，内含人类宇宙观、生命观、时代观和价值观。

“白日依山尽，黄河入海流”，突现出大自然现象中一幅对立统一的美学画面。在诗人的眼里，“白日依山尽”是时序上的一个自然现象，是暂时的；而“黄河入海流”虽然也是地理上的一个自然现象，但它代表着事物发展的演进规律，是永恒的。这个“永恒”，在精神状态上是对“暂时”的一种应对和挑战。在这里，诗人从事物的偶然相对中发现必然的绝对性，从而在思想上开辟出从有限向无限的认识道路。于是，诗人豪迈地唱出“欲穷千里目，更上一层楼”这声震海内外千古传诵的佳句。诗人在这里提出了看问题要高瞻远瞩和敢于攀登、善于攀登的辩证思考。

王之涣《登鹳雀楼》诗，流动的理性是不朽的，其展示的美学意境是崇高和阔大的。从美学意义上观照，我们会感受到，诗人笔下的用词，无不亮丽着崇高的意象美：辉煌的落日，苍茫的群山，奔流的黄河，天外的大海，极目的远眺，凌空的高楼，等等。作为伟大诗人，王之涣的这首诗代表了那个时代的审美理想。它极具魅力地折射出盛唐社会雍容、开放、豪迈、壮阔和充满自信、开拓进取、一往无前的文化生活和时代心理，使人披咏此诗可于美的享受中开拓心胸，得到哲理的启示，受到精神的鼓舞。

三

优秀的诗篇宣告：功夫虽在诗外，诗人永在诗中。

王之涣生活在大唐盛世。他的诗名，在自己活着的时候，即已声震海内。然而，煌煌青史却没有给这位伟大诗人留下凝重的一笔，新旧《唐书》均无他的传略。更为遗憾的是，王之涣的诗流传下来的甚少，今可见者仅有6首，其中最著名的有两首：一首是《登鹳雀楼》，一首就是被章太炎称为“绝句之最”的《凉州词》，即：“黄河远上白云间，一片孤城万仞山。羌笛何须怨杨柳，春风不度玉门关。”而《登鹳雀楼》一诗，足使王之涣诗名与宇宙共存。

王之涣出生于武后垂拱四年（688 年），即中国历史上唯一的女皇武则天登基的前两年；卒于天宝元年（742 年）二月，即中国大唐史上最辉煌的开元盛世的落幕之时。王之涣少有侠气，聪颖好学，精研文章，年龄不到 20 岁，便已穷经典之奥。后在任冀州衡水主簿时，与衡水县令李涤的小女儿产生爱情，二人结婚，和谐到老，演绎了唐代诗坛上一段罗曼史。他们的爱情婚姻发生在开元十年（722 年），正是唐王朝国运走向最鼎盛时期。在此期间，也就是王之涣在自己 35 岁到 40 岁之间，写下了这传诵千古的《登鹳雀楼》。因之，王之涣 55 岁的生命光华在文学天宇上放射出一道耀眼的彩虹！

论述“数千年诗之正变、盛衰之所以然”的清代诗论大师叶燮在《原诗》中写道：“作诗者，实写理、事、情，情可以言，言可以解，解即为俗儒之作。惟不可明言之理，不可施见之事，不可径达之情，则幽渺以为理，想象以为事，恍惚以为情，方为理至、事至、情至。”以此观之，王之涣绝唱，则超脱了一般的“诗中有画、诗中含情”及比兴寄托的艺术手法，扩大了诗歌的表现力，达到绘画、音乐、戏剧所不能达到的境界。

王之涣《登鹳雀楼》诗的诞生，自然有着特定的社会原因：（一）大唐时代文化创造力极为蓬勃而热烈，是一个需要并产生伟大诗人的繁盛时代。作为“盛唐之音”的唐诗，正是盛唐时代生活和个性风神的辉煌折射。在开元年间，与王之涣同期的先后有王昌龄、李白、高适、杜甫等，他们都是中国诗歌历史上空的巨型星座。（二）王之涣出生在河东。河东蒲坂在唐中期作为中都，与西都长安、东都洛阳、北都太原、南都扬州并称为“五都”。它与长安隔河相依，是大唐文化的心脏地带，自然崛起一批代表社会文化的前沿人物，如中唐时有王勃、王维、柳宗元、畅当，乃至唐末的司空图、聂夷中等。（三）立意决定作品之高下，而唐代诗人一个明显特征就是能够站在时代的制高点上抒发情怀，鹳雀楼在唐时是“四方隽秀者”相与言诗的胜地，王之涣属于本地俊彦，游历鹳雀楼自然不止一次。在众多以鹳雀楼为题的诗咏声中，王之涣独辟新境，将自己长期的生活感受和对大自然的洞察升华到深邃的哲学思考和超然的艺术想象，赋予自然以社会法则和人的意志的象征意义，诗中意象之幽深，超越了具象之鲜活，诚如唐代诗僧皎然《诗式》中言：“采奇于象外，状飞动之趣，写真奥之思。”这就使得别的同题诗无法与之比拟。（四）唐代的文化开放和人才解放程度是中国历史上为之少见的时期之一。由国运与文化气势所决定，生活在这个时代的文人，一般都具有强烈的文化使命意识，能够用整个身心去拥抱生活、去歌唱和赞美时代。尽管王之涣仕途上极为不顺，但是蕴含在他身上的时代文化热情和人生理想，加之爱情上的心灵慰藉，他对自己所处的社会还是充满希望的。所以他的《登鹳雀楼》所表现的主题，没有寄托个人的悲欢忧乐、心境志趣，而是穿越了一般意义上的“言情”方式和一般意义上的地理环境的局限，高扬理性旗帜，直指人类社会范畴。这首诗与陈子昂抑郁悲怆的《登幽州台歌》相比，其意境就大为不同。

四

王之涣《登鹳雀楼》诗诞生在鹳雀楼上，鹳雀楼因王之涣的诗而获得灵魂与生命。

作为一座伟大建筑，鹳雀楼为我国四大名楼之一。它根植在历史之中，消沉在历史的烟尘之下，而崛起在民族复兴的伟大时期！

鹳雀楼复建工程是中国历史优秀文化在新的历史时代复兴的结果。1991 年 7 月，在全国第六届旅游地理学术会上，近百名专家学者联名倡建鹳雀楼，永济市委、市政府开始酝酿鹳雀楼的立项方案。也就在这个时候，江泽民在与撒切尔夫人就香港问题和国际形势的谈话中，极具深意地引用了王之涣的《登鹳雀楼》诗，向世界舆论表明了中国人民对收复香港的决心和信心。1993年2月，江泽民同志应永济市委、市政府请求，在中南海欣然挥毫书写了王之涣的这首诗。之后，在鹳雀楼主体工程竣工之际，江泽民同志应山西省委的邀请，为鹳雀楼题写了楼匾。鹳雀楼复建的整个过程，得到中央领导的殷殷关怀。

在繁荣哲学社会科学的今天，我们站在高彻云表的鹳雀楼上，触摸诗人王之涣的伟大诗魂，倾听"更上一层楼"的不朽旋律，领略"欲穷千里目"的非凡意境，一种共同致力于民族复兴伟业的自豪感、自信心油然而生。在这里，你会感受到什么是天籁之声，什么是伟大艺术，什么是永恒的魅力，什么是民族精神，什么是时代激情和历史责任。

王之涣《登鹳雀楼》抒发了中华民族的豪迈与自信！

王之涣属于历史，而他的《登鹳雀楼》诗更面向未来。因为，这是中国的声音！

（《运城日报》2002年8月17日）

他的名字，永远属于青年[①]

——景克宁教授缅怀仪式上的纪念文

今天，我们怀着十分沉痛的心情在这里举行仪式，深切怀念中国共产党优秀党员、著名学者、运城学院教授景克宁同志。

2006 年 3 月 2 日下午 7 时，景克宁同志的心脏停止了跳动。他以惊人的意志和顽强的生命力，满怀对真理的执着和生命的热爱，走完了生命的最后历程。享年 84 岁。

景克宁同志是国内著名的教育家、演讲艺术家、青年思想工作者，曾是抗战时期有影响的一代新闻记者和报人。他不幸逝世的噩耗传出，国内学界为之震惊，运城社会各界为之深切悲痛和惋惜，运城学院万余名师生更是为失去一位备受敬仰的好教授、好师长而陷入深深的哀恸之中。

景克宁同志原名景良彦，1922 年 11 月 12 日出生于北京，其祖籍在山西运城安邑。祖父景梅九是一位国学大师和民主革命先驱，曾被彭真誉为“山西进步青年的领袖”。景克宁同志在少年时就接受其祖父良好的启蒙教育。1937 年抗日战争全面爆发，景克宁同志随祖父来到西安。1938 年秋，受西安八路军办事处人员指点，他中断在国立七中的学习，毅然奔赴陕西凤翔县，到参加过五四运动的著名教育家车向忱开办的竞存中学读高中，在那里阅读了大量的进步书

① 这是恩师景克宁教授缅怀仪式上的文章。景教授于 2006 年 3 月 2 日下午逝世。经运城学院党委研究，由作者执笔代表学院起草悼词。在 3 月 6 日追悼会上，中共运城市委副书记唐大雄致悼词。此文后经删略在《运城日报》刊载。

籍。1940年9月考入陕西国立商业高等专科学校，读书期间兼任《西安晚报》文艺副刊主编，专栏署名“克宁”。在后来大量接触马克思主义哲学思想后，便将其笔名正式取为“景克宁”，寓意景仰马克思列宁主义。

1942年，景克宁同志大学毕业，即与几位中共地下党员、青年文艺爱好者秘密潜赴延安。由于这次行动受到监控，景克宁同志在途中被国民党当局拘捕，后经其祖父营救保释。赴延安受挫后，他选择了新闻职业。1943年至1948年，先后在西安《西京平报》《华北新闻》，天津《民生导报》，北京《大众报》担任记者、采访主任、编辑主任、主编等职。1949年春，在“两个中国之命运”的决战关头，景克宁同志冒着生命危险，来到南京出任《大江晚报》总编辑。在中国人民解放军百万雄师过大江的当天，景克宁同志挥笔撰写了该报具有历史意义的社论《天亮了》。2003年春节期间，中央电视台热播大型电视连续剧《江山》，剧中出现的《大江晚报》和片头上连续叠映的“天亮了”的三个大字，即印证当年景克宁同志为争取自由民主的新中国用笔战斗的历史场景和足迹。

新中国成立后，景克宁同志经由党组织安排赴华东革命大学政治研究院学习培训，后被分配到上海美专任马克思主义哲学教授。1957年被错划右派。“文化大革命”期间，被错误地以“现行反革命罪”判处死刑，后改判最高刑期20年。党的十一届三中全会后，平反昭雪。1980年改正了错划右派。历经了23年劳改和冤狱生活之后，他于1980年夏从上海无怨无悔地回到运城，重新走上大学讲坛，恢复了教授职称。1982年，景克宁同志响应党的十二大提出建设社会主义精神文明的号召，肩负强烈的社会责任感和历史使命感，从学校讲坛走向社会讲坛。1984年12月29日，景克宁同志光荣加入了中国共产党。1986年始，他虽然身患癌症，但却始终没有停歇在全国演讲的步伐。他站在各地的讲坛上，高举真、善、美的旗帜，用知识、理想、信念影响了整整一代青年。2005 年 9 月第三次癌细胞扩散前，景克宁同志在全国 29 个省市区作大型演讲 2700 余场，直接听众达 300 余万人次。他的事迹，被新华社、《人民日报》、《光明日报》、《中国青年报》、《中国教育报》广泛报道。出版专著《美在召唤》《青年启示录》《东方智慧巨人——老子探奥》《书韵》等 10 部。景克宁同志为推动社会文明进步，对全国特别是运城的文化建设、青年工作建设，作出了重大贡献。

1984 年至 1990 年，他连续获得山西省委、省政府授予的“劳动模范”，省政府授予的“优秀教师”，省委组织部授予的“优秀共产党员”等称号。1990 年获得中宣部、团中央授予的“全国优秀青年思想工作者”称号。1991 年，享受国务院有突出贡献专家特殊津贴。2005 年，又获得“山西省首届有突出贡献专家”称号。同时兼任《中华人民共和国日史》编委副主任、中华教育研究会副理事长、《求是》杂志文化艺术中心主任委员，并受聘为清华大学、首都师范大学、辽宁大学等 43 所高校兼职和客座教授。

景克宁同志的一生，是坚持真理、传播马克思主义理论的一生，为青年事业思考和工作的一生，为党和人民的教育事业殚精竭虑的一生，为弘扬中华先进文化不懈奋斗的一生。

在跨越新旧“两个中国”漫长而多难的历史进程中，景克宁同志始终坚定共产主义理想信念和对马克思主义的信仰。作为新中国第一代马克思主义哲学教授，理想、信仰对他从来不是虚幻的东西，已经融入他的生命当中。在入党宣誓中，他说：“当我站在党旗下举手宣誓的时候，我是用手举起我的心来宣誓的，我是用我一生追求党的历史感情来宣誓的，我是用我的生命来宣誓。这就意味着我把我整个的人献给了党的事业。”漫长岁月中，他在政治上始终同党中央保持高度一致，对党的事业忠诚不渝，用行动回答和诠释了自己的铿锵誓言。

对党的教育事业、精神文明建设以及运城的文化建设，景克宁同志倾注了毕生的心血。重新走上大学讲坛后，他以惊人的勤奋，不舍昼夜，投入教学当中。他由衷地感到："面对学生，教师应视每一堂课都是自己的盛大节日，当全力以赴。"并强调说："在大学，教师要讲自己研究的东西。"在他的主导下，创办了《运城学院学报》，为青年教师构建起学术研究和交流的平台。在我国恢复教授职称评定后的第一年，景克宁同志担任山西省首届高校职称评审委员会副主任。他求真务实，力携后学，为全省高校学术研究队伍的建设起到了奠基人的作用。由于他的影响，形成了以他为领军的当代河东学派。同时，他还以撰写书序为高尚追求，推出了一大批新人和力作。

景克宁同志是一位深邃的思想者。他的思维，永远和创新联系在一起；他的名字，永远属于青年！面对未来，面对现代化，景克宁同志心系青年，始终投身在"中国·世界·青年"时代课题的最前沿。他把对青年深厚的爱，融在祖国和社会的进程中去作历史的思考，他用催人奋进的时代鼓号，激发青年对祖国对人民的热爱、对人生对历史的思考。他最早出版的《美在召唤》《青年启示录》《人生的论证》三部著作，就是为青年推出的。他是演讲家中的学者，是学者式的演讲家。

作为一个具有广泛社会影响和极高社会知名度的学者，景克宁同志一生始终以社会良知为己任，坚持为社会正义服务。这一切都来自他对国家、对民族博大深沉的忧患意识和不断追求真理、追求进步、追求正义的责任感。他是得了中华民族精神真传的人，"天行健，君子以自强不息"的中国文化精神，在他身上得到完美、强烈、也最具影响力的体现。在坚持真理的道路上，明知不可为而为之，明知危险却愿赴难，为着国家和民族的大忧大患，而处坚定立场，而发铿锵之声，而斥谬理，而坐牢，而始终不屈服。从景克宁同志身上，我们看到，从屈原到鲁迅等知识分子的风骨。

1986年以来，癌症病魔三次向景克宁同志袭来，他始终笑谈就医，医学专家感叹地说，一般人都会是在病榻上度过，可他的20年却是在讲坛上度过的，这本身就是生命的奇迹。2005年9月初，癌细胞全面扩散之际，他的病情引起各级领导和社会各界人士的深切关注。运城市四大班子领导，运城学院领导和师生，运城社会各界人士，纷纷到医院看望；省委统战部、省纪委、省发改委的领导和朋友也多次看望；北京、上海、天津、昆明和香港的一些文化学术机构也不断来人来电表示慰问。在弥留之际，景克宁同志的肌体几乎全部衰竭到无法运行的冰点，但头脑却非常清醒。他对家人说："我还有几件大事没有做完，如果再给我一年时间，该多好！"

景克宁同志带着遗憾走了。

他的不幸逝世，对我们运城乃至全省全国的文化、教育事业都是不可弥补的损失。党和人民失去了一位优秀的思想教育工作者，学界失去了一位学识渊博、人格高尚的名师，建设先进文化的征途上失去了一位开拓者和传播者。

我们要化悲痛为力量，学习他用马克思主义科学理论武装头脑、指导实践的优秀学风，学习他勇于追求和坚持真理、为正义事业献身的高尚情操，学习他对祖国、对人民无限忠诚和对青年、对社会无限热爱的崇高品质，学习他生命不息、奋斗不止的拼搏精神。景克宁同志永远是我们学习的楷模。

景克宁同志永垂不朽！

（2006年3月6日）

运城，希望在前①

——为运城角逐“中国魅力城市”鼓与呼

运城的市民朋友，现在是深夜11时。

我市参与CCTV2006年度“中国魅力城市”评选活动，正进入关键的角逐时刻。

你若是一个真正的大舜子民，你若是一个关公故里的忠义传人，你若是一个怀抱“欲穷千里目，更上一层楼”的激情与自信的运城人，一定会和我们编辑部的同志一样，此刻，守候在电视荧光屏前，关注我们运城在参评“中国魅力城市”的人气指数节节攀升的激动人心一幕。

运城的人气指数在日益增长！

5月31日晚11时，运城的票数是32467张，排名13；而截止到6月1日晚11时，票数为55689张，越过湖南湘西和新疆库尔勒，排名跃入11名。现正以每秒30张票数的速度增长！

运城醒来了！

运城这个年轻的城市，迎着“中国魅力城市”这一时代标志性字眼，展开了自己蓬勃腾飞的羽翼。

有道是，爱家的人才会爱国。同样，爱自己城市的人，才会爱明天的生活。你心中如果没有自己的城市，这个城市永远也不会发展起来。这是一个明晰的逻辑，任何一个渴望运城发展，并积极为运城发展作贡献的运城人，都会认同这个道理，而投出自己神圣

① 此文是作者在夜班现场急就的一篇署名评论。当时，为运城角逐“中国魅力城市”直线飙升的民望所感染、所激动，作者于报纸签字前半小时，临时决定换稿。时间急迫，这是作者于电脑录入员平台前口述而成的文字。这篇具有感召力的“急就章”，对运城市“申魅”成功起到了舆论的推动作用。

的一票。

你真的热爱运城吗？那么，你就积极参与到“中国魅力城市”这个评比活动中来。这，也正是检验我们真诚和爱心的时候。

投票截止时间是 6 月 20 日。

历史不能等待，争创“魅力城市”，唯有从我做起。

（《运城日报》2006 年 6 月 2 日）

一个坚定的声音激励着我们①

这是一个历史性的时刻，这是一个史诗般的画面。

在抗震救灾第一线，在抗震救灾最紧急的时刻，胡锦涛总书记发出了气壮山河的声音：“任何困难都难不倒英雄的中国人民！”这声音，激荡在广袤的中华大地，穿越时空，向世界宣示中国人民一定会战胜地震灾难的信心和决心！

5月18日上午，经历了又一个不眠之夜的胡锦涛总书记，专程来到地震重灾区什邡市察看救援现场。沿着坎坷不平的道路，经过一个多小时跋涉，他来到蓥华镇。踏过残垣断壁，神情凝重的总书记对现场救援的部队官兵和消防队员说，被困的群众正急切等待我们去营救，时间十分紧迫。同志们一定要争分夺秒工作，千方百计抢救幸存者。总书记奋身登上废墟高处，用洪亮的声音坚定地喊道：“我坚信，任何困难都难不倒英雄的中国人民！”

总书记的声音，是对所有奋战在抗震救灾第一线的救援人员的激励，也是对全体中华儿女的召唤，更加凝聚了中华民族战胜重大地震灾害的意志和力量。

相信，在世界上任何一个地方的炎黄子孙，听到总书记坚强的声音，无不为之振奋，热血沸腾。

历史的中国，曾是一个多灾多难的国家。然而，

① 围绕汶川救灾工作大局，作者于2008年5月21日全国悼念日的前一天下午，写出这篇署名评论。该评论获2008年度中国地市报“新闻言论一等奖”。

她造就了一个不屈不挠、英勇奋斗、敢于战胜任何艰难险阻的伟大民族。

今天的中国，这种伟大的民族精神，更显示在党的领袖与人民群众同甘苦共患难的无坚不摧的力量之中。中国的大国形象和强国力量，令世界瞩目和震撼！

汶川大地震发生后，救援行动在巴蜀大地展开，在整个中国疆域展开，如波涛一般在每一位中国人的心头汹涌。

中国人民抗震救灾的英雄壮举，表现出无与伦比的坚韧和坚强，感动了世界并赢得各国政要和人民广泛的敬意和赞扬。它再次证明：古老辽阔的中国是英雄的国土，不屈的中华民族是伟大的民族。

中华民族向有“存之死地而后生，陷之亡地而后存”的救亡图存绝地奋起的英雄气魄。

“任何困难都难不倒英雄的中国人民！”今天，总书记发出的声音，激励着中华民族敢于面对灾难、敢于战胜灾难的决心和勇气。我们和灾区人民相信——

灾难中有死亡，但绝不会有恐惧，在我们身后有一个强大的中国；

灾难过后有孤儿，但绝不会有流浪，我们国家就是一个幸福的大家庭；

灾难留下悲伤，但绝不会有绝望，愿逝者安息，生者会更加坚强，我们一起为灾区建起更为美好的家园。

目前，灾区的抗震救灾斗争进入最关键的时刻，正是需要英雄并产生英雄和英雄群体的时候。英雄无名，大爱无声。英雄就在前方，英雄就在我们身边，我们每个人都应该争做抗震救灾和支援灾区人民重建家园的时代英雄。

（《运城日报》2008 年 5 月 21 日）

这是中国的“运城时刻”①

当太阳从东方升起，南风熏来，一个神圣、辉煌的历史时刻降临河东大地。

2008年6月25日上午8时，北京2008奥运火炬接力传递活动，在运城开启了山西的“和谐之旅”。

奔腾的“祥云”，穿越在这块拥有五千年华夏文明历史的土地上，为运城这座蓬勃奋进的城市，赢得了面向世界尽情展示自己风采的一刻。

这一时刻，是中国的“运城时刻”。

古老的河东，有幸见证历史的辉煌；今日的运城，有幸亲临历史的伟大时刻。奥运火炬在运城的传递，创造了北京奥运火炬传递时空的一段精彩场面，它将定格成500万运城儿女光荣与骄傲的记忆。

奥运圣火是奥林匹克精神的最高象征，代表着希望与梦想、光明与欢乐、和平与友谊。北京奥运火炬在运城的传递，是我市人民近距离地拥抱奥运圣火，分享“奥运会主人”的幸福与自豪的欢乐节日，是我们接受奥林匹克教育和爱国主义教育的一次成功路演，更是中华民族精神和伟大的抗震精神对人们心灵的再次激扬！在这个属于运城的重大历史时刻，世界注目着我们。同时，我们也在审视并发现着自己——

运城，是一个放飞光荣梦想并充满自信的城市。这次奥运圣火的成功传递，是对我市民众文明素质的

① 2008年6月25日，北京奥运圣火在运城传递，当天下午作者写出这篇署名“本报评论员”的文章。该评论获“山西新闻奖”二等奖。

一次检验、洗礼和升华，奥运精神正在植入这个城市文化的血脉。我们对外开放大手笔形象的豪迈展示，使我们对新运城的美好明天充满希望和自信。

运城，是一个具有创造活力并勇于奉献的城市。“同一个世界，同一个梦想。”此刻，我们心手传递的奥运圣火，与援助灾区传递的接力一起，凝聚成运城人民支援四川灾区夺取抗震救灾胜利的共同信念，融汇成一种力量的持续涌动，为四川加油，为灾区奉献爱心与力量。

运城，是一个追求自我超越并更新不已的城市。南风广场展翅腾飞的火凤凰图雕，象征着运城城市精神的灵魂。“更高、更快、更强”的奥林匹克精神，通过火炬传递被广泛传播、广为接受，让神圣的奥林匹克火炬在我们每个人的心中点亮，更加增强我们爱国的责任和建设新运城的信心与力量。我们期待并坚信，今天的“运城时刻”，面对世界，必将孕育出新时代的火凤凰。

“祥云”从凤城飘过。但是，历史将要在这里长作回眸。因为，魅力城市的册页上将续写这样的文字：运城，这是2008年北京奥运会火炬穿行过的地方。

（《运城日报》2008年6月26日）

迎接国家层面的赋予①

——写在设立晋陕豫黄河金三角承接产业转移示范区的历史时刻

一

2012年5月14日，国家发展和改革委员会重笔落下，批准设立“晋陕豫黄河金三角承接产业转移示范区”。

国家发改委在《关于设立晋陕豫黄河金三角承接产业转移示范区的批复》文件中，明确指出这是根据《中共中央国务院关于促进中部地区崛起的若干意见》和《国务院关于中西部地区承接产业转移的指导意见》精神，同意设立晋陕豫黄河金三角承接产业转移示范区。

设立晋陕豫黄河金三角承接产业转移示范区，这是国家作出的战略安排，它与国情国运紧密相连；这是三省四市决策者们谋划长远、情牵民生的智慧结晶，它承载着这一区域人民的梦想；这是乘势而为、回应历史的传奇挑战，这是“艰难困苦、玉汝于成”的奋斗成功。

这是全国唯一跨省区，与国家中西部关中－天水经济区、山西省国家资源型经济转型综合配套改革实验区、中原经济区相互契合的承接产业转移示范区。不言而喻，它蕴含着非同寻常的战略意义、政治意义和经济社会意义。

“黄河之水天上来，奔流到海不复回。”我们应

① 运城是萌发“建设晋陕豫黄河金三角区域协调发展综合试验区”梦想的策源地。2012年5月14日，国家发展和改革委员会批准设立“晋陕豫黄河金三角承接产业转移示范区”，为迎接这一重要时刻的到来，作者起草了这篇重要评论。发表时署名“本报评论员”。

该为之自豪！经过6年的艰辛努力，坚韧不拔、锲而不舍，我们书写了史诗般的中西部区域发展进程新篇章。

二

提到区域经济发展，人们自然想到了“珠江三角洲”这个经济区的概念。改革开放以来，珠江三角洲最早接受了现代文明的洗礼。这一广东省的“精华地带”，产生了“核爆效应”，使这大片的热土发生了神奇的变化，被西方媒体称为“爆炸性的持续繁荣”。这个曾经为国人羡慕甚而望洋兴叹的“南方共同体”之谜，在十多年后，竟然为晋陕豫黄河金三角的决策者精深地解读，而赢得了新的成功。

当今世界经济有两大潮流：一是经济全球化，二是区域一体化。促进区域协调发展，形成东中西相互促进、优势互补的新格局，这是顺应时代潮流和发展趋势的历史进程。区域协调发展，这是我国经济社会发展的大思路，是开创科学发展新局面的大战略。

晋陕豫黄河金三角地区包括山西省运城市、临汾市和陕西省渭南市、河南省三门峡市。这里是华夏文明和黄河文化的滥觞地、开创地和集聚地，地缘文明和地理资源处于同一层面。它地处中西部接合带，具有承东启西、沟通南北的区位优势，矿产、农业、文化旅游资源丰富，产业发展基础良好，多年来积极推进一体化发展，积累了丰富的区域合作经验。建设晋陕豫黄河金三角承接产业转移示范区，有利于突破行政区划界线，整合区域优势资源，创新区域合作机制，增强整体竞争实力，为中西部地区合作承接产业转移探索新途径、新模式，发挥典型示范和辐射带动作用，推动晋陕豫黄河金三角地区经济社会又好又快发展。

国家发改委赋予示范区建设的主要任务是，在“三个承接”和“五个着力”上做好大文章。

这就是批复设立示范区的文件中指出的：示范区建设要深入贯彻落实科学发展观，坚持以科学发展为主题，以转变经济发展方式为主线，进一步解放思想、创新体制，推进科学承接、绿色承接、合作承接，着力改善投资环境，促进产业集中布局，提升配套服务水平；着力在承接中发展，提高自主创新能力，促进产业优化升级；着力加强环境保护，严格产业准入门槛，节约集约利用资源，促进可持续发展；着力引导劳动力转移就业，促进产业和人口集聚，加快城镇化步伐；着力深化区域合作，促进要素自由流动，实现东中西部地区良性互动，逐步形成分工合理、特色鲜明、优势互补的现代产业体系，不断增强自我发展能力和辐射带动作用，努力建设中西部地区重要能源原材料与装备制造基地、区域性物流中心、区域合作发展先行区和新的经济增长极。

三

历史长河的前行，正如万里流长的黄河，它有一泻千里的气势，然而更多的是艰难曲折的勇往前行。

站在历史坐标上，高度审视我们在“晋陕豫黄河金三角承接产业转移示范区”的申报工作路上，有历史的机遇，但也有主观的努力和锲而不舍的毅力，申报者抱着“为运城人民谋利，为运城发展负责”的高远抱负和责任情怀，经历了风雨曲折的奋争过程。

2006 年，《中共中央国务院关于促进中部地区崛起的若干意见》公布，我市提出了建设东西经济互动示范区的创意。就像在一片充满希望的土地上播下种子一样，人们可能不会注意，但对于播种者来说，心中已是春华秋实的憧憬。首倡者怀抱着“伟大梦想”，静静地从运城中心城市出发，踏上赴北京的探索路程。他们衔枚出征，实际就是先做试探性工作，同时也为避免招来别人的不解和嘲笑。

2007年阳春三月，在北京召开了可行性专家论证会。之后，由运城牵头组织，联合陕西渭南市、河南省三门峡市及我省临汾市，共同开展国家晋陕豫黄河金三角区域协调发展合作实验区申报工作。邀请国家有关方面领导、专家、学者开展研究论证，并起草了《晋陕豫黄河金三角区域协调发展综合试验区方案》。

2008年7月，山西省人民政府、陕西省人民政府、河南省人民政府《关于将晋陕豫黄河金三角设立为国家区域协调发展综合试验区的请示》，联合上报国家发改委，得到了国家发改委和有关方面的高度重视。

2009年1月、2010年1月，国务院总理温家宝、副总理李克强，相继对晋陕豫黄河金三角地区建设国家区域协调发展综合试验区工作作出批示，并两次以国务院交办件转国家发改委研究。

2012年2月，三省发改委《关于设立晋陕豫黄河金三角承接产业转移示范区的请示》，呈报国家发改委。很快，国家发改委正式批复，批准设立晋陕豫黄河金三角承接产业转移示范区。

至此，一幅承接产业转移示范区的框架性战略蓝图，清晰地呈现在我们面前。

四

恩格斯曾指出：“历史从哪里开始，思想进程也应该从哪里开始。”

随着“晋陕豫黄河金三角承接产业转移示范区”的批准设立，黄河金三角区域的规划从此进入国家的战略层面，为此付出巨大辛劳、智慧和作出开创性、领头雁贡献的运城，已经开始了“春天的出发”，继而谱写“春天的故事”。

2011年6月23日，省委书记袁纯清在运城调研时提出：“抓住申报晋陕豫黄河金三角区域协调发展综合试验区的大机遇，相互之间，知己知彼，互惠互利，形成晋陕豫黄河金三角的共生核心圈。向东与郑州、向西与西安形成经济互动圈。然后与长三角、珠三角联手形成更大的经济开放圈，建成山西向东向西开放的大通道和桥头堡。”

目前，晋陕豫黄河金三角承接产业转移示范区的政策概念，刚刚诞生，尚未走红，其总体形象还没有立体地、多层次地、鲜明地展示出来。万里长征仅走完了第一步。这将是一个长期而又艰难的历史实践过程，其本质就是应答历史挑战的过程。

当前的重要任务，一是力促三省发改委出台关于晋陕豫黄河金三角承接产业转移示范区规划的实施方案；二是确定一批经济开发区和产业园区，作为承接产业转移基地；三是尽快与长三角、珠三角、京津冀、港澳台地区开展承接产业对接工作；四是建立晋陕豫黄河金三角承接产业转移示范区建设管理和市、县推进机构，明确职责，定期考核，开展竞赛；五是落实一系列优惠政策，发挥各市优势，以晋陕豫黄河金三角名义，积极与国家部委及有关部门对接，逐项落实优惠政策。同时，媒体要进行大体量、有深度、持续性的宣传，使得“承接产业转移示范区”的概念深入人心，并转化成全体民众为开创美好生活的新福祉和新实践。

维护宏观调控的严肃性和权威性，是协调区域发展的基本手段，也是示范区发展必须遵循的原则。按照国家发改委要求，示范区由山西、陕西、河南 3 省共同负责建设和管理。要切实加强对示范区建设的组织领导，探索形成有力有效的协调机制，科学编制示范区规划并认真组织实施。只有捏指成拳，才能拼搏有力、谋之长远。

我们要把晋陕豫黄河金三角承接产业转移示范区建设，作为推动晋陕豫黄河金三角区域协调发展综合试验区工作的抓手，在今后更加艰巨的任务中，我们运城一定要发挥好示范带头作用，继续发挥牵头协调作用，不负国家发改委的重托。

（《运城日报》2012 年 6 月 11 日）

基层民主政治建设的划时代迈进[①]

——全国村务公开民主管理工作会议引发的新思考

一

红色的7月是点燃人们激情的季节。河东的7月，更是丰收中孕育着新的希望的时节。刚刚获批国家“承接产业转移示范区”的运城，以宽广的胸怀和高度的自信，热情迎接全国村务公开民主管理工作会议在运城召开。

这何止是运城517万人民的期盼，这是全国农民的民主盛会！

2012年7月3日，来自全国各地参加全国村务公开民主管理工作会议的领导和与会代表，在运城的农村观摩、考察、学习“阳光农廉网”建设的成功经验，实地感受“阳光农廉网”这一创新的基层民主管理形式带给运城破解“三农”新难题和区域经济社会发展的巨大进步。

中共中央书记处书记、中央纪委副书记何勇，一路步履矫健，兴致勃勃地穿行在平陆、夏县农村。他沿途巡“网”，他亲民入户，他认真听取，他带头鼓掌！

“阳光农廉网”的建设，从概念、理念、制度、机制和实践，其发源地在运城，而后一路推向全国。

运城的“阳光农廉网”，就是创建一个集公开、对话、监督、服务于一体的“一网六平台”体系，将

① 2012年7月3日，全国村务公开民主管理工作会议在运城召开，会议组织各地代表参观、学习了运城“阳光农廉网”建设的成功经验。由作者执笔撰写的这篇评论，对运城“阳光农廉网”建设的经验做法作了全面系统的总结与论述，并从理论层面提出了新的思考与认知。发表时署名“本报评论员”。

农村的事、农业的事、农民的事放到互联网上，让农民知情、让农民参与、让农民监督、让农民管理。它使人民群众知道了在落实国家政策和“三农”工作上，各级干部要做什么、在做什么、已经做了什么。这样，就将农村党员干部置于灯光聚焦的舞台之上，农村干部成了“透明官”，农民自然就成为“明白人”。

在网络信息的阳光天宇下，运城的基层民主政治建设大踏步前进，真正实现了“为民做主”向“由民做主”的历史性转变。

在运城市“阳光农廉网”监管大厅，超大屏幕的LED画面映入人们眼帘。当点击到网上开设的“资金直达”专栏页面时，上面显示：“该栏目就是将粮食、农资等13类98项政府性补助资金，全部实行由市财政国库直接支付给322万受补群众的‘点对点’模式。同时，将相关直补信息在网上同步公开，对资金拨付情况进行跟踪监督。相对于过去的资金发放模式，这种做法删减了财政专户、职能部门、乡镇、村委会等中间环节，有效避免了截留、挤占、挪用、抵扣等现象的发生。据统计，现在每一万笔资金的拨付只需要90秒钟；在过去，即使5个营业所同时工作，仍需要两个月的时间。并且这项工作不收取任何费用，受补农户拥有任何一个金融机构的银行卡或者存折都可以跨行领取，在全国范围内实现了‘一卡通’。2009年以来，我市共直付资金43.58亿元，分别占全国和全省直付总量的11.9%和73%。”

监管大厅超大屏幕上折射出的为广大农民欢呼雀跃的一幕幕历史性投影，对与会者产生了强烈的震撼。

这是汇报，更是一种展示。毫无疑义，“阳光农廉网”的开创，是社会主义政治文明建设的新创举，是中国基层民主的新跨越、新胜利。

二

“‘三农’问题是全党工作的重中之重。”这样的定位彰显中央解决“三农”问题的决心和信心。

自 2006 年 1 月 1 日起，中国废止了农业税条例，这是中国农民命运发生重大变化的标志性事件。它势必有力地推动城乡统筹发展。

用历史眼光看，我国的经济社会发展，就是在从农业支持工业到工业反哺农业，从农村服务城市到城市带动农村的曲线变化中演进的。废止农业税，我国工、农两大关系的反向转变，实际上是国家和农民分配关系的重大调整。它释放出一个强烈的信号——从此以后，9 亿中国农民将更多地分享到改革发展的成果，他们的利益将得到更多的维护和发展。

然而，中国步入“后农业税时代”，也使解决“三农”问题进入一个新的历史起点。对广大农民来说，他们在分享巨大喜悦之时，或许有些担忧：农业税取消之后，减轻农民负担是否具有刚性约束力，其他的费用会不会因此而变相上升？

2006 年 3 月，温家宝总理在运城视察“三农”工作时强调：“一定要把关系农民群众切身利益的事情办好，把中央的强农惠农资金管好、用好。”总理这番带有深刻预见性的话语，是对各级干部的警醒与告诫。

现实就在眼前，新的情况和问题，期待着我们去解决。

运城是一个传统的农业大市。随着中央扶持“三农”工作力度的不断加大，国家、省每年拨付给我市的强农惠农资金占全省的 30% 以上，有力推动了农业发展、农民增收。但是，这些资金成了一些基层干部眼中的“唐僧肉”，有的巧立名目、截留挪用，有的不择手段、侵占贪污，由此引发的涉农信访量长期居高不下，一度占到全市信访总量的 40% 以上，运城由此连续多年成为山西省的“信访大市”。

2008 年，市纪委核查了几起影响较大的农村党员干部贪占惠农资金的违纪违法案件，发现这种现象的根源在于惠农政策不公开、村务财务不透明、权力运行不规范。暗箱操作导致权力腐败，干群关系紧张，对农村基层政权的稳定、农村经济社会发展构成严重威胁。与全国很多地方一样，运城市过去在村务公开方面做过一些探索，但由于公开的形式有限，内容不全面，“墙头账”“包包账”，让群众不知情、看不懂。

纪检部门在长期调查研究的基础上，得到一个规律性的认识：物体的腐烂败坏往往发生在阴暗潮湿的角落里，防止农村干部滥用权力而导致腐败的一个有效办法，就是将农村的“事”和干部的“权”放在民主监督的阳光下运行。

2009 年初，市纪委从民意诉求、民愿引导、民怨化解、民生服务的实际出发，以民主管理的政治支撑和信息技术的强势覆盖，创建了一个集公开、对话、监督、服务等功能于一体的综合性网络平台——“阳光农廉网”。“金猴奋起千钧棒，玉宇澄清万里埃。”“阳光农廉网”的直通功能和潮水般的扩展运用，形成一种全民参与监督的民主浪潮，有效保障了涉农资金安全、项目安全和干部安全，在构建农村特色惩防体系上进行了有效探索。

三

运城“阳光农廉网”建设在省委、省政府领导的高度重视和支持下，很快显示出一种强大的民主监督之伟力，从而使农村的党风廉政建设获得了广泛的群众基础和力量源泉。

2010 年 10 月 5 日，中共中央政治局常委、中央纪委书记贺国强作出重要批示：“山西运城推行‘农廉网’的做法好，对于推进农村党务公开、村务公开有着积极意义，有利于加强农村基层党风廉政建设。请跟踪了解相关工作开展情况。”

2011 年 9 月 1 日，中央书记处书记、中央纪委副书记何勇批示：“山西省委、省政府高度重视村务公开工作，近年来他们认真落实贺国强同志关于切实做好‘农廉网’工作，推进农村党务公开、村务公开的指示，在山西全省推进‘阳光农廉网’

建设，下了很大功夫，做了大量工作，如成熟可在全国推广山西省做法。”

2011年12月19日、2012年3月27日，何勇连续作出两次批示，确定召开全国村务公开民主管理工作经验交流大会，重点总结推广“阳光农廉网”建设经验。

2012年7月3日，全国村务公开民主管理工作会议上，何勇在讲话中指出：“积极推进村务公开民主管理信息化建设，注意运用互联网、广播、电视、手机等渠道，搭建农民群众和乡村干部民主参与、交流互动的平台。山西的‘阳光农廉网’建设就是信息化建设的有益探索，对落实农民群众的知情权、参与权、管理权、监督权等发挥了重要作用，取得了良好效果，希望大家认真学习借鉴。”

四

2006年11月30日，胡锦涛同志在主持中央政治局第三十六次集体学习时强调，发展社会主义基层民主政治，“要从办得到的事情做起，从广大人民群众最关心的事情入手”。

运城市“阳光农廉网”建设，再次证明，在推进基层民主政治建设的道路上，只要以“人民满意”为标准来衡量，那么人民群众因不满意而提出的合理要求，各级党委和政府都应该能办到。

在这次全国村务公开民主管理工作会议上，与会代表有一个强烈的感觉，就是通过对运城“阳光农廉网”建设经验的观摩与解读，看到了全面建设小康社会进程中推进基层民主政治的前景，找到了消除“三农”历史性问题的方向。

运城“阳光农廉网”建设经验，不仅在实践上取得了重大突破，更为重要的，是在理论意义上提供了创新性的认知。

——“阳光农廉网”充分体现和遵循了马克思主义的基本原则。早在革命战争时期，毛泽东同志就指出：“马克思列宁主义的基本原则，就是要使群众认识自己的利益，并团结起来，为自己的利益而奋斗。”农民之所以成为弱势群体，就在于他们只是弱势的个体。农廉网的出现，有利于把农民重新组织起来，有利于他们主体地位、权利意识的觉醒，引导他们从中看到和认识自己的切身利益所在。凡是群众关注的问题，尤其是与家家户户切身利益密切相关的事情，都在网上公开显示出来，群众在彰显自己的权利、利益和意志的同时，凝聚成一种推动基层民主政治建设的强大力量。

——“阳光农廉网”体现了党的领导核心地位。人民当家作主是社会主义民主的本质要求，共产党执政就是领导和支持人民当家作主。在社会主义中国，之所以必须坚持党的领导，正是因为，而且仅仅因为，党是人民群众全心全意的服务者，党反映人民群众的利益和意志。“阳光农廉网”创新了社会管理方式，它与农村党风廉政建设的目的相同，两者高度统一于巩固党的执政地位、维护国家长治久安、实现人民群众的根本利益这一大目标。

——人民群众是实行“阳光农廉网”监督权力的主体力量。实行基层直接民主、群众自治，这是社会主义民主最广泛的实践。“阳光农廉网”最为切实的内涵，就是激发了农民群众的主体意识、民主意识、责任意识和监督意识，使得农民群众的人权得到充分尊重与保障。相对于传统的单向网络公开模式，“阳光农廉网”增添了 QQ 视频通话这一网络互动新功能，为全市 264 家县直涉农单位和 153 个乡镇的主要领导分别专设一个向社会公开的 QQ 号码，农民群众足不出户，就可以与有关领导进行“面对面”的在线对话，有效解决了百姓“见官难”的问题。

——“阳光农廉网”用制度化保证了人民群众拥有直接行使民主权利的自由空间。建设社会主义政治文明，最根本的是制度问题。“阳光农廉网”创新了信息时代反腐倡廉模式，构筑起农村党风廉政建设的惩防新体系，推动农村民主政治走上制度化、规范化、常态化轨道。它将“制度反腐”与“科技防腐”有机结合起来，从源头上保证了基层公共权力规范运行，有效防止了农村党员干部行为失范和权力失控，铲除了滋生腐败的土壤和条件，有力推动了农村党风廉政建设。

五

扩大基层民主，是发展社会主义民主政治的基础性工作。推进基层民主政治建设，是夯实整个国家民主发展的基石。

农民群众依法行使民主权利，首先是对村干部实行民主监督。对村干部民主监督的程度，决定着基层民主的质量与成效。

在推进基层民主政治建设进程中，民主选举是最为引人注目的政治变革。但是存在一个不容忽视的问题，就是民主决策、民主管理和民主监督在一些地方被忽略，处在一个较低水准。民主政治的发展，不仅有选举制度实现官由民选，而且还要有民主决策、民主管理和民主监督制度作保障。后几个民主环节的发展状况，往往决定基层民主的质量和水平。不如此，民主选举仅仅是老百姓将自己享有的权利“一次性转让”。

近年来，中央在农村教育、合作医疗、最低生活保障、农业直补、养老保险等诸多方面，加大了扶持力度，各级政府不仅投资改善农村的公共服务基础设施，而且将公共财政支出直接用在农民身上。但是，如果监督机制不建立，资金使用不规范、不公开，民主决策、民主管理和民主监督制度保障迟滞，很有可能成为农村干部腐败行为的温床。

运城“阳光农廉网”的出现，成功创造了农村基层的民主制衡机制。

这是一种最全面的公开模式——

从公开思路上看，农廉网采取了市县乡村组五级联动同步推进的建设模式，真正实现了网络公开“全覆盖”；从公开内容上看，统一确定了惠农资金、涉农项目、“三资”管理、村务活动、基层党务、村干履职6个方面的敏感性深层次内容，1260万余条公开信息，基本涵盖了农民群众最关心、关注的内容；从公开机制上看，修订形成的四大类38项规章制度，涵盖了从信息收集到资料备案、从激励举措到责任追究、从前台操作到后台管理等网络运行的各个步骤、环节和流程；从公开受众上看，组织开展了“万名干部进村入户培训”活动，培训农民264万余人次，使全市农户对农廉网的知晓率超过90%，网络点击量突破3000万人次。

“阳光农廉网”一项项具体的内容信息，就是一个个民主政治的生动课堂。农民群众每点击一次，就是一次具体的民主实践。在“阳光农廉网”的普照下，全市农民群众的民主素养得到空前提高。

“阳光农廉网”切实发挥了强化民主监督、推进民主管理的“催化剂”作用。在去年的农村“两委”换届中，一些怀有不健康理念的竞选者，在“阳光农廉网”引发的民主浪潮面前，惊恐地感到，即使花钱当选，也必将面临严格的网上监督，捞不到“油水”，随即打消了贿选念头。全市农村换届工作呈现出风清气正的局面。目前，全市共受理网上举报7460个，督办解决3877个，据此核查案件740件，责任追究840人。

“坚定不移发展社会主义民主政治”，这是党的十七大报告的庄严宣告，也是中国改革开放一项令人瞩目的伟大工程。

在全国村务公开民主管理工作会议上，何勇指出：“坚持从农村实际出发，加强对村务公开民主管理工作基础性、长期性问题的研究，不断深化对新形势下村务公开民主管理工作特点和规律的认识。坚持把村务公开民主管理放在党和国家工作全局来认识，同社会的发展要求和人民群众的实践紧密结合，及时研究村务公开民主管理工作中遇到的新情况、新问题，努力取得有分析、有见解的研究成果。”

一个月前，省委书记袁纯清来运城调研“阳光农廉网”工作时指出："我们现在要应运而生、顺势而进，才符合历史的规律，才符合未来的要求，推广起来应该是很流畅的。我们现在就是要从规律上去研究。"

这次全国村务公开民主管理工作会议，为我市"阳光农廉网"建设发展提供了新的机遇。

我们充满信心地前进。

我们坚信，在不断向前的民主政治发展进程中，运城"阳光农廉网"将展示更加亮丽的风景。

（《运城日报》2012 年 7 月 10 日）

为“建设美丽中国”而欢呼！①

——抒怀在第十三个中国记者节

2012年11月8日，党的十八大胜利召开。世界的目光聚焦北京，历史的波涛倾泻着中国的伟大声音。

这天，也是第十三个中国记者节。我们的节日，有幸能与党的十八大这样的历史性盛会相遇，我们倍感光荣与自豪！重任在肩，我们与新的时代一同豪迈出发。

胡锦涛同志在报告中提出：“建设中国特色社会主义，总依据是社会主义初级阶段，总布局是五位一体，总任务是实现社会主义现代化和中华民族伟大复兴。”“全党要坚定这样的道路自信、理论自信、制度自信。”并在报告中首次将“大力推进生态文明建设”作为一个专门部分，做了理论上的新阐述和蓝图上的新擘画。他发出激动人心的召唤：“建设生态文明，是关系人民福祉、关乎民族未来的长远大计”，“把生态文明建设放在突出地位，融入经济建设、政治建设、文化建设、社会建设各方面和全过程，努力建设美丽中国，实现中华民族永续发展”。

“建设美丽中国！”这是实现中华民族伟大复兴的时代最强音。我们为“建设美丽中国”而欢呼！

历史赋予新闻工作者以新的使命，在“努力走向社会主义生态文明新时代”的征程中，我们要以最前沿的眼睛，以热爱祖国山河的情怀，以传承和弘扬中

① 2012年11月8日，党的十八大胜利召开，开幕的当天也正是第十三个“中国记者节”。是日晚，为纪念这个特殊而又重大的历史时刻，作者赶写出这篇署名评论。

华先进文化的责任，发现、记录、讴歌时代之美、社会之美、人民之美、生态之美。

在历史的河东，在年轻的运城，要“建设美丽中国”，就要求我们新闻工作者，为所处的这座中心城市，为脚下每天都在发生变化的土地，为“工业强市”“文化强市”两强战略的实施与决胜，贡献美丽的才华，书写美丽的故事。

当“建设美丽中国”之声穿越在人类新时空的时候，我们已经看到，涑水河在彻底的整治中碧水复流指日可待，小浪底引黄工程正以世界级的施工技术穿越中条山，南山生态保护和修复正在复原满目绿色，人文运城、生态运城也将在奔流的绕城河中倩影荡漾。

史书有言：“不得河东者不雄。”今有新语：“运城是山西最好的一方国土。”是的，我们新闻工作者从“十八大时间”出发，开始书写新的纪录。“建设美丽中国”的伟大实践，正在运城推进“两强”战略和国家承转示范区建设的主战场上演绎多彩的华章！

（《运城日报》2012年11月9日）

中国，再出袁隆平式人物 ①

——聚焦冯树英和他的“F”型杂交小麦技术

这是一场世界范围的科研攻关长跑竞赛。

“三系杂交小麦”困扰世界60年，全球无数顶尖级科研机构久攻不克，最终也都黯然放弃。然而，这个被称为农业的“哥德巴赫猜想”，竟被中国一个“业余”专家所攻克。

这位在国家战略层面追梦、并成功抢占世界杂交小麦研究制高点的人，他叫冯树英。

冯树英是运城市蓝红杂交小麦研究中心主任、研究员。他培育的F型小麦雄性不育系经全球科技查新肯定为世界首创，由此选育出的F型杂交小麦，比最好常规小麦增产15%。据专家预测，若在黄淮流域小麦主产区推广2亿亩，每年可增产小麦150亿公斤，相当于增加4000万亩耕地。同时还可创造一个年纯收入达30亿元的小麦制种产业。

“杂交水稻之父”、中国工程院院士袁隆平评价说：“杂交小麦的成功将使中国又一次攀登到世界高峰！”

今年59岁的冯树英，用了整整40年的时间，将一个人生命中最为蓬勃的年华，献给了“三系杂交小麦”这项重大科研事业。

① 该文是与《运城日报》记者曹创威、周娅琴合作。该作品曾进入第24届中国新闻奖评委会定评提名。

“科技创新的关键是思维创新，在前行的路上唯有创新是无阻的，要敢于打破原有固定思维，敢于对T型小麦说不”

冯树英的家乡稷山县，是后稷开创农耕文明传奇的地方。他初中毕业后回到村里的农科站。那时的粮食产量低下，他一家四口一年的口粮只有35公斤小麦和百十公斤玉米，远不足以填饱肚子，也让他刻骨铭心地记住了饿的滋味。

“农民是种粮食的人，却吃不饱肚子。”这让冯树英下定决心，“要研究新的小麦品种，提高粮食产量。”

当时，国际最先进的杂交小麦研究成果，是美国的T型小麦雄性不育系，但它有个致命的缺点，杂交种恢复度差，结实率只有70%。中国农业大学将其引进后，希望通过与国内本土品种测配，获得恢复度稳定的杂交种。

冯树英第一次见到T型小麦不育系是在1972年，也是从此时起开始研究杂交小麦。1977年恢复高考，冯树英考入运城农业技术学校。其间，冯树英尝试测配了几十种当地的品种，都没能成功。在对T型不育系坚持了8年时间的研究之后，他敏锐地意识到，也许问题并不出在测配品种上，而是T型不育系本身有遗传缺陷。要取得杂交小麦研究新突破，必须走别人没有走过的路。

这个质疑太过大胆，冯树英写信向多位老专家请教，未得到积极回应。但他以卓绝的勇气开始了一个新的起点。

冯树英说：“科技创新的关键是思维创新，在前行的路上唯有创新是无阻的，要敢于打破原有固定思维，敢于对T型小麦说不。”

正确的科学思维方式是科技工作者的灵魂。冯树英从育种理论入手，力求突破。一直以来，杂交小麦研究重点都集中在不育性上，可从哲学上讲，不育性与可育性是矛盾的两方面，是可以相互转化的。他想，也许解开了可育性的秘密，不育性的难题也就迎刃而解了。果真如此，他的辩证思维成为攻关的先导，前行的道路打通了。如今，他的这一思维被确定为“育性转换原理”。

接着，冯树英又向育种方法深入。以往，三系配套的小麦不育系全是通过远缘杂交获得的，他却要尝试近缘杂交法，这被业界认为是“天方夜谭”。但冯树英认为，质疑是研究之始，但超越更是成功之本。结果，他大胆地一试，竟试出一个生物育种的奇迹。

在试验中，育种材料的选择也起着决定性作用。冯树英发现，一些半不育品种，都是由全可育材料变异来的。“那全可育株一定有其不育性的恢复基因，就如一把钥匙开一把锁。”于是，他将这些半不育材料杂交，创造性育出了既全不育又可全恢复的F型小麦不育系，一举攻克了世界难题！

“科技创新不是吹泡泡，从思想萌芽，到探索发展，再到取得突破，只有经过长期艰苦的奋斗，才有最终成功的可能”

随着美国T型小麦雄性不育系的前景逐渐黯淡，该技术最终走入了死胡同。在众多权威的眼里，要再想攻克这一技术难题，也将是一场遥遥无期的马拉松赛。

然而，冯树英更清醒地认识到，他的杂交小麦研究，也许就是同欧美发达国家展开的一场登峰比赛。

冯树英不是专职科技人员。他先在运城行署办公厅工作，后担任运城市农委副主任，他硬是把工作之余的一切时间利用起来，坚持他的研究。没有一分钱科研经费，没有一垄试验土地，没有一件试验设备，没有一名工作助手……从起步的那一刻就极为艰难。

没有地，找！冯树英清楚地记得，35年里他换了22块地，骑坏了5辆自行车。这期间，他的种业试验先后遭受蝗虫侵袭、牧羊啃噬等多次毁灭性打击。直到2006年，他才整理出120亩稳固的试验基地。

没有钱，省！那些年，他与妻子的工资全都投在了麦地里。1983年女儿出世，所有奶粉和衣物都是两家老人提供的。最难的时候，整整一年，家里没买过一斤肉。

没有人，拉！起初，他把妻子和女儿拉进了田里。后来，研究越来越深入，需要人手越来越多，两口子又把亲戚朋友拉了进来，组成了一支“科研杂牌军”。

寒暑往来，日出日落。试验田里，几十万株的小麦要一一用肉眼察看。人们总是看到，从清晨迎着太阳强烈的光线，一直到太阳西坠暮色笼罩，面容清瘦、身体单薄的冯树英，总是沉潜在滚滚的麦浪中，缓缓前行。因长时间盯着小麦观察，他的眼底出血一度视力模糊；因长时间情注大地，他的身体过早地驼背；因长时间的站立，他的双腿患有严重的静脉曲张；因长时间的体力透支，他患有心脏房颤，病魔袭来时躺在床上不能动弹。

妻子邵小英说，树英是在拿命守护他的麦田，就像唐僧西天取经一样，也是一难一关地闯过来的。

“也曾想过放弃，但我知道科技创新不是吹泡泡，从思想萌芽，到探索发展，再到取得突破，只有经过长期艰苦的奋斗，才有最终成功的可能。”回望40年漫长的科研岁月，冯树英感叹说。

“研究杂交小麦，就像登山一样，无限风光在险峰。这个山巅我们登了上去，自然最有发言权”

2006年1月，全国科技大会召开。自主创新、建设创新型国家的战略，更加坚定了冯树英为祖国争光、为国家粮食安全立功的勇气和信心。也就在这一年，杂交小麦研究的历史被冯树英改写了。他成功培育出了F型小麦不育系和保持系，并测配出增产幅度达到15%以上的小麦杂交种。

2007年，该成果通过山西省科技成果鉴定，2010年获国家发明专利，2011 年 1 月经国家农业部首次启动保密程序审查后，授予植物新品种保护权。中国农科院认定，该研究是我国继杂交水稻之后又一个国际领先的农业科技成果。

2011 年，中国农科院向国务院专题报告了杂交小麦研制获得成功这一“重大科技创新”。温家宝总理批示：“农业重大科技成果，要加快应用研究，并尽快实现产业化。”

2013 年 5 月 16 日，以袁隆平为组长的专家组来到运城现场评议。专家组认为，该研究突破传统方法，育成既能保持不育又能很好恢复育性的 F 型小麦雄性不育系和保持系，成功破解了杂交小麦的世界难题。

目前，F 型杂交小麦研究已被科技部列入国家“863”计划和国家科技支撑计划，由冯树英的蓝红杂交小麦研究中心为项目主持单位，中国农业大学、西北农林科技大学、北京市农林科学院和河南农业大学等单位参加。这是我国农业科研历史上，第一次由民营机构带领国营单位实施的研究项目，该项目正进入繁育推广阶段。

“F 型小麦雄性不育系”，是以冯树英个人姓氏命名的，这也是首次以中国人姓氏命名的小麦不育系。

一个历史场景值得回味。2012 年 10 月，在科技部国家项目立项答辩会上，冯树英说的第一句话就是：“我愿意回答任何一位专家评委提出的任何问题。”

有人问他，何以如此自信？

冯树英笑答：“研究杂交小麦，就像登山一样，无限风光在险峰。这个山巅我们登了上去，自然最有发言权！”

冯氏的话语，折射出中国粮食安全战略上的自信，彰显了实现中国梦的强大科技实力。

（《运城日报》2013 年 12 月 21 日）

第三编
激情走笔

重要活动的评论

运城，不让抗洪战士泪湿襟

——对李江雷之子小云潇得到社会极大关爱的一点思考

新闻是一个地方的重要日记。

《黄河晨报》近期对抗洪战士李江雷为给自己的孩子小云潇治病，在经济负担重压下泣跪求助的事件，以及由此引发的全社会共同救助小云潇爱心活动的系列报道，无疑是对一个社会、一个民族关心什么、需要什么、崇尚什么和弘扬什么的一次真实的精神写照和情感记录。

凡是读到这则消息的人，心头会油然响起那首为国人非常熟悉的歌曲《为了谁》：“泥巴裹满裤腿，汗水湿透衣背，我不知道你是谁，我却知道你为了谁……”循着那飞扬的旋律，我们眼前会浮现无数抗洪英雄熟悉的身影。它触动着每个中国人的灵魂，它是中华民族抗洪精神的诗化。

在1998年中华大地抗洪斗争的英雄群雕中，有一个人，名叫李江雷。

当时，作为“长江之肾”的洞庭湖，被视为“存在着最不可估量的潜在威胁”。抗洪紧急关头，在湖南部队服役的李江雷写下“活着当英雄，死了为烈士”的遗书，冲上抗洪第一线，和他的战友一起立功受奖。2002年，身为优秀共产党员的李江雷，和同为军人的妻子尤红霞复员到尤红霞的老家绛县。李江雷靠打工赚钱，妻子虽然被安排了工作，但月薪微薄。2006年年初，他们的儿子小云潇被诊断为白血病。为给儿子治病，李江雷倾其所有，无奈之下，长期默默面对苦难的他，来到南风广场泣跪求助。

负有良知和社会责任感的《黄河晨报》记者，忠实记录并报道了这一事件。英雄一跪，撼动了河东！

一时间，社会上掀起拯救小云潇生命的救助浪潮，帮助李江雷战胜困难。在爱心捐助活动中，有一位下岗工人给晨报编辑部发来短信："刚看了晨报的'救救我的孩子吧'的报道，心里很不是个滋味。我是个下岗工人，经济上不宽裕，钱上帮不了什么忙，但我的血液是健康的，如果需要输血，我随时捐献。"在这令人感动的朴素话语中，闪耀着运城人充满大爱的灵魂。一个曾经为国抛洒血汗、忠诚奉献的军人，置身于河东人民的情感世界中，当是一种慰藉，更是一种光荣。正如前来参加救助小云潇大型募捐活动的"兵妈妈"乔文娟所说："我们要通过这次有意义的活动，让不管是现在穿着军装的还是曾经穿过军装的人感到，只要为保家卫国立过功流过汗，人民都永远不会忘记他，都会竭尽全力帮助他……"

在这里，一个问题非常简单却令人深思：在迎战洪水的险境中，李江雷背负着沉重的沙袋，在奔跑中不知跌倒过多少次，他却一次次挣扎着坚强地站起来。为了国家和人民的利益，他有着惊人的意志和力量。然而，为了挽回自己心爱儿子的生命，他却不惜下跪求助，假如没有社会的援助，他可能就要在经济的重压下倒下，再也站不起来了。这样，将是战士的悲剧，更是民族和社会的悲哀！

运城是一个尊重荣誉、热爱英雄，并且需要英雄的魅力城市。这次不让抗洪战士落泪的爱心救助活动，其意义远远超越了博爱与同情、道德与善良，它是对运城民众共同价值追求的一次崇高洗礼，将这个城市的人文精神与文化自信提升到一个新的高度。今天的新闻，就是明天的历史。但愿在这次救助活动中演绎出的许多感人故事，能成为一部"城市的心灵读本"，在构建和谐社会、建设魅力城市的多彩实践中，迸发出魅力四射的启示力量。

（《运城日报》2007 年 6 月 4 日）

城市的激情论证[①]

——谈本报“运城十大新地标”评选活动的方向

上海世博会告诉我们，人类已进入城市时代。

城市离不开建筑艺术创作。在城市时代，决策者越来越重视地标性的建筑工程。具有代表性的城市地标，正是伟大时代精神在建筑空间的投影。

黎明来临，东方熹微，一座城市最早觉醒的地方，一定是它的中心广场。在城市的发展中，中心广场就是时代广场。它自身所能演绎的内涵很多，但它的首要性，就是与民众的生存利益、文化共享、信心指标等功能元素紧密联系在一起。因而，它是城市的显著地标之一。

在我们运城，南风广场，即是一个象征城市精神坐标的独特地标。

运城是一座年轻的城市。10 年的青春奋进，10 年的激情跨越，10 年的传奇演绎，城市中的地标性建筑物不断崛起，无不宣示着这座城市前行的脚步和成长的高度，同时也有力地支撑和印证运城作为黄河金三角区域中心城市地位的形成。

在运城撤地设市 10 周年的历史性纪念日子里，《黄河晨报》设置了一个有意义的话题，在市民中开展“运城十大新地标”评选活动；通过“十大新地标”的评选，展示运城在改革开放中实现由农业经济向城市经济迈进的伟大转变，记录运城勇于融入城市

① 这是一篇署名评论，发表时作者名字前冠以“《黄河晨报》总编辑”。

化潮流的创新进程和建设成就，启示和引领这座城市的现代理性和未来方向，在更高层次上激发和提升市民们对自己城市的热爱、信心和贡献力量。

评选“运城十大新地标”，是一座年轻城市的激情论证，是新一代市民们接受城市学的洗礼。

地标没有距离，就在我们身边。

那么，什么是城市地标？它的存在对于城市的深层意义又是什么？

地标就是大地上的标记，一般常指标志性建筑。它带给人们的美感，来自建筑的力的结构。城市地标，其实就是一个地方的第一视觉、第一印象和第一记忆。现实中，第一视觉常被理解为高和大，第一印象常被理解为震撼和突兀，第一记忆常被理解为“之最”和“唯一”。地标造成的空间深度，无疑具有视觉导向的力量。

但是，要判断一个地标是否具有代表性，不唯看它的高和大，而是要用人来检验，看人们对它参与体验的程度，这正是建筑文化本质的核心要素。在文化的渗透中，融合为一种体现城市文明和本土价值的共同记忆。这就是地标感情。在一座城市里，地标有新城地标、商业地标、产业地标、文化地标等；走进其中，就能触摸到新城市脉搏的激情跳跃，感受到建筑带给所在城市的变化，并在影响和改变着人的精神和生活。

我们将要推选出的“运城十大新地标”，应该是运城对外形象的封面性画面，是能够代表运城的典型印章，是运城人民心目中光荣与骄傲的帆樯和爱之所在。它矗立在地平线上，更存在于民众的心中，它是市民心中的城市天空。运城的城市高度，不是摩登天空，而是带有“航母”气质的运城机场。运城人民将以更加开放的眼光、更加宽广的胸怀，向世界飞翔。

在视觉导向上，新地标应具有空间深度和明亮的天际线，给人带来建筑学意义上的审美意象和时尚理念。

在特色定位上，新地标应具有深刻的文化内涵，作为一种长时效文化艺术形态,能给外人提供一种运城的文化身份和背景识别。

在价值认同上，新地标应是民众利益共享的聚集地，维系城市信心和城市情感的特别“港湾”，“我欲因之梦寥廓”的精神高地。

在发展话语权上，新地标应是产业园区的引擎和经济增长极坐标，是创造财富神话的策源地，商贸在这里流通，梦想在这里演绎，利益在这里共赢。

我们走在城市时代的路上。

在经济全球化背景下，国家之间的竞争已经更多地表现为城市和城市区域之间的竞争；像我们这座正在崛起的区域中心城市，在实现跨越发展的路上，也已经演绎到城市实力博弈的棋盘前。“把运城建设成山西向东向西开放的大通道和桥头堡”的召唤，正在激励运城人民加快推进“盐湖区经济发展较快集中区域建设”的战略实施。

热爱我们的城市吧！钟爱和评论我们的城市地标吧！在民众的话语前，我们的城市地标将会变得更加明晰而美丽！

（《黄河晨报》2010 年 8 月 19 日）

提炼一个城市的新识别
——十大地标评选电视颁奖词

南风广场：华表擎天，凤凰筑基；喷泉映带，长廊怀古。这个天下独一无二、大气磅礴的名字，这个表象美丽、迎着太阳奋飞的凤雕选择，来自舜帝的《南风歌》和中国最早的盐运之城的别名。她位居山西十大优秀特色广场之首，被誉为运城大客厅，百姓大舞台。她是运城青春的脸庞，洋溢着年轻城市朝气蓬勃的活力，折射着这座城市“和美求新”的文化自觉。她是魅力运城最闪亮的名片。

运城机场：她是黄河金三角地区光芒四射的璀璨明珠，她是拥有5000年历史文明的河东浴火飞出的时代凤凰。在工业化、信息化、国际化和城市化的浪潮中，她给运城走向世界插上了强有力的翅膀，创造了运城的“临空经济”时代，优化而加速了这座年轻城市的现代化。她架起空中走廊，拉近、提升了运城与外界交流的距离和对话的地位，使“中国运城”的名字传向更辽远的蓝空。

体育馆：她是运城竖起的一座新界标，她是运城的“鸟巢”。圆顶拱形建筑，犹如巨舰起航，乘风破浪，显示着高科技建筑的力量。国际最新技术的采用，使她一经出世就在业内颇具知名度。她航母般的气质和承载力，兼具训练、竞赛、会议、展览、文艺演出等多种功能。频频举行的顶级赛事和大型文艺演出活动，将新运城的城市文化标志，升华到一个新的高度。

东星时代广场：她是一座综合性商业场地，是新经济时代的成功典范。她集购物、餐饮、休闲、娱乐于一体，其营业规模、商贸气象以及内装的华美程度，足以给人大都市超级商场的震撼。她是运城的时尚策源地，总是引领着时尚购物的消费潮流，并用创新的商业理念影响运城人的生活方式。其星级购物氛围，让她始终保持着旺盛的人气。

金鑫大酒店：她是运城首家五星级酒店，是引领运城乃至黄河金三角协作区域现代服务业的标杆和旗舰。一流的设施、完善的功能、优良的服务，带动了全市旅游酒店行业的改造升级。一些影响运城未来投资的重要签约，在这里留下闪亮的印记。她是运城的文明窗口，省市级重要会议、高层接待，使其成为展示运城新形象的亮丽名片。

西花园：凤凰城西，有园相依，花木葳蕤，湖水涟漪。广场龙石横卧，满园紫气洋溢。熏风楼、重华阁，既有河东文化之底蕴，又具江南建筑之风格。河东文化一脉传承的汉唐气韵，在这风景迷人的地方可以找到它的底蕴。她是运城人永远的记忆，牵挂着运城几代人的情感。最难忘，是她那只明亮的眼睛，一弯拱桥，脉脉含情。

圣惠公园：这是运城新十年城市建设迅猛提速的见证，她给一方民众带来科学发展的普惠阳光。绿树茵茵，碧水潺潺，廊回径曲，鸟语花香。她的优美的生态环境和优良的成长性态势，已经成为运城中心城市西门口的迎客厅，是西城区最大最具吸引力的公众休闲地。她不仅改善了西部人居环境，提升了群众生活品质，而且带动了西南部的发展繁荣。

舜帝陵公园：她是蕴含着孝德之祖舜帝灵脉，同时又放射着中国孝文化光芒的圣地。松柏苍翠，百花争艳，湖光山色，气势恢弘。她是运城的文化故宫，其蕴含着的历史、文化、美学、风物人情、建筑工艺等弥足珍贵，蔚为大观。她集文物古迹、现代公园为一体，是人们寻根祭祖，陶冶情操、休闲娱乐的佳境，已成为运城北部新城广阔区域的代称。

康杰中学：她是一所中学，却有着现代大学的气派；她是全国重点学校，始终代表着运城教育大市的光荣与骄傲；她是哺育未来精英人才的神奇摇篮，激起省内外一代代学子们诗心的回荡。九宫格局，匠心构制；楼群映带，雍容大气；两纵五横，开放通达。她为中国一流的高等学府挑选和输送优秀的尖子人才，她是一个连接着祖国教育明天的希望板块。

市中心医院：建筑艺术是人性的一种空间表述，而仁爱是社会大厦的花环。在这里，您能领略到以人为本的时代精神，感受到生存的智慧和对生命的至高尊重。宏阔开放，通体勾连，华北地区最大的单体建筑是她的外部表征；宽敞明亮，安静舒适，一流的设备，人性化的服务，使任何一个走进其内的人，感到家的温馨和人类的博爱。这里是生命的春天。

（《黄河晨报》2010 年 9 月 11 日）

他们是新时代的凤凰[1]

——“热爱运城　共谋发展”百名优秀人才电视表彰大会颁奖词

（一）社会类人物

（1）

他们的身上，燃烧着大爱的火焰。他们以自己的善行和对社会的责任感，或在长夜灯下，或在风雨路上，或在需要救助的人群里，或在偏远的小镇里，总是给人们展现着厚重的大地般的情怀，给困难人群带来美好的希望和憧憬，给所热爱的土地繁荣、崛起垫上一块块坚实的砖石。他们就像蜜蜂一样，把瑰美的精华无私地奉送给人间。他们是爱的使者。

（2）

为了人们的幸福和社会的和谐，他们付出了火一样的青春年华，凝结成诗一样的多彩人生。他们的身上，都有自己的明月和星光，都有自己的云霞与彩虹。劳动和奉献永远是光荣的旗帜；劳动和奉献之歌，是最美的人性之歌，是人的建设精神与创造精神之歌，是希望之歌。

（二）文化类人物

（3）

他们是成功者。成功者的共同品格，就是生命在

① 这是为运城市委、市政府举行的“热爱运城　共谋发展”百名优秀人才电视表彰大会撰写的颁奖词。

事业中充分地燃烧。他们深怀对民族文化的敬畏之心，以复兴黄河文化的雄心壮志，以文化领军者的使命情怀，在先进文化建设上作出了开创性的贡献。他们不愧是河东人民精神家园的守护神，是运城文化艺术长空上的璀璨明星，是艺术园地百花竞放的报春使者，是年青一代攀登文化高峰的人梯。

（三）政治类人物

（4）

他们是政治文明建设中涌现出来的优秀代表。他们以忠诚和勇敢、责任和理想，自觉践行执政为民的先进性理念，心中升腾着对人民群众无限热爱的庄严情感。为了维护党和人民群众的利益，他们在自己坚守的战场上，恪守公平正义，手持真理和法律之剑，与邪恶势力进行面对面的较量，经受住最为严峻的考验。他们的身上闪耀着一种精神力量：信仰的坚定更重要 。

（四）经济类人物

（5）

他们是改革开放和经济发展的排头兵。他们在风起云涌的社会变革大潮中，写下卓越的光荣，留下开拓的足迹。在新一轮解放思想的征程上，他们创造新的传奇，把青春年代的勇气和激情，带入今天，带向未来。他们的不凡业绩组成运城现代化建设的恢弘乐章，鼓舞和汇聚更多的力量，推动运城经济的跨越发展。

（6）

知识就是财富，科技就是力量，自主创新就意味着快速发展。他们高扬科学精神，依靠科技创新，推动生产力飞跃发展。他们是运城未来“硅谷时代”的奠基人，是开创运城新经济的前锋勇士。他们取得的非凡业绩，来自产、学、研一线的创新实践。在乡村，在工棚，在厂房，在大学，在静静的实验室，在孤灯陪伴的图书馆，他们的生命律动呼啸着不倦的创造之歌。

（7）

他们是推动区域经济发展的核心动力，是创造新的经济增长极的特殊战斗群体。面对金融危机的严峻挑战，他们始终保持足够的信心和勇气，不为风浪波折所困惑，在风暴中聚集力量，迎接经济回暖春天的到来。他们站在“五大产业集群”的旗舰上，奋力开拓，展示出新的作为。

他们是新时代的凤凰！在磅礴的时代风潮里，他们和500万人民一道托起运城科学发展的羽翼，向新的高度奋飞！

（2009年9月1日）

印刻着民族精神的最大标记[①]

——电视专题片《河东之子》序语

华夏文明是中华文化的精神源头。

古老的河东是华夏文明的发祥地。

在中华文明的历史进程中，从河东土地上走出的无数英杰才俊，因其卓越的贡献留下硕大而漫长的动人身影，他们如星辰一般地闪耀在历史时空。作为“民族精神最大标记”的精英人物，在自然与社会交汇的总体背景中，总是带着深厚的人文地理的母胎。

今天，那些活跃在时代舞台，在国防、科技、教育、文化、艺术等领域为党和人民作出杰出贡献的河东儿女最优秀的代表，更是深深地打下“河东之子”的文化印记。他们无论走到哪里，无时不在展示着河东的文化特性和人文面貌，无时不在心系着家乡的发展与变化，并为其贡献心智和力量。他们是祖国的光荣，河东人民的骄傲！在热爱运城、共谋发展的大潮中，家乡人民很想一睹这些在外骄子们的风采，以及他们的人生轨迹。今天，我们推出大型人物专题片——《河东之子》。

运城是关公的故乡。但是人们却很少知道，在中国人民解放军将星闪烁的上空，有我们运城的将军群列。

——张建春，他是一位将军，更是一位学者，他不曾经历硝烟弥漫的战争，但却驰骋在军需科研的战

① 运城电视台播发时对此文有删改。

场上。作为军需装备科研攻关的主要参与者，张建春潜心研究，大胆革新，使我军延续了60年的解放鞋得到了更新换代。同时由于成功研制出迷彩服的新型染料，被称为中国迷彩服第一人。他现在是教授兼博士生导师，少将军衔。张建春是芮城人。他获得成功之后，不忘哺育他成长的故乡热土，他把奖金全部捐献给不太富裕的家乡，并帮助家乡在四个乡镇建起汉麻基地，在“十二五”时期可带动10万农户增收致富。

——李春明，海军航空兵正军级少将。他曾驾驶战机驰骋祖国海空达20年之久，后又从事海军政治工作20多年。2004年退休后，积极创作出版爱国主义书籍，热心社会公益事业，先后联络在京老将军建起了5所革命老区“将军希望学校”，其中就有新绛县长庆将军希望小学。

——裴怀亮，上将军衔，全国人大常委会委员，国防大学原校长。他被中央军委授予陆军上将，是现行军衔制最高军衔，被称为培养将军的将军。1998年夏秋之交，我国长江流域遭遇百年不遇的特大洪水，裴怀亮将军时任济南军区副司令员，他临危受命，担任抗洪前线湖北石首段总指挥，出色完成了510公里长江堤段的抗洪任务。他为“抗洪精神”铸入强大的军魂！他的家乡在新绛，他鼓励长庆将军学校的师生们说：“我希望你们办得有特色，希望学校今后有优秀的学生成为将军。”在发展运城的建言献策中，裴将军呼吁：“关公的故里在运城，运城有这么一个文化品牌，我们应该把它充分利用好。”

河东自古多才俊。在中国现代军旅的长列中，有一颗颗耀眼的星，他们放射着年轻的智慧的光芒。

——景海鹏，胡锦涛授予其“航天功勋奖章”。2008年9月25日，我国神舟七号载人宇宙飞船发射成功。经过三天的太空飞行，于28日晚返回地球，在这亿万中华儿女翘首瞩目的时刻，景海鹏顺利走出船舱。景海鹏是从运城土地上走出的时代英雄。有学者说：“如果说战斗机飞行员是用等量黄金堆起来的，那么航天员就是用等量的钻石堆起来的。”在那“神七”翱翔的特殊日子里，河东父老乡亲为景海鹏太空旅行平安归来，在祈愿中经历了几个不眠的夜晚。在赢得鲜花和掌声的时候，景海鹏没有忘记生他养他的故乡。他把自己成功的经历与家乡人民分享，并激发青少年积极向上，热爱科学，奋力进取，报效祖国。

——谭晶，当今中国歌坛的领军人物，运城籍美丽的歌唱家。她是第11届全国人大代表，第19届中国十大杰出青年。2010年，在上海世博会上，她唱响志愿者主题歌。随着她穿越神州大地的歌声，她提出的成立“中国志愿者促进法”的呼声，变为一种爱的热流，激扬在国人的心头。她以艺术家的社会情怀和博爱精神，深入到偏远的西部地区，实施妇女联合会的“春蕾计划”。作为全国希望工程形象大使，她不忘家乡的教育发展，她捐资为新绛县建起“晶晶春蕾希望小学”。她说：“我关心考上大学的孩子，可那些辍学的优秀孩子也应该受到社会的关注。我就从自己做起，从山西做起，希望家乡能涌现更多的人才。”

《河东之子》人物主题片，是一个宏大的叙事，具有历史纵深感的全景解读。片中所涉及的人物，都是国家和社会的杰出代表，折射着强烈的时代精神。中国人常把龙当作理想中的一个极端比喻，这是在文字中的最为灿烂的比喻。《河东之子》表现的就是一群“时代之龙”，他们是从河东这块厚重的文化热土上飞出的“时代之龙”。

他们对于中国社会的文明进步，作出了卓越的贡献。他们是为了祖国的荣誉而有所作为的人。责任、荣誉、国家，这三个金黄色的词句，奔流在他们的血液里，而这也正是对他们人生的最好解读。

故乡是共同文化的精神家园。

杜甫诗曰：“安得如鸟有双翅，托身白云还故乡。”李白更是感叹：“仍怜故乡水，万里送行舟。”

随着《河东之子》连贯推出，它会带着你穿过历史的烟波、时代的潮涌，感受河东在外优秀儿女的不凡业绩和对祖国的贡献，而更加热爱我们脚下这片哺育代代杰出人才的土地，积极地投身到“热爱运城，共谋发展”的宏伟实践中来。

（2011 年夏）

年轻的歌

——评“纪念治理黄河60年”演讲一等奖获得者李茳

在人类语言的丛林中，演讲，无疑是清韵流转、歌声嘹亮的百灵鸟。

每一个时代有每一个时代的歌声。演讲者就是站在时代前沿的歌手，他们气质卓然，兼具战士的风采，是真正的诗人。

李茳，是科学发展时代涌现出来的一位基层演讲佼佼者。她从黄河岸边走来，刚过而立之年，是万荣县团委副书记。她的演讲爱好起步于幼年时代的故事会。从幼儿班到小学，到中学，到大学，演讲是她不懈的追求。母亲曾告诉她：“你是听黄河歌谣长大，你就讲黄河，那是咱的看家本领。”2006年10月，李茳第一次走上全国演讲舞台，在国家黄河水利委员会举办的“纪念治黄60年——人民不会忘记”的演讲大赛中，荣获一等奖。从此，她把演讲视为时代的一种崇高赋予，将其融入共青团的青春事业。在大中专学校的课堂，在青年们创业的战场，在企业，在农村，在调产的路上，在丰收的果园，处处都可看到李茳作为演讲者、引导者和组织者的奔忙风姿。

她是黄河的女儿，她的演讲，独具黄河的性格，语势携带着大河的涛声，滔滔倾泻，回肠荡气，展现一种壮阔的奔流！

她是王勃故乡的优秀“歌者”，“落霞与孤鹜齐飞”的诗意境界，使她的演讲蕴含着文学的冲击力量，每每引发无数听众的感动和欢呼。

她是新时代的共青团干，使命在肩，以弘扬时代主题为己任，如啼血杜鹃，似阵前号手，用充满时代激情的“青春之歌”，动员青年们在实现民族伟大复兴的事业中飞扬自己的梦想。

这里，收录的是李茫部分获奖演讲作品。题目是《与黄河对话》。

对于一位优秀的演讲者来说，追求和期待的，就是能拨响时代的琴弦，赢得听众热情的赞同和掌声。李茫正在向这个目标走来。

您听，李茫在讲。

（《黄河晨报》2010 年 11 月 6 日）

坚守，为党和人民立言记事[①]

荆保山是争先创优活动中涌现出来的时代典型。作为记者，我三次走近荆保山，是对荆保山事迹精神感知和认识较深者之一。我认为，荆保山事迹的先进性，所展示的就是一个共产党员的忠诚与责任，信仰与牺牲。作为一个经得起时间与历史检验的典型，它的非凡与高度就是把生命献给党。

当我从荆保山的世界里走出来的时候,我深刻体会到一个记者、一个党的新闻工作者的分量。新闻事业不是一般性的工作，更不是谋生的职业，它与信仰有关，与责任有关，与党和人民的事业命运有关。学习荆保山，联系自身的工作实际，应该从四个方面作出努力，为党报事业建功立业，作出一流业绩。

一、以强烈的党报情怀坚守舆论阵地

在对荆保山的采访中，我们抓取到最能折射他心灵世界的一句话，就是："这森林是国家的资源，一定要看守好，一旦毁坏，三五十年都难能恢复起来。"这反映了一位普通共产党员的国家情怀、使命意识。同样，我们也一样在坚守，为党和人民坚守着舆论阵地。党报是党的执政资源，这就要求我们新闻工作者、特别是从事新闻宣传的领导干部，时刻牢记

① 平陆县林场管护员荆保山被中组部授予“全国优秀共产党员”称号，2011年7月1日，他出席了在人民大会堂召开的建党90周年庆祝大会，受到胡锦涛同志的接见。这是作者在运城市委组织部举行的“学习荆保山，生命献给党”主题座谈会上的发言。

荆保山是《运城日报》《黄河晨报》发现并最先报道的创先争优典型。作者带领记者上山采访，分5期在《黄河晨报》上推出长达1万多字的通讯《一个人，一座山，一种精神》，全面报道了荆保山护林24年的感人事迹。

党的意识，树立党报情怀，爱岗敬业，以高度负责的精神把好导向关，出好每一期报纸，不辜负市委和广大民众的重托。

二、保持艰苦奋斗作风　把握正确方向

发扬艰苦奋斗精神，是保持党同人民群众血肉联系的一个重要法宝，是新时期共产党员保持先进性的基本要求。荆保山同志是发扬艰苦奋斗精神的一面旗帜，在云盖寺那样异常艰苦的工作和生活环境中，他以单薄的身躯和强大的精神力量，坚守护林岗位 24 年。新闻工作是夜以继日的辛勤艰苦的工作。我们肩负办报责任的人，首先要有艰苦奋斗的政治品格，自觉在艰苦奋斗的实践中加强党性锻炼。

毛泽东同志在论述如何保持坚定正确政治方向时指出：“坚定正确的政治方向，是与艰苦奋斗的工作作风不能脱离的，没有坚定正确的政治方向，就不能激发艰苦奋斗的工作作风；没有艰苦奋斗的工作作风，也就不能执行坚定正确的政治方向。”在全球商品化的今天，从事报纸工作的同志更加面临着极大的挑战，我们在向荆保山同志学习中得到一个重要启示，就是保持艰苦奋斗的工作作风对于把握和执行正确的办报方向，保持清醒的政治头脑，是多么重要，甚至是生死攸关的大问题。

三、弘扬时代创新精神　作出一流业绩

荆保山在大山里创造了护林奇迹，为我们的城市生态环境建设作出了独有的巨大贡献，其本质就是一种创新。创先争优，重要的就是立足本职岗位建功立业。胡锦涛总书记在世界媒体峰会上提出中国媒体应实现的目标，其重要的路径就是创新，即“创新观念、创新内容、创新形式、创新方法、创新手段”。只有坚持改革创新，才能在讴歌时代先锋、反映时代精神、引领时代文

化的新闻传播道路上，实现为大局服务，为市委的中心工作服务，为群众服务，为实现中心城市建设的战略目标服务，才能为运城的转型跨越发展作出新的贡献。

四、以崇高的理想追求献身新闻事业

“崇高的理想信念，始终是共产党人保持先进性的精神动力。”在采访中，我们挖掘到，这云盖寺瞭望台，最初就是为荆保山而建造的。24年的风吹雨打，云盖寺瞭望塔的水泥板被岁月侵蚀剥落，露出一根根钢筋，有的地方都快要塌陷，而荆保山却像挺拔的松树，根脉愈扎愈深，永葆共产党人的本色，靠的就是崇高的理想信念，和共产党人的价值追求。

我从荆保山“把一生交给党”的伟大追求中，想到了我党新闻工作者的杰出代表穆青对青年记者的一句勉励，他说：“新闻事业是党的生命的重要组成部分。作为党员记者，这是值得一生为之献身的事业。”在“学习荆保山，终身献给党”的活动中，我以荆保山同志为楷模，坚守新闻事业，为党和人民立言记事，为新闻事业奉献终身。

（2012 年 6 月 17 日）

坚守诚信就是发展[1]

——关于“运城精神”的电视发言

提炼“运城精神”，这是一个思想工程，社会工程。任何一个国家、民族、地区或者城市，在其精神的表述上都是非常简洁的，但是在精神的建立和诠释上却是系统的、丰富的，具有内在逻辑的。对于运城精神的概括和表述，肯定是多方面的、多方位的，但我认为，运城精神的核心，或者说，核心的运城精神，就是“诚信”，即以诚信为基石、为统领、为核心的语言构件。这是因为：

一、时代性要求。精神是有高度的，精神的意义总是要突出时代特点。任何历史都是当代史。我们提炼运城精神，首先要与社会主义核心价值体系相对接、相融合。“以诚实守信为重点”，这是十六大提出的一个重要论断。十七届六中全会提出，将“诚信建设”作为社会主义核心价值体系的重要组成部分，“把诚信建设摆在突出位置”。

二、历史性价值。精神是有源头的，精神的构建总是离不开自己的历史文化。我们的关公文化、关公精神，就是一种诚信文化、诚信精神，是中华民族道德精神的最鲜明体现。我们提炼运城精神，以诚信为核心要素，在弘扬和发展关公精神上是最具有话语权的。诚信，本身就是我们运城的一种精神优势。

三、主体性追求。运城人是运城精神的活动主体，

① 此系运城电视台《运城精神大家谈》栏目的开篇访谈。

是运城精神中“诚信”的弘扬者、践行者、引领者和坚守者。今天，在广泛征集“运城精神”表述语活动中，在街头你可随便问一下，最能表达“运城精神”的东西是什么？回答一定是：“首先是诚信。”这已经成为运城民众的伟大共识和共同追求。所以，在运城精神的表达中，要体现运城人以诚信建设为己任的历史担当，体现运城人以追求诚信为美誉的时代风采，要体现运城人坚守诚信就是发展的文化自信。

“诚信精神”应是运城精神的核心体现，它最具感召力，最能激励人。随着运城精神的确立和形成，它一定会变为全体运城民众的一种历史活动。一个具有高度文化自觉、崭新精神风貌和强大道德力量的新运城，一定会展现在世人面前。

（2012年5月10日）

心中有路，才能贴近百姓

记者是行者。记者的路在基层。

走基层，路在记者的脚下，更在记者的心中。因为，心中有路，才能走进基层。心中有路，才能找准位置。心中有路，才能贴近百姓。

记者走基层，是“三贴近”原则的必然要求，也是实现新闻工作者价值的永远追求。走基层，首先是记者心中要有路。这路，是用责任与情感铺设的，不为物理学意义上的空间距离所量度，它直接通向群众的心灵，是心之大道。心中有了通往基层的路，群众就在眼前，再远的地方，采访的脚步也能抵达。

从心中的路出发，一定会脚踏实地深入基层。作为地方媒体记者，如果心中没有路，虽身处基层，也不能自觉走在采访路上，身边纵有新闻，也未必就能“近水楼台先得月”。心中没有路，就是走在基层也看不到群众，即使走在群众中间也是相向不相识。所以，决定一个记者的作为，不在于你所处的位置，而在于你所面对的方向。

脚踏在土地上能留下印迹，人民的记忆最深刻。长期走在基层采访路上的记者，自然是人民群众的知己和朋友。对人民群众怀有深厚感情的人，架设在心中的联系群众的桥梁就永远不会沉没。

在以前的一次采访中，一位将军的故事令我感动。

他叫裴怀亮，新绛县人，上将军衔，国防大学原校长，是培养将军的将军。当年，他所在的部队驻扎在西北黄土高原的一个小山沟里，驻地的窑洞是部队官兵和当地群众一起烧砖修建的。2010年，将军旧地重游，要看一看当地的老百姓。在已经萧索废弃的窑洞前，他见到几位正在经营果园的村民，他问一位年纪大的村民："您认识不认识我呀？"那位村民说："不认识。"他又问："您认识谁呀？"村民回答："我认识那时候的裴营长！"闻得此言，将军感动得落泪了！忆及此事，将军对记者说："30年过去了，他们还记得我。我们什么时候都不能忘记人民！"

裴将军的故事启示我们，只要心里有人民，心底自有通向远方的路，行进的步伐就会和人民同频共振，身影就会永远投射在人民中间。

优秀的记者，追求的精神高度是人民至上。"新闻官"不等于好记者，人民不熟悉；"好文章"不等于好新闻，关键在"有用"。如果忘却了新闻在路上，而满足于会议间的赶稿子，甚或酒席间还打着饱嗝，我们的思维就会变得平庸，笔头就会生锈！好记者的名字，首先为人民所熟知，为人民所乐道，为人民所感念。他们的名字和责任的分量不只是在报上，更多的是在路上、在基层、在现场。由此叩问：一个记者走基层，路能走多远？肯定的答案：由心中的路所决定。心中有感情，肩上有责任，下基层的路就会越走越带劲、越走越深入。

习近平总书记说，人民对美好生活的向往，就是我们的奋斗目标。我们一定要始终与人民心心相印，与人民同甘共苦，与人民团结奋斗。刘云山同志说："在路上，心里才有时代；在基层，心里才有群众；在现场，心里才有感动。"心中有路，敢于奔赴；走在基层，笔下自信。今天，立志有作为的新闻工作者，乘春风正好，请奔赴走基层、下基层、驻基层的路上，开始新的出发。

（《运城日报》2013年1月15日）

“第一位”的采访行动

——写在“河东食品安全记者行”启动之时

习近平总书记强调指出，“食品安全一定要放在第一位”，“能不能在食品安全上给老百姓一个满意的交代，是对我们执政能力的重大考验”。

今天，新闻的力量在这里集结！遵照市人大常委会的安排部署，回应着人民的呼唤与期待，“河东食品安全记者行”战役采访活动正式启动。作为党执政理国重要资源和手段的党报党台，应自觉站在维护食品安全斗争的最前沿，搞好这关乎国计民生的“第一位”报道任务。

此刻，我们比任何时候都更加清醒地认识到，这次采访活动，是在运城正处于全面深化改革、全力推动发展、进一步促进社会和谐稳定、为改革发展创造更好环境的重要时刻，尤其是创建国家级卫生城市的最后拼搏阶段展开的。

2012年初，市三届人大常委会第三次会议讨论通过了《运城市关于创建食品安全放心城市的决议》，这是全省第一家吹响创建食品安全放心城市的集结号。以5年的奋斗创建食品安全放心城市，这是作为区位中心城市的运城蓬勃发展的自信与表达，它以对食品安全、生命健康的城市价值追求，形成了运城对外话语权的重要元素和表征。

两年多以来，新闻媒体在随同市人大强有力的食品安全执法调研、执法检查和执法监督工作的采访中，我们对于食品安全问题的认知能力和舆论引导能力得到了锻炼和提升，我们深刻认识到，人大监督越有力，法治国家越有形。新闻舆论监督工作，在与人大监督形成合力时，更能显示和发挥舆论监督的优势和能量。

为了更有力推动全市创建食品安全放心城市工作深入开展，我们再次集结，组成强有力的报纸和电视立体联合采访团队，全力以赴投身“河东食品安全记者行”活动。我们要以政治意识和大局意识，忧患意识和责任意识，人大意识和法律意识，问题意识和引导意识，创造性地发挥新闻媒体的舆论监督作用，延伸新闻触角，强化传播效果，确保运城人民群众舌尖安全。

我们将坚持问题导向，在采访过程中，坚持从田间到餐桌、从产地到超市的全过程采访，要敢于发现问题、正视问题、咬定问题，在人大监督和舆论监督的双向合力下推动问题解决。

我们将置身新闻现场，全线出击，共同战斗，追求新闻舆论监督取得人民群众满意的实效。

我们将坚持人民至上、为人民负责的责任情怀和使命担当，倾听群众呼声，善于发现问题，回应群众期盼，增强群众创建食品安全放心城市的决心和信心。

我们将坚持科学监督、依法监督和建设性监督，弘扬主旋律、传播正能量，以践行党的群众路线教育实践活动的新成果，扎实推进创建工作，引导和激励全市人民向着食品安全放心城市的目标迈进。

（《运城日报》2015 年 10 月 15 日）

为崇高编织桂冠[1]

——评作家畅续长《与黄河同歌》

畅续长老师，在我眼里，是一个始终向着前方不懈冲击的人。在文学与演讲学的地平线上，他的背影，卓然显现的是一位战士的风姿。

拜读他的演讲词集《与黄河同歌》，直如黄河横前，波涛滚滚而来，震撼与感动袭上心头！

我自然联想到了“斟满生活的美酒，干杯”的马雅可夫斯基，想到了“为什么我的眼里常含泪水”的艾青，想到了“战士自有战士的性格”的郭小川……读《与黄河同歌》，我感到它燃烧和澎湃着与这些英雄诗人一样的激情。畅续长老师的作品，正是作者为自己所处的伟大时代的献礼。捧着他的书稿，犹如站在海岸眺望白帆，更似涉足圣地追寻崇高。

演讲，是站在时代前沿发声的崇高事业。为了宣示我们这个民族和时代实现中国梦的伟大进程，畅续长老师肩负使命、呕心沥血、孤灯伏案，为青年演讲者撰写下无以数计的演讲词文稿，同时也塑造出河东地域一代年轻的演讲者群体。这些演讲者中，有不少人捧着畅续长老师撰写的演讲稿，从河东大地走出，登上省级、国家级演讲舞台，赢得桂冠，蝉联殊荣。

畅续长，剧作家，诗人，演讲者。所有熟悉他的人，无不认为，他是一位真正意义上的具有“艺术家气质”的人。他热爱人生，酷爱写作，对于周围一切

① 此文是为畅续长《与黄河同歌》一书写的评论，被收录在该书中。2017年10月，该书由北岳文艺出版社出版。

蕴含正能量的东西，他都能够于强烈的感动中为其赋予思想的光亮和歌的礼赞，一篇篇文质兼美的演讲词，正是这样从他的笔下推送到嘹亮的演讲台上，通过年轻一代的激情演讲，传播到辽阔的远方。因之，他也获得人们的尊敬，尤其是青年人的推崇。在他年近七十岁的时候，一批年轻人执意要为自己的老师，结集出版他的演讲词专辑。如果说“青春就是真理”，那么，这部为时代、亦即专门为年轻的演讲者撰写的演讲稿集萃，正是时代的需要，自然具有出版之价值。

翻阅一篇篇放射着时代精神的激扬文字，从始终贯穿着社会主义核心价值观的主旋律中，从真切讲述的一串串可歌可泣的典范故事中，从立足为人民而写、为时代而歌的美丽词章中，我深深感知到，演讲词作者的心儿与时代一起跳动的蓬勃力量。

你看，在畅续长老师的演讲词集里，绽放的是“遍地英雄”！在竖起的一座座群雕中，有农民，有干部，有军人，有教师，有记者，有法官，有警察，有企业家，有打工者——他们，是为共和国雄伟大厦添砖加瓦、流血流汗而又默默坚守奉献的可敬可颂的人们。

演讲是时代的歌声，演讲者是时代的歌手。以巨大的热情投身于为演讲者撰写演讲词的工作，无疑是一种崇高的事业。然而，畅续长老师却是这样认为，他在《自序》中睿智而深长地说：“应当说，撰稿人和演讲者是一个战壕的战友，他提升我的文笔，我分享他的成果。他因我激情，我因他骄傲。没有他们，演讲词不过是写在纸上的文字和思想，所以，为他人撰写演讲词，虽然是替人做嫁衣，但我却心甘情愿并且自我芳菲……”

这是由衷的感慨，也是高尚的表白。我们从中，只是领略到其人道德文章的一个侧影。畅续长老师为时代扬声，激励青年投身前沿讲坛，讲好中国故事，尽到一个当代作家的使命与责任。此种独特景观，亦是中国文坛和社会生活中的一道靓丽风景。

尤为值得关注和感动的是，畅续长老师坚持以人民为中心的理念，创新了演讲艺术为时代需求的大众化的呈现形式，就是通过演讲者讲述自己所在领域和行业的时代先锋、业绩创造者和坚守奉献者的感人故事，推动演讲主体从专业殿堂定位向基层前沿一线最美的人转向。而新崛起的演讲者群体，正是我们奋斗在实现中国梦广阔舞台上的广大青年。

畅续长老师在矢志宣示、强化和演绎这样一个伟大真理："中国梦是民族的梦，也是每个中国人的梦……生活在我们伟大祖国和伟大时代的中国人民，共同享有人生出彩的机会。"

古人云："士不立品者，绝无文章。"畅续长老师不论从他的剧作、创作的歌词，还是他那独具魅力的演讲词稿，都有一个大写的主人公："人民"！他从不为权贵捧场、为无聊而呻吟。我们看他的一段文字，足以表达出他对普通百姓的一片深情厚谊："当我面对着这些鲜活的人，真实的事，面对着这些千金难买的人间真情时，总难遏感情潮水的澎湃奔涌。我常常哽咽地说不下去……我想，其实这也好，人若能在真情与圣洁中一次次被洗礼与感染，总比活在无聊的吹捧中要幸运得多！"

从文章学范畴观察，畅续长老师是很讲究写作方法和技巧的，他在服务于演讲者的同时创造了直击听众心灵的演讲文体。他清楚地知道，一个轻视技法的艺术家，是永远不会达到目的的。他注重人物故事与时代精神相结合，抒情与论证交织表达，典型与群体相互映衬的写作方法，有"太史公言"的史记笔法。这样的思维方式与表达技巧，对涉足文坛的每位人，都可以遵循和借鉴。

譬如，那篇《当我们撒下一粒种子》结尾的处理，就是一个很好的证明："我们高兴地看到，在党的群众路线教育实践活动中，多少人又把焦裕禄的故事讲给身边的人听，多少人又把当年县委书记下乡在农家吃饭留下的那张发黄的半斤粮票拿出来让儿女们看……是的，春天来了，让我们带着更多的种子上路吧，让我们把那些爱的种子撒播在老百姓的心中，让我们跟随着改革前行的步伐，揣着中国梦，走进更加生机盎然的春天吧！”

……

足见，他撰写的演讲词，不是文人情调、田园牧歌，是时代的吐纳，是战士的呐喊，是黄河的涛声裂岸，是河东人民的自信表达。这种写大事、抒大情、言大理一以贯之的表达艺术和雄辩力量，产生极强的传播效应和惊人的实际效果。正是：“儒者之文，清纯也。”

畅续长老师以他是黄河儿子而骄傲，他的大部作品，都离不开黄河这一雄浑而深邃的地域性背景。是黄河滋养和造就了他文学的血脉和历史的情愫，正因为如此，他用手中的笔铺就了他波涛滚滚的人生岁月。

畅续长老师在《自序》中提到，当年景克宁教授曾慷慨表示在他出书时为他作序。然而，这位享誉国内讲坛的著名演讲大家过早地离世。景教授是我的恩师。我要对先生说，而今我不揣冒昧，为畅续长老师这部可以与当世杰作比肩的书稿写出评价性的文字，我是带着敬意与真情的。

（2017 年 10 月）

第四编
前行号音

关乎大局的评论员文章

把问题解决在最基层最前沿[1]

——谈做好农业结构战略性调整的群众工作

积极推进农业和农村经济结构的战略性调整，是新阶段农业和农村工作的中心任务。

如何积极有效地推进运城农业结构的战略性调整？一个重要的问题就是各级党委、政府和农业部门，在实施农业结构调整中一定要十分注意做好群众工作，指导方法上必须坚持群众观点。确立发展思路，制定目标规划，安排部署工作，必须切合实际，一个区域一个区域地进行研究，一个村一个村地进行指导，真正把问题解决在最基层、最前沿。

这里所说的“最基层”“最前沿”，包括两个基本方面：一是广泛地动员群众参与实践；二是面对市场需求指导群众调产。这是对我们干部特别是在农村工作的同志提出的新标准、新要求，它反映了一切工作都离不开群众的实践论观点。

把问题解决在最基层、最前沿，就是强有力地做群众工作的过程。群众路线是我们党的根本路线。毛泽东同志说：“马克思列宁主义的基本原则，就是要使群众认识自己的利益，并且团结起来，为自己的利益而奋斗。”能不能把群众动员起来、组织起来，满腔热情地投身到各项事业中去，最终达到理想的效果，这是对领导素质的综合考验。目前我们进行的农业结构战略性调整，是对传统农业的革命性改造，而广大

① 该篇评论署名“本报评论员”。

农民群众正是进行这一实践的主体力量。农民群众的参与程度如何，直接关系到农业结构调整的发展进程。因此，我们的干部特别是领导干部，要到群众中去，到基层中去，到实践中去，到市场中去，认真做好群众工作，解决实际问题。只有这样，才能最广泛地动员、组织群众投身于结构调整的实践，也才能保证我区的结构调整工作扎实有效地进行。

把问题解决在最基层、最前沿，就是结合当地实际，形成正确决策的过程。应该清楚地看到，我们过去搞结构调整，往往局限于种植业内部多与少的调整，而忽略了站在农村经济发展这个大战略、大框架上进行调整，实际上搞来搞去仍然搞的是种植业内部的条块分割。再一个明显的问题是，我们的优势产业和特色产品开发的深度还不够，规模还不大，还没有形成自己的区域特色和规模优势，加之科技含量低，这是造成产品销售难的主要问题。因此，在今后的结构调整中，我们一定要重视研究和解决规模问题。大力发展有一定区域规模的特色农业。具体到一个地方、一个区域，一定要注意立足实际，发展本地比较优势，科学决策，发展不同类型的农业区和专业生产区，并形成竞争优势。切忌盲目追随，结构雷同，大起大落，给我们的工作和群众的事业带来大的损失。

把问题解决在最基层、最前沿，就是倡导干部带头科技示范，尊重群众创造性实践，并由此教育群众、引导群众的过程。随着市场经济体制的确立，农业和农村经济发展新阶段的到来，如何才能主动而不是被动地，自觉而不是盲目地指导农村工作，对每一个领导干部都是一个考验。如果我们在制定出正确决策的基础上，能通过干部的实践、摸索，搞好示范，为农民提供借鉴，减少风险，就是一种最好的服务。绛县县委、政府依靠科技抓调产，三级干部搞示范的有益尝试，给我们提供了很好的启示。同时，要十分注意发现、总结和运用群众中调整结构的成功典型，尊重群众的主动性和创造精神，用群众的实践教育群众，说服群众，引导群众，这是我们最重要的一种领导方法和工作方法。人民群众在创造历史的过程中，总有一部分先进的人走在前头，他们创造性的实践经验，无疑最具有说服力。领导者的责任，就在于把他们的经验和事迹加以总结、推广，变成群众的共同实践。

把问题解决在最基层、最前沿，就是转变工作作风和工作方式，深入联系群众并为群众提供有效服务的过程。农业结构优化调整，对我们干部来说是一个新课题，也是一个难的课题，对农民来说，更是一个艰难的过程。广大农民散住在农村，由于受地理、文化、信息等多方面的制约，他们的组织化程度、认识水平和抵御市场风险的能力都比较弱。面对瞬息万变的市场，他们常常感到无所适从。目前农民普遍遇到的问题是不知道种什么效益好，搞什么能赚钱。这就要求我们的干部必须在帮助农民选择上有所作为。如果这个最现实的问题解决了，农民就会更自觉、更积极主动地参与农业结构战略性调整的伟大实践。调整结构是一项很强的群众工作，可以试想，如果我们没有一种实事求是和扎扎实实的思想工作作风，没有一种对群众利益的高度负责精神和对群众的深厚感情，没有科学的决策思维和驾驭市场经济的能力，而是沉溺在文山会海、空话套话中，或者只作会议上的一般性要求，泛泛地提出几句口号，或者只满足于发了文件即束之高阁，或者浅尝辄止，有头无尾，不去狠抓落实，那么我们的结构调整就很难得到落实，就会因失去群众基础而失去一个大的历史性机遇。

面对经济全球化浪潮和中国即将入世的挑战，我们一定要加倍努力，争分夺秒，不失良机，改进工作作风，注意工作方法，做好群众工作，真正把问题解决在最基层、最前沿，最广泛地、科学地动员全区人民群众，积极投身到农业结构战略性调整的历史创造活动中来。

（《运城日报》2000 年 3 月 30 日）

检验干部的重要时刻[1]

——目前苹果销售形势和工作任务述评

时令逼人，气温回升。目前我区苹果销售面临最为严峻的形势。

去年以来，受全国农副产品市场疲软大气候的影响，果品市场一直低迷不振，激烈的销售竞争，致使苹果销售旺季不旺，果价一路下跌。在这个大背景下，我区还存在着一个特殊的不利因素，就是苹果贮量大。受1998年贮果利大的诱惑，去年我区苹果贮量成倍增长，鲜果上市时多数果农抢贮惜售，错过了苹果销售的有利时机。加之去冬临近年关，一场大雪封山，交通受阻，导致与春节前苹果销售最大的一个旺季擦肩而过。据了解，眼下全区尚有40%左右的苹果积压在产地待销，万荣县还有60%的存量，王显乡约有1亿斤还积压在果农手中。现在惊蛰已过，气温上升，不利于苹果的继续贮存，尤其是那些贮藏条件不好的果窖，若再不抓紧销售，真有全部烂掉倒掉的可能。

在看到客观困难的同时，必须清醒看到，我们一些干部主观上存在的问题，主要表现在：面对目前局面，一些领导和干部对苹果销售一筹莫展，悲观失望，产生任其发展的消极情绪；还有个别干部对苹果销售缺乏责任心，没有危机感，不是积极地想办法帮果农销果，而是只忙于催收特产税；一些县（市）存在个

① 该篇评论发表时署名“本报评论员”。

别车主欺诈果商而当地政府和执法部门查处不力，直接影响我区苹果销售和政府形象。如果不及时解决和消除这些主观因素造成的负面影响，势必丧失今年苹果销售的最后时机，造成不可挽回的损失。

今年是近年来我区苹果销售最困难的一个年份。这个困难局面的出现，既有市场的原因，也有历史的原因。我们用市场经济的眼光来看，这是市场经济给我们上的一堂课，付出的学费是巨大的，教训是深刻的。究其原因，主要是我们的干部对市场经济知识学习不够，对市场变化和市场规律缺乏研究，因而失去了掌握市场的主动权。用历史的眼光来看，更值得我们深思。回顾一下我区苹果发展走过的路：前几年，地委、行署就高瞻远瞩地提出推进苹果示范园建设，综合运用科技提高苹果质量，增大优质苹果市场占有率的战略决策。但是有些地方的干部对此认识不足，没有及时地科学地组织引导群众投身示范园建设，以致在这方面欠下了账。加上苹果加工转化、贮藏保鲜能力滞后以及对外宣传力度不够等方面原因，这些账，现在集中到一起，蓦然回首，这才真正地发觉，我们抵抗市场风险的能力太弱了。

情势危急，决战在即！现在正是考验我们各级领导和干部的重要时候。

必须站在讲政治的高度全力抓好当前的苹果促销工作。江泽民同志最近在广东高州市“三讲”教育动员会议上指出，县（市）领导班子、领导干部在“三讲”中应以讲政治为核心，要注意把搞好“三讲”教育和推动当前的改革、发展、稳定结合起来，牢牢把握经济建设这个中心。苹果销售是直接关系到我区农民增收、社会稳定，关系到维护政府形象和巩固调产成果，关系到密切党群关系、促进我区农村经济发展的全局性大事。因此说抓苹果销售就是我区目前农村经济工作中的头等大事。各县（市）尤其是产果大县（市）在“三讲”教育中，一定要紧密联系苹果压窖滞销这一突出问题，扎实有效地抓好苹果销售。

必须切实转变工作作风，深入一线，解决问题，接受考验。深入实际，解决群众的实际问题，这是党对每个领导干部最基本的政治要求。越是群众最困难的时候，就越能体现党对群众的关怀作用，体现干部在群众中的领导作用，也越是领导干部经受锻炼、增加经验、发挥才干的重要时候。因此，领导干部一定要转变作风，深入实际，增强反映民情民意的敏锐性，要比以往任何时候都要对工作方法提出更高要求。各县（市）要迅速拿出一切有利于苹果促销的得力有效措施，创造性地开展工作，组织动员干部群众掀起促销高潮，最大程度、最大范围地把苹果销出去，尽一切努力减少果农损失。

必须做好群众工作，做到谋划有方，指挥得当，热情而又科学地引导群众有序营销，切忌一轰而销。要把当前苹果销售的严峻形势和市场信息向广大果农讲清楚，既要消除盲目惜售心理，又要防止违背市场经济规律，低价倾销，人为地造成更大损失。这一切都需要我们下大功夫，做扎实有效、深入细致的群众工作。对此，行署近日已经下发了《关于苹果促销的紧急通知》，明确提出了要求和措施。

必须进一步落实专员的“十不承诺”。真正发挥苹果营销综合办公室的作用，优化我区苹果营销环境。要看到自去年12月张少农专员“十不承诺”实施以来，我区苹果营销环境有了很大改善，出现了人人维护专员承诺，变专员承诺为我们大家承诺的可喜局面。令人欣喜的是，交警、交通部门统一认识、积极行动，几乎没有出现对果车乱查滥罚现象。目前问题主要发生在苹果运输这一环节上，极个别车主欺诈果商案件时有发生。虽然这些问题不具有代表性，但对我区苹果营销环境带来的负面影响极为严重。因此，各县（市）要采取强有力的手段，重点整顿运输市场，对欺诈果商的行为从快查处，严厉打击。新闻部门对典型事件要予以曝光，坚决保护一切前来和愿来我区拉运苹果的果商的合法权益，坚决维护广大果农的经济利益，坚决维护政府的形象和专员承诺的权威性。

目前，县（市）级“三讲”教育正在深入扎实开展。我们要把“三讲”教育和推动当前工作紧密结合起来，切实做到“两不误，两促进”。只有这样，才能搞好苹果促销工作，苹果销售的困难局面就会得以扭转。

（《运城日报》2000 年 3 月 15 日）

这是四百七十万人的承诺①

——“专员的承诺就是我们的承诺”战役报道开栏语

目前苹果销售正面临一个关键时期，运城行署专员张少农代表地委、行署和全区470万人民，向社会公开承诺，在苹果营销工作中，运城人保证做到“十不”。

“十不”承诺，一言九鼎，一诺千金！

“有朋自远方来，不亦乐乎？”随着“十不”承诺的启动实施，河东人民将以更加开阔的胸襟和博大的风度，热情接纳一切愿来我区拉运苹果的客商。

“十不”承诺，是我区苹果销售中的立本之策，凝聚了决策者的深思熟虑，表明了我区人民要在苹果销售大战中取胜市场的决心和信心！因此，各级政府和领导一定要从讲政治的高度，从增加农民收入、密切党群干群关系、保持农村稳定上抓苹果营销，实现“十不”承诺。因此，广泛地宣传“十不”承诺，扎扎实实地付诸行动，是目前全区上下果品营销中的一项重要任务。工商、地税、公安、交警、交通等职能部门是实现“十不”诺言的一个重要方面，责任重大，必须全力以赴。

“十不”承诺，是全区470万人庄重的诺言。它的提出和实现，关系着每一个运城人在经济上的切身利益。它是整体的，又是个体的；实现承诺，是良心，更是责任。因此，我们必须树立一种全局思想，自觉

① 1999年底，为推动全区苹果营销工作，运城地委、行署在全区开展向社会公开承诺的“十不”活动。《运城日报·农村版》开辟重要栏目：“果商，请您放心来河东——专员的承诺就是我们的承诺”，组织实施了战役性报道。该栏目跨越冬季持续至翌年开春。该评论发表时署名“本报评论员”。

维护“十不”承诺的权威性和政府的形象。更重要的是从自身做起，从对待果商的一言一行做起，从每一处的经济活动往来中做起。大家要清楚地认识到，实现“十不”承诺，是拓展市场，吸引更多果商来我区的一个难得的机遇，抓住它，就抓住了果品营销市场的关键。要相信：“为一个顾客衷心服务，你肯定会获得100个新的顾客。”我们要以此为契机，上下合力，净化环境，真诚服务，广接果商，尽快打开我区苹果营销工作的新局面。

为了维护农民利益和政府形象，宣传和推动“十不”承诺，是《运城日报》义不容辞的责任。本报《农村版》将从即日起推出重大栏目“果商，请您放心来河东——专员的承诺就是我们的承诺”，组织实施一个为“十不”承诺鼓与呼的战役报道。本次报道持续时间长，将跨越冬季直至明年初春。为保证这次报道活动取得较大较佳的新闻宣传效果，山西卓里工业集团董事长秦建业，特为本栏目提供帮助。

在此，我们希望各县（市）领导、各有关职能部门、广大果农和一切有识之士，关注并支持这次活动。

（《运城日报·农村版》1999年12月15日）

领导干部都应该“扫边”①

本报从今天起，分期刊发平陆县县长杨建华以日记形式写出的调研材料。作者在文中提出的问题和思考有着普遍的意义，值得推荐给县市的领导同志好好地看上一遍。

事情是从解决边远山区的移民搬迁问题做起的。

作为一县之长，杨建华同志为了掌握真实的一手材料，亲自下到全县最穷、最边远的村子去调查研究，解决群众生产生活和长远发展所面临的困难问题。他把这次活动叫作“扫边”调研，选题和做法很合实际，令人耳目一新。这次“扫边”调研，跑了10个乡镇21个自然庄，进了135户，总行程1000余公里，使用的交通工具是吉普车、嘣嘣车、摩托车，直到徒步前行。边调研边解决问题，是这次“扫边”的一大特点。通过“扫边”调研，确定了7个村整体移民们搬迁的计划，完成了3个村整体改造规划，解决了3个村吃水问题和1个村的孩子们上学问题；另外，现场答复和解决困难群众的具体问题32件。这次“扫边”是成功的，给我们下基层解决问题走出了新路子。

胡锦涛总书记指出：“坚持立党为公，执政为民，必须落实到关心群众生产生活的工作中去。群众利益无小事。凡是涉及群众的切身利益和实际困难的事情，再小也要竭尽全力去办。”平陆县的“扫边”

① 2003年7月，在得知平陆县县长杨建华的“扫边日记”这一新闻后，编辑部决定摘要编发其部分篇目。在稿件上版的当夜，作者为其配发了这篇短评，署名“本报评论员”。

行动，是结合本地的实际，坚持用“三个代表”重要思想指导实际、解决问题、推动工作的成功典范。

其经验与做法带给我们四点启示：

一是充分体现了领导干部执政为民的责任意识，对一个领导干部来说，责任就是形象。责任是立场问题和感情问题，集中体现在党同人民群众的密切关系上。只有真心实意对人民负责，心里装有群众，再艰苦的生活也能经受，再难走的地方也能走到，再难办的事也能解决。

二是从实际出发，坚持调查研究。重视调查工作和研究工作，按照实际情况决定工作方针，这是我们领导干部最基本的工作方法，也是转变和改进干部工作作风的基础一环。这正是“扫边”工作成功的基础。

三是牢记“两个务必”，时刻保持清醒头脑。艰苦奋斗，是一个领导干部必须具备的基本政治素质。如果没有艰苦奋斗精神，就不可能走进最困难的地方，同那里的干部群众打成一片，把党和政府为他们脱贫解困的各项政策措施落到实处。

四是不断进行新的实践和新的探索，有所发现，有所思考。“扫边”日记记下了基层的实际情况，更留下了调研者的深刻思考。“干部不到这里看看，就不会有知足感，减少一些牢骚；就不会有责任感，增添一些工作劲头；就不会有使命感，知道自己肩上的担子有多重！”“看到这里的落后状况，我是一天也不能再让他们等了，特殊问题就要特殊解决，帮穷就要帮最困难的。”“我想，只要是共产党干部的足迹能到的地方，就没有解决不了的问题。”“扫边”日记中的这些话，说得多好啊！试想，如果没有作者深入边远山区的调研，他能倾吐出如此具有震撼力和感召力的话语吗？

“扫边”调研效果很好。“扫边”，应是转变和改进我们干部思想作风和工作作风问题中的应有之义。领导干部都应该“扫边”！

（《运城日报》2003 年 7 月 22 日）

当前促进农民增收的一项核心措施[1]

市委、市政府站在确保农民增收的全局高度，明确提出今年全市苹果套袋要实现40亿的新目标。这是在去年全市苹果套袋总数量20亿基础上的一个翻番，是一个在果业上事关农民增收的翻番目标，是推进我市苹果产业升级产生质的飞跃的一场科技革命。我们对此要充满信心！

苹果套袋是当今苹果业发展的一个总趋势，是国内外果品市场发展形势的需要，也是广大果农增收的必然选择。近年来，苹果套袋对我市农村经济发展起到了重大的推动作用。一是提高了果园效益，增加了农民收入。根据效益分析对比，同样一亩果园，套高档纸袋的苹果商品率可以达到70%以上，亩收入达到5000元以上，而不套袋或套塑膜袋的果园，最高收入也只有2000元左右。二是推动了苹果产业提升。万荣县近年来推行苹果套袋，使全县苹果质量上了一个新台阶，不仅在国内市场上占据了一定的销售空间，而且打入了东南亚等国际市场，销售形势十分乐观。在苹果套袋工作中，他们通过算账教育农民，套一个纸袋，一个苹果就可净赚0.5元，而纸袋成本只有0.02元。这就是说，农民通过苹果套袋看到的效益，是切切实实的。因此说，抓苹果套袋就是抓农民增收，就是抓中央“一号文件”的具体落实。事实雄

① 该文是为“万荣苹果套袋促使苹果产业升级”消息配发的评论，发表时署名“本报评论员”。

辩地说明，苹果套袋是促进我市农民增收的一个重大措施，是当前我市农村一项带有根本性的工作。万荣县自加压力，提出套袋翻番的目标，实际上就是跳起来摘果子的做法，他们的创造性经验是值得借鉴的。

眼下，时间进入到5月下旬，正是我市苹果套袋的最佳、也是最关键时期。按照节令要求，苹果套袋有效时间在6月20日以前。时令为大，农事不可缓。因此，这段时间，我们在确保夏收工作顺利进行的同时，要将苹果套袋当作一项重要工作来抓。一、各级领导特别是产果大县的领导同志，要充分认识到苹果套袋工作对于促进农民增收的全局性意义，要把这项工作当作义不容辞的责任，自觉地担当起来，迅速部署安排，组织动员群众投入到苹果套袋的战役中去。二、建立相应的组织机构，确保优质服务到位。苹果套袋是一项系统性工程，需大量的技术、资金、物资、水、电、劳力等，因此要紧紧围绕这些重点，直接包扶到位。三、尊重群众的首创精神，用群众的实践教育群众，充分发挥重点示范园区的科技人才作用，调动他们的积极性，组织他们在生产一线给群众作示范指导。四、苹果套袋是苹果产业的一场科技革命，同时又是一项很强的群众工作，果农的素质是完成此项工作的重要保障。要搞好宣传发动，改变部分果农的传统生产观念，鼓励他们套高档纸袋，生产优质精品果，全方位调动广大果农套袋积极性，科学有序、积极稳妥地推进苹果套袋工作，确保这一任务如期完成。

（《运城日报》2003年6月25日）

理想在责任与情感中升华[①]

迎着鲜红的党旗，回应人民的呼唤，今天本报推出重要通讯《和谐乡村趟路人——孙锁来》，突出报道新绛县中村北党支部书记孙锁来带领群众实现共同富裕，创造美好和谐幸福生活的感人事迹。

孙锁来身上蕴含着共产党人鲜明的时代特征，集中体现了他对党和人民事业高度的责任感，对人民群众无限热爱的火热情怀，对共创美好和谐生活的伟大理想。在目前全党开展的先进性教育活动中，这一鲜活的时代典型，对全市党员干部投身全面建设小康社会和构建社会主义和谐社会的伟大实践，有着普遍的现实意义。

作为一名农村党支部书记，孙锁来始终履行岗位职责，忠于职守，勤奋工作，为实现群众共同富裕创造了一流业绩，作出了卓越贡献。孙锁来念念不忘："村民富不了，是党员的耻辱，支书的失职！"这是一名共产党员在新时期自觉担当历史任务的心灵折射。然而，对照我们一些地方、一些部门的党组织和党员，在社会转型期之所以软弱涣散，因循守旧，不思进取，使那里的问题成了堆，一个主要原因，就是缺乏责任意识、服务意识和使命意识。说到底，就是对党和人民的事业欠忠诚，因而难以做到爱岗敬业、恪尽职守。

孙锁来被视为中村北之魂，村民的主心骨，核心的一点，是他始终与父老乡亲心贴着心，其爱民情愫可鉴日月。他几十年的所思所想所为，总是和群众

① 此文发表时署名"本报评论员"，该文获2005年度中国地市级"新闻言论二等奖"。

的利益连在一起，和群众的忧乐融在一起。难怪村里几位老人临终前叮嘱子女“跟着锁来干，不会错”。这不仅仅是群众对孙锁来的信赖，更是对党的真诚拥戴。而有一些地方或部门的党员和领导，在动员组织群众开展工作时，总感到左右为难，埋怨群众不听话；在实现共同富裕的过程中，喜富嫌贫或削尖脑袋只顾个人致富而不顾群众戳脊梁骨。归根到底，是他们心里压根就没有群众，更谈不上与人民群众的感情和与群众保持血肉联系，因而出现了一系列怪现象：交通发达了，却与群众疏远了；生活改善了，却难与群众打成一片了；通信方便了，却难听到群众的声音了。如此这般，岂不伤透老百姓的心！对照对照孙锁来，我们的一些党员干部，难道不感到汗颜，难道不值得猛醒吗？

孙锁来身上展现的共产党员风采，最为显著的特征之一，就是胸中常怀远大理想，脚踏实地忘我工作，并不断追求新的目标。带领群众脱贫致富，先富帮后富，实现共同富裕，让中村北和谐发展，是激荡在孙锁来心头的理想和追求。身为农村党支部书记，孙锁来立足当地实际，与时俱进，大胆创新，让全体村民变股民，使中村北显现企业集团化、农民工人化、农村城市化的雏形。而对照我们的一些党员干部，之所以在发展上没思路，工作上没主意，遇到事情没办法，难以发挥模范作用，关键的问题，就是胸中没志向，眼中没目标。学习孙锁来精神，就是要在不同岗位上，围绕各级党组织的中心工作，努力创造无愧于社会、无愧于人民的一流工作业绩，让党员的先进性永驻，让鲜艳的党旗更加夺目。

一个共产党员在全面建设小康社会和和谐社会的历史进程中，只有常怀一种强烈的社会责任感和一份爱民的真感情，理想才会熠熠生辉；而只有树立了远大的理想，才能驱使强烈的责任感和浓郁的爱民情怀付诸不同岗位的平凡工作中。这，就是孙锁来这个时代典型给我们的深刻启示。

（《运城日报》2005 年 3 月 25 日）

带着爱心下去 带着问题回来 带着对策再下去[1]

——论我市党员先进性教育活动的“六个一”竞赛

我市党员先进性教育第一阶段开展的“六个一”竞赛内容中，一项重要的工作，就是扎实开展献爱心活动。

年根岁尾，正是河东最寒冷的时节，广大党员带着对人民群众的深厚情感，纷纷深入农村、企业基层，“包村联户”结对子，感知群众冷暖，体察群众疾苦，倾听群众呼声，受到了人民群众的普遍欢迎和好评。春节过后，市委保持共产党员先进性教育活动领导小组又下发通知，要求各级党组织和每个党员在前一段献爱心的基础上，把了解到的群众所急、所盼的事情，订出计划，明确责任，落实到人，规定期限，认真考核，办实办好。随着“六个一”竞赛活动的不断深入，人民群众已经看到了我市党员先进性教育良好的开端和希望。

我们党历来认为，政治问题主要是对人民群众的态度问题，同人民群众的关系问题。胡锦涛同志明确指出：“领导干部必须深入基层，深入群众，特别是要到最困难的地方去，到群众意见多的地方去，到工作推不开的地方去，同那里的干部和群众一道，努力排忧解难，化解矛盾，打开工作局面。”在动员学习阶段开展献爱心活动，对广大党员来说，实质上是一次宗旨意识和群众观念的学习教育提高过程；是关爱

① 2005年初春，在全国开展的党员先进性教育活动中，运城市委在全市组织了“六个一”竞赛活动，推动党员先进性教育活动不断走向深入。作者写了3篇评论，分别是《开篇关系全程》《始终立足于学习提高》《带着爱心下去 带着问题回来 带着对策再下去》。此文为该系列的“第三个评论”。该系列评论发表时署名均为“本报评论员”。

群众利益，努力做好新形势下的群众工作的生动实践；是理论联系实际和切实转变思想工作作风的具体体现。在全局上，它将提高思想认识和解决实际问题有效地统一到先进性教育活动中来，推动了“六个一”竞赛，又检验了“六个一”竞赛，从而保证了这次先进性教育活动扎实有效地开展。

带领人民群众脱贫致富共同实现小康，是共产党人的神圣使命。带着爱心下去，带着问题和思考回来，带着对策和措施再下去认真解决问题，在关心人民群众长远利益和当前利益的结合上，竭尽全力办好群众眼前最现实最急切的事情，是献爱心活动的一个特点，也可以说是一条成功的经验。如闻喜县，结合本地实际引深“六个一”竞赛，要求副县级以上党员领导干部每人联系一个贫困村或一个后进支部，并建档定卡，务求落实；如万荣县，围绕春节期间联户扶贫调研活动带回的问题，进行思考，制定对策，不断引深“六个一”竞赛；如盐湖区，把 2005 年确定为“基层工作年”，动员机关党员干部积极投身到招商引资、服务农业基础设施建设等六大经济社会发展工程之中。这些做法和经验，都是值得各县（市）学习借鉴的。

眼下，冬耕生产即将开始，各级党组织要在前两段献爱心的基础上，进一步引深“六个一”竞赛活动，要带着和人民群众血肉联系的深厚感情，进一步把关乎群众生产生活的工作抓紧抓实，做好做细。在采取逐一结对子、层层建档等有效措施的同时，着手建立健全关心群众生产生活工作的长效机制，让人民群众不断得到实实在在的利益，不断看到先进性教育活动的成效。

（《运城日报》2005 年 2 月 28 日）

重大的决策 紧迫的任务[1]

一座城市总有自己的梦想和期待，而科学的发展战略，将会为这座城市的腾飞规划正确的发展轨迹，使它早日梦想成真。

盐湖区占据运城中心区位优势，是全市经济发展的重心区域。市委提出在盐湖区建设一个“经济发展较快集中区域”的战略构想，是在深入学习实践科学发展观、积极应对金融危机挑战的新形势下作出的重大决策。它是加速盐湖区发展、强化中心城市竞争力和辐射带动功能的一个重大部署，是市委常委会深入学习实践科学发展观的一项重要成果，是全市人民以发奋有为的精神状态推动科学发展上水平的一大创新性实践，无疑在推进运城现代化进程中具有里程碑的意义。

“经济发展较快集中区域”，既是一个创新的概念，又具有鲜明的实践特色。

从理论上讲，加快城市化进程的根本问题，是要增强产业化的空间聚集效应。加强要素向优势区位的聚集，强化城市现代化功能，培育地方中心城市，这是带动区域经济发展的关键。从实践上看，不论是东部沿海地区还是西部省份，如珠江三角洲经济区、长江三角洲经济区、环渤海湾经济区、北部湾经济区，都是利用了经济较快发展的集中区（或开发区）这一

① 运城市委提出“在盐湖区再建一个经济发展较快集中区域”的战略决策后，市委书记高卫东给作者安排了这篇评论任务。评论发出的当天，受到来运城视察工作的省委领导的当众赞许。该文发表时署名“本报评论员”。

有效载体的带动而迅速崛起的。

建设“经济发展较快集中区域”，是现代社会城市化的必由之路，更是加快运城中心城市建设的必然选择。

从当前情况看，我市区域经济发展不平衡、不协调问题非常突出。撤地设市以来，我市不断加大中心城市建设力度，但因为城市建设起步较晚，城市化水平和经济总量还相对落后，中心城市应有的辐射带动作用也不强，在区域经济发展中仍然是河津一头独大。去年河津生产总值和财政收入分别占全市34%和40%的状况表明：如果河津的经济发展形势好，全市经济就好；如果河津受到影响，全市经济就有波动。一个有500万人口的大市，把财政收入的支柱压在一个河津市上，正是我们经济发展不平衡的主要问题所在。这就迫切要求我们集中精力，整合各种资源，再建几个像河津那样的经济较快发展的集中区域，通过经济发展较快集中区域的调控和辐射带动作用，促进区域经济快速发展。

盐湖区作为中心城市所在地，近年来经济发展态势较好，经济总量居全市第二位，城市基础设施建设日臻完善，在地缘经济上具有其他县（市）不可比拟的交通枢纽、经济基础、人文环境等优势，具备快速发展的先决条件。因此，选择盐湖区作为加快建设经济发展较快集中区域的突破口，就是为下一步解决区域发展不平衡问题进行探索和积累经验。

今天的运城，又站在了一个新的历史起点上。加快盐湖区经济发展较快集中区域建设，是一件事关全局的大事，是摆在我们面前的一项紧迫的任务。

推进盐湖区经济发展较快集中区域建设，深圳为我们提供了一个标本。邓小平同志曾精辟地概括：“深圳的重要经验就是敢闯。没有一点闯的精神，没有一点‘冒’的精神，没有一股气呀、劲呀，就走不出一条好路，走不出一条新路，就干不出新的事业。”我们在前进的过程中将面临很多的问题。这就要求我市各级领导干部必须具有进一步解放思想的勇气、不断创新的意识和开拓新事业的胆略，为集中区域建设冲破一个又一个禁区，扫清一个又一个障碍，解决一个又一个矛盾。

推进盐湖区经济发展较快集中区域建设，是事关运城今后发展的一项重大战略任务。各级领导和各部门负责人一定要开阔视野，立足国际国内的发展形势，站在更高的层次审视盐湖，大手笔地对盐湖经济发展进行科学谋划。当前工作的重要落脚点就是加强领导，精心组织，理顺体制，团结协作，搞好服务，迅速打开工作新局面。

推进盐湖区经济发展较快集中区域建设，盐湖区必须要有新的更大作为。这不仅是发挥中心城市辐射带动作用的需要，也是盐湖区自身发展的需要，无疑拉高了盐湖区的发展标杆。围绕“一年起步，两年突破，三年变样”的目标，盐湖区要以强烈的使命感、责任感和紧迫感，充分发挥自身在全市改革开放中的示范作用、产业发展的辐射作用、统筹发展的先导作用，使该区成为改革创新的实验区、商贸物流的集中区、社会和谐稳定的先行区。

城市需要有梦想，更需要有激情。推进盐湖区经济发展较快集中区域建设，提升中心城市的综合竞争能力，是广大民众共同参与的事业。我们要借助人们对这一新事物的心理预期，引导和激发全民创业热情，书写自己的城市向现代化迈进的崭新篇章。

（《运城日报》2009 年 7 月 24 日）

向着百姓，蒲剧实现与时代的对接

——写在我市“戏曲惠民·欢乐百姓”活动进行时

（一）

如同一个精灵的出现，随着我市“戏曲惠民·欢乐百姓”活动的启动，蒲剧事业的复兴之梦，迎来了一个新的辉煌。

这一惠民举措一经公布和实施，顷刻赢得广大群众的欢声雷动，人们奔走相告，像是迎接自己久盼的亲人从远方归来。

戏剧是走动的文学。它的前行路标，是向着人民群众。人民喜庆欢乐的节日，离不开戏剧。

党的十八届三中全会《决定》将公共文化服务的理念再次提升，明确指出，建立群众评价和反馈机制，推动文化惠民项目与群众文化需求有效对接。《决定》以更新的思路和更高的要求，让我们认识到构建现代公共文化服务体系的重要性和紧迫性。

“戏曲惠民·欢乐百姓”活动作为一项重要战略决策，体现了市委、市政府锐意改革的时代精神，是解放思想、推动现代公共文化服务体系建设的一个创新举措。它充分体现社会公平正义，以其公益性、基本性、均等性、便利性的原则，让群众共享文化发展和文化改革成果，圆了群众在自己家门口就能看大戏的梦想。

这一决策实践的核心价值和时代意义，体现了三中全会精神所要求的——“推动文化惠民项目与群众文化需求有效对接”。具体地讲，就是建立了以需求为导向的服务机制体系，真正解决了群众看戏难的问题。

（二）

2013年8月，习近平总书记在全国宣传工作会议上提出“四个讲清楚”，阐述“中华文化积淀着中华民族最深沉的精神追求，是中华民族生生不息、发展壮大的丰厚滋养”。

蒲剧，作为源远流长的区域性地方大戏，是中华民族戏剧文化的瑰宝，它以晋陕豫黄河金三角区域一大独具魅力的资源禀赋，成为这一区域特别是河东人民的精神家园。

看大戏，听蒲音，这是我们大舜德孝之乡的传统文化现象。在一定意义上，蒲剧梦，就是运城人民梦的一个侧影。“今日得宽余”，盛世下能够在自己的家门口，于宁静的夜空下，扶着老人陪同家人看上几天大戏，正是百姓大众的一种幸福向往。

送戏下乡，让老百姓足不远行就能在家门口看到精品剧目，曾经是一个艰难的追梦历程。今日圆梦。在与人民群众文化需求的对接中，蒲剧找到了自己回家的路。

参加首批戏曲惠民活动的11个市县剧团，开局得胜。剧团所到之处，受到当地百姓的热烈欢迎，村民们抬着一块块硕大的牌匾感谢他们。在万荣、闻喜一些偏远贫困山区，村民高兴地说：“感谢市委和市政府，把这么好的戏送到贫困村，我们能看到名剧团和大演员，托改革的福了。”

（三）

戏曲惠民开启了蒲剧的新纪元，这是推动我市戏剧改革的图标。

市委宣传部、市文化广电新局出台的《戏曲惠民·欢乐百姓送戏下乡实施方案》，从工作目标、组织领导、运行机制和办法等方面，作出明确具体的规定。

其工作目标：市县两级财政投入资金，以剧团演出、政府买单、群众受益的方式，组织全市 16 个剧团把优秀剧目送进数百个乡村，特别是革命老区和贫困山区，让广大群众足不出村就可观看到精品戏曲。

其机制和办法：一是每年 10 月 1 日至次年 9 月 30 日为一个年度。在本年度内，市级剧团在全市贫困山区和革命老区安排 200 场演出，其中 130 个夜场。为了鼓励各县（市、区）剧团创作更多更好的戏剧精品，让剧团走向市场，实现社会效益和经济效益双丰收，市戏曲惠民领导组给每个县安排 75 场非本县院团的惠民演出，并给予一定补助。演出乡村和场地由县（市、区）委宣传部、文广新局负责安排，由村与剧团对接。二是戏曲惠民演出的剧目，必须是市戏剧家协会评审委员会评审确定的优秀剧目，并通过媒体向社会公布。三是根据全市安排，各有关方面要填写“三表”，即“运城市戏曲惠民·欢乐百姓送戏下乡”的计划申报表、演出证明表、演出统计表。最后，将演出节目单、音像图片等相关资料留存备案，凭上述资料到市戏曲惠民办公室结算补助。

“一方案三附表”的创新措施，确保戏曲惠民项目与群众需求的有效对接，收到“让人民群众充分享受文化发展成果，真正高兴满意”的效果。

戏曲惠民活动从 2013 年 10 月 1 日拉开帷幕。据统计，活动首月共演出 178 场，覆盖全市 13 个县（市、区）60 个村庄，受益群众有 10 万余人……

（四）

我们认识历史有多远，未来的路就能走多远。

传统文化不仅是一个国家的重要凝聚力和内在精神支撑，还关系到一个国家的主权，失去了传统文化，就等于一个国家失去了文化主权。所以，文化上失去记忆，我们就找不到自己回家的路了。

蒲剧，是展示运城形象、表达运城话语权的一个重要的、不可替代的文化表达方式。它是河东人民的精神家园，轻视或者忘却了蒲剧，都无异于在割断我们自己的精神命脉。

2011 年 11 月，《人民日报》文艺部副主任刘玉琴发表一篇关于蒲剧的文艺评论，标题极具震撼性：《蒲剧曾经 pk 京剧》，还原了蒲剧曾经辉煌的历史。

巡礼浩瀚的戏剧史，蒲剧曾以拥有 1400 余个剧目的煌煌大观，在中华民族戏剧文化史上占据着重要位置。元元红、郭宝臣、阎逢春、王秀兰等蒲剧泰斗和大师曾经创造了声盖京华的传奇。辛亥革命和抗日战争期间，蒲剧为中国革命的胜利作出过应有的文化贡献。民主革命先驱景梅九曾为蒲剧代言：“戏剧是学校，其作用大于报馆。”

2013 年初秋，全国梅花奖创立 30 周年纪念盛会在京举行。在梅花荟萃的阵容中，山西梅花奖获得者数量为全国之最，而运城又是山西梅花奖演员最多的城市。

我们欣喜地看到，运城是戏剧梅花奖盛开的高地。戏曲惠民，梅花报春，运城戏剧繁荣发展的又一个春天已经到来。

我们应该以敬礼、自豪的心意和姿态，热爱我们的蒲剧，守护我们的蒲剧，发展我们的蒲剧。

（五）

于戏曲惠民工程中，我们获得了对蒲剧的历史认知，也使蒲剧自身获得了文化的觉醒和自信。

2011 年新春，新华社记者何俊昌在走基层的采访途中，来到永济一山村。正值正月初四，天气特别寒冷。景雪变带领市蒲剧青年实验团演职人员，冒着严寒为山区群众送戏。台下，村民们筑起泥土炉子，或架着木材，一边烤火一边看着演出。这位记者见证了观众对蒲剧的热情和迷恋，感动地说：“如果蒲剧没有了，这里的老百姓是会哭的！”

蒲剧，自元明以降，一路磅礴演进，虽然也经历过无数的阵痛和低回，但终是根脉绵长，进军不懈。

蒲剧的精魂是什么？

今年将近百岁的戏剧大师郭汉城，10年前在一次多家媒体记者采访时感慨地说：“蒲剧，关键是老百姓喜欢！”

“关键是老百姓喜欢！”一语道明了蒲剧的命脉和魅力所在。

“戏曲惠民·欢乐百姓”活动的成功开展，为蒲剧的发展找到了一条时代的路径。它告诉全市文艺院团和广大文艺工作者，只有面向百姓，坚持以人民为中心的创作和演出导向，戏剧繁荣和发展才能找到正确的方向。

在文化建设、戏剧改革和公共文化管理机制上，市宣传文化部门率先举起了改革的旗帜。戏曲惠民活动在丰富和满足群众精神文化生活、提升人民幸福指数的同时，也极大激发了戏剧繁荣和发展的内生动力。全市各级院团包括民营剧团竞相走在戏剧下乡的路上，在竞争中为自己找到更为广阔的演出市场和发展空间。

对于蒲剧文化，只有立足“超越式继承”，不断赋予它符合时代性质与时代特征的文化价值内涵，才能成就品牌、事业长青、拥有未来。

“戏曲惠民·欢乐百姓”活动，没有结束时和终止符，永远在前进的路上。

“戏曲惠民·欢乐百姓”活动，更是我市开展群众路线教育实践活动的生动方式之一。循着蒲韵，我们倾听群众的心声，发现群众的关切，融洽和群众的感情，进一步激发为民服务的热情。

（《运城日报》2014年2月12日）

生态文明建设的一面旗帜①

高文毓，是生态文明建设中践行“三严三实”的一个时代典型。

6月5日，运城市委作出《关于向高文毓同志学习的决定》。《决定》指出，高文毓同志身上体现出的优秀品质和崇高精神，是践行“三严三实”要求的生动体现。市委决定在全市党员干部中深入开展向高文毓同志学习的活动，号召全市各级党员领导干部，要以高文毓同志为榜样，积极投身到生态文明建设伟大事业中去。

高文毓作为一位有着30多年治理水土流失经验的专家，从省水利厅水土保持研究所高级工程师岗位退休后，放弃了享清福的舒适生活，动员全家人返回家乡，在荒芜的虎庙山安营扎寨，用16年的时间，让这万亩荒山披上了绿装，在生态文明建设时代征程上留下了不平凡的奋斗足迹。他为国家生态林业建设作出了新的探索与贡献，他是生态文明建设的一面旗帜。

建设生态文明，是关系人民福祉、关乎民族未来的长远大计。党的十八大以来，习近平总书记强调建设生态文明、维护生态安全，有关重要讲话、论述、批示超过60次。对于林业问题，总书记多次指出，在复杂的生态系统中，林业在维护国土安全和统筹山水林田湖综合治理中占有基础地位。林业是事关

① 2014年6月、2015年6月，作者带领采访组两次奔赴地处黄河大转弯的中条山西段，采访山西省水土保持研究所高级工程师高文毓退休后坚守大山建设生态林业的事迹。前后写出两篇长篇通讯，题目分别为：《为了万亩沟壑的“绿之梦”》（与王文军合作）、《“总有一天要让这山变成森林风光”》（与樊军、王文军合作）。这篇评论员文章即为后文配发的评论。

经济社会可持续发展的根本性问题。森林是自然生态系统的顶层，拯救地球首先要从拯救森林开始。

“青山就是美丽。”绿色就在山上，榜样就在眼前。我们从高文毓老人身上，感受到一种藏于平凡的力量，也是一种超乎平凡的力量。这力量，就是共产党人造福人类、为人民负责的求实精神和奉献情怀。

高文毓的身上体现了鲜明的国家情怀。“虎庙山是国家资源，咱们只是在给国家护山。这山是大家的，树木长得越好，群众致富就越有希望！”高文毓经常对家人和乡亲说。他是这样说的，更是这样做的。16 年间，高文毓带着全家老少，把以前只长荒草不长树的“穷山”，治理成长满柏树、核桃、杏树的“富山”；16 年间，高文毓将自己的退休工资全部用于荒山绿化，让自己年收入十多万元的二儿子放弃职业，帮自己治理荒山……他之所以愿意这样无私付出，不求一时回报，就是因为在内心深处有一种共产党员所具有的国家情怀，有着“莫道桑榆晚，为霞尚满天”的人生追求。

高文毓的身上体现了强烈的百姓情怀。“高工这个人，和乡亲们很亲，他把自己造林得到的收入无私地给了村民，自己生病了却舍不得花钱治。”“他帮助大家脱贫致富是动真情、真扶贫。”金杯银杯不如百姓的口碑，村民们话语质朴，却分量千钧。16 年间，高文毓将荒凉贫瘠的万亩荒山，治理得满目苍翠峰壑绿染。然而，心中装着百姓的高文毓没有止步于眼前的成就，他有自己的长远规划，把虎庙山变成一处集生态旅游、中药材开发于一体的“聚宝盆”，他为乡亲们谋取的是永续的长青基业，是长远福祉。在他年迈的身体里，我们感受到的是始终燃烧着尽党员职守、为群众谋利的火热情怀。

高文毓的身上体现了求实的科学情怀。“在干旱贫瘠的荒山上造林，要讲科学，尊重规律，还要和老天爷比韧劲、比耐力。”“和水土保持打了半辈子交道的人，我不会仅仅满足把虎庙山上的树种好，而且有更加长远科学的计划。”作为一名高级工程师，高文毓治理荒山时，有一股子韧劲，更有一种科学精神。他发挥自己治理水土流失的专长和经验，因地制宜，创造出一系列独特的“高氏植树法”，让植树和生态恢复同步进行，让虎庙山的生态建设成为今后其他荒山治理的样本，把干事创业的热情与科学求实的态度结合起来。

高文毓的身上体现了伟大的奋斗情怀。“山羊能攀登到哪里，树就要栽植到哪里。”“有 100 亩，就有 1000 亩，就有 10000 亩，用愚公移山精神，总会有一天让这山全部变成森林。”面对虎庙山土地贫瘠、沟壑纵横、山势险峻等恶劣的自然条件，高文毓没有丝毫退缩，带领全家和当地群众，想尽各种办法，克服重重困难，迎难而上将树苗种得漫山遍野。他的身上体现了“谋事要实、创业要实、做人要实”的时代风貌，体现了新时代的“愚公移山精神”，彰显了共产党人奋斗奉献、久久为功的坚守。

一个社会，榜样的意义不只在于他们独特的贡献，更在于他们在大众中引发的精神启示和影响。高文毓在他退休后的 16 年的岁月中，在虎庙山上创造和守护着生态系统中的“命脉”，并将继续坚守下去。“总有一天要让这山变成森林风光。”他那对“美丽中国”的无限情怀，在人们心中树起一面高扬的旗帜，感召更多的人积极投身生态文明建设的伟大劳动。

（《运城日报》2015 年 6 月 27 日）

追求“创造性转化和创新性发展”的重大实践

——论“尧舜禹文化与当代社会核心价值”北京研讨会的时代意义

面对一个重大时代课题，这是山西的重要回答和实践，是运城版的“中国好故事”。

3月19日，“尧舜禹文化与当代社会核心价值”研讨会在北京隆重举行。

研讨会由山西省委宣传部、光明日报社、中国先秦史学会、中国伦理学会主办，运城市委、市政府及运城市盐湖区委、区政府承办，国内一批知名高端的专家学者聚集在这个高层论坛上“聚焦尧舜禹，读深古中国”。围绕尧舜禹与“古中国”、尧舜禹与核心价值观、尧舜禹与德孝文化等3个方面研讨课题，专家学者的发言站位高远、思想深刻、观点独特、内涵丰富，以权威的声音阐释“古中国”文化历史渊源，以深邃的学术眼光从博大深厚的尧舜禹文化资源中发掘寻找当代社会核心价值的文化基因。

党的十八大提出24字的社会主义核心价值观。习近平总书记在关于培育和弘扬社会主义核心价值观的系列重要论述中，强调指出，要“培育和弘扬社会主义核心价值观必须立足中华优秀传统文化”“认真汲取中华优秀传统文化的思想精华和道德精髓，使中华优秀传统文化成为涵养社会主义核心价值观的重要源泉”。在北京举办这样一个富有深刻的时代意义又独具魅力的研讨会，目的就是要贯彻落实总书记的重要讲话精神，回答这一重大文化建设课题，为社会主义核心价值观找到传统文化的源头基因，揭示这些价值观与社会主义制度本质价值的一致性，提高全民族对中国特色社会主义制度的道路自信和文化自信。

会议从重大时代课题上回答和证明，这是贯彻落实习近平总书记系列重要讲话精神特别是做好“创造性转化和创新性发展”和“四个讲清楚”的山西新实践，运城新创举。这也是山西省“古中国之旅”系列活动的开篇之举，特别是运城市2016年加强文化旅游宣传推介的“重头戏”，必将为“古中国·新山西”文化品牌的打造增添新的强劲动力。

穿越中华民族5000年悠久文明的灿烂时空，历史上的大河东，即“古中国”文化渊源的晋南地区，是尧舜禹开创基业、治国理政的区域。史称“尧都平阳”“舜都蒲坂”“禹都安邑”。唐尧的以德治国，虞舜的孝感天下，夏禹的家国情怀，都是中华传统文化中极其宝贵的财富。5000年的中华文明，就是自尧舜禹开始的文明。尧舜禹文化蕴含着与社会主义核心价值观中的“和谐、友善、诚信、民主、平等”等一脉相承的文化基因。尧舜禹文化的源头根脉，就是在河东运城。

周虽旧邦，其命维新。

从尧舜禹文化中探究和挖掘当代社会主义核心价值的历史文化基因，是一项文化探源工程，是一项涵育正能量的工程。阐释开掘尧舜禹文化的丰厚的文化思想价值，既是当代社会主义核心价值与中国传统文化价值理念的“接轨”“融合”“生发”，又是对社会主义核心价值的一种历史解读和普及宣传。这是对尧舜禹传统文化的创造性转化和创新性发展，更是培育和践行社会主义核心价值观的题中应有之义。

研讨会的召开，讲清楚了尧舜禹与古中国深厚的渊源，讲清楚了尧舜禹思想对中华优秀传统文化的深远影响，更讲清楚了尧舜禹文化和当代社会主义核心价值观如何的一脉相承。必将为继承和弘扬中华优秀传统文化，培育社会主义核心价值观提供新的引领和新的指导。

研讨会的召开，为下一步汲取尧舜禹文化智慧，挖掘社会主义核心价值观文化基因提供了新的理念和新的思路，更为我们加大“古中国”宣传力度，建设文化名市明确了新路径、新空间。

研讨会的召开，让我们对河东大地作为“古中国”认知更加深化，进一步开阔了视野，增长了见识，明确了未来研究的方向。对尧舜禹文化与当代核心价值观渊源流变的判断上有了多元化的思考和认识，对于传承发扬优秀传统文化的自信心和认同感也进一步坚定了自信。

浩渺行无极，扬帆但信风。

近年来，按照省委、省政府深入挖掘传统文化积淀，大力发展文化旅游产业的要求，运城提出打造以“古中国”为标识的国际旅游目的地的目标，通过一系列学术活动挖掘文化内涵，通过产业活动扩大文化传播，旨在真正把中华民族优秀传统文化挖掘好、传承好、弘扬好。

这次北京研讨会召开，拉开了我市古中国之旅活动的序幕，是运城迎接文化旅游发展春天的“热身”前奏。接踵而来的“花之海·大运城”赏花踏青、芮城西侯度的寻火仪式、舜帝德孝文化节、万人后土文化节、关公旅游文化节等系列活动将依次展开，这些活动将会让更多的人亲自体验感受古中国优秀传统文化独特的魅力。

尧舜禹文化价值，古中国文化品牌，将构筑起一部时代大书，向世界徐徐打开，讲述运城版的“中国好故事”。

（《运城日报》2016 年 3 月 21 日）

乡贤，一个崇高的回归[1]

——运城新乡贤文化建设大会主题视频解说词

在中国人的精神家园中，有着一种历久弥新的文化表达，那就是乡愁，乡情。

乡愁中，有一个总是能让人感到温暖而亲情的名称，叫作乡贤。

一个人，在他生命的存在方式中，能享有“乡贤”这一高尚的道德荣誉，他是幸福的。

（一）

沐浴新时代的阳光，古老的河东、年轻的运城，在贯彻党的十九大关于“乡村振兴战略”的部署中，为“讲好中国故事”开启了运城元素的最美叙述——

“弘扬新乡贤文化，助推美丽乡村建设”，正春风化雨、如火如荼地在全市开展起来。

记得住乡愁，望得见山水。这充满深情和诗意的话语，包含着习近平总书记对于美丽中国乡村建设的谆谆希望。

实现人民对美好生活的向往，这是新时代最为激励人心的旋律。“走进新时代，建设大运城。”河东广大农村正充满热切期待，呼唤更多的在外优秀儿女们归来。

①此文系为配合“运城市新乡贤文化建设大会”的召开，给运城电视台撰写的电视专题片解说词提要。

“我的村怎么了，

我的村需要我！

我能为村里做什么？”

带着美丽的愿景，一批批对故乡深怀感恩之心的人们，回到自己的家乡，投身于伟大的“乡村振兴战略”！

一批新时代的河东乡贤人物浩荡而来。他们中，有企业家、有教师、有学者、有博士、有官员、有将军、有大学生……

（二）

在中国历史文明进步中，乡贤文化作为一个地域的精神文化标志，成为维系乡情、乡愁，连接故土的精神纽带，赓续和折射着中华优秀传统文化的传承脉络。

何为“乡贤”？

从社会文化角度上讲，乡贤，就是指那些品德、才学、能力为乡人推崇敬重的人。这些人是受人们普遍尊重的社会贤达，他们作为中华文化精神家园的坚守者，身上有着浓厚的人文精神在闪光。乡贤最显著的标志就是，能以道德力量立身，以文化品格表达，为正义呐喊，为公平呼号，为济贫助力，一言九鼎，代表群言，有着独特的人格魅力和影响力。

何为“乡贤文化”？

乡贤文化，是中华优秀传统文化在乡村社会治理中的一种表现形式，它根植于深厚土壤，蕴含见贤思齐、崇德向善、诚信友善等优秀文化基因，具有很强的道德励志和激扬正气的教化功能。它以文化认同感的力量，使人们在自己内心产生归属效应，并滋生出一种天然的自豪感和荣誉感。在历史上，无论是中央政令在地方的有效实施，还是民间社会愿望的向上传递，乡贤都作为广被信任的中介发挥重要的桥梁作用。

（三）

河东运城，是古代天子尧舜禹开创基业的舞台，也是中华农耕文明曙光升起的地方。“民为邦本，本固邦宁”，就是从尧舜禹时代传承下来的治理社会的经验瑰宝。

在中华文明史上，我之河东，钟灵毓秀，人文荟萃，具有源头基因意义的乡贤文化，植根深厚。

《蒲州府志·艺文卷》开宗明义写道：河东“土风淳朴，自昔多贤人君子……生大贤之乡，闻风而兴起者有矣”。“孔门十哲”、设教劝学的卜子夏，与孟子几乎齐名强调“礼仪之治”的荀子，昌明王道、振兴儒学的文中子王通，“昌明绝学，为世儒宗”的文清公薛瑄，“山西通儒”、戊戌变法六君子的杨深秀……这些彪炳千秋的经师大儒，在河东代有人出。他们是闪烁在历史上空的人文道德星座，为家乡的土壤植入深厚的乡贤文化基因，史书这样评价他们的影响，赞曰：“其流风遗范，被乎乡国。”

在河东，优秀的“乡贤文化”是一个珍贵的基因宝库，足可成为我们今天汲取营养、借鉴利用的重要文化资源。

（四）

新乡贤，是当代乡愁文化的最美表达。

新乡贤文化，是中华优秀传统文化的重要组成部分，是对传统乡贤文化的批判性继承、创造性转化与创新性发展，是当代社会主义核心价值观的重要载体之一。

2015 年和 2016 年的中央一号文件，两次将“乡贤文化”列入农村思想道德建设之中。2017 年 1 月 25 日，中办、国办《关于实施中华优秀传统文化传承发展工程的意见》明确指出：“挖掘和保护乡土文化资源，建设新乡贤文化，培育和扶持乡村文化骨干，提升乡土文化内涵，形成良性乡村文化生态，让子孙后代记得住乡愁。”

运城市委、市政府以坚定的文化自信和建设文化大市的战略眼光，从2016年就开始酝酿谋划新乡贤文化工作，于2017年初制定《关于弘扬新乡贤文化，推进新农村建设的实施意见》。文件发出急切而深沉的呼唤：“在建设新农村、弘扬社会主义核心价值观的新时期，我们要发挥新乡贤热爱公益、引导风气、移风易俗、反哺家乡等示范引领作用。鼓励他们利用自己丰富的科学知识、深沉的乡土情怀、高尚的嘉言懿行，垂范乡里、感染百姓、滋润乡风、温暖乡间、引领价值，把乡情乡愁转化成为热爱家乡、感恩家乡、回报家乡的实际行动，带动农村经济社会文化等各方面发展，成为推动农村‘双创’的实践者，美丽乡村建设的引领者。”

放眼新时代河东大地，我们开始了寻找新乡贤和建设新乡贤文化的美丽工程。

（五）

千百年来，河东大地耕读传家、崇文重教、民风淳厚、社会稳定，乡贤在其中发挥了重要作用。改革开放以来，一大批青年才俊，通过上学、参军、经商等各种途径走出乡村，开创新天地，在不同领域干成了一番事业。同时，还有一大批人士留在本土发展，成为农村优秀基层干部和创业的致富能人、先进典型。这些从农村成长起来，或走出或扎根而钟情于回报乡里、奉献乡里的优秀人士，以威望高、口碑好、有德行、有爱心的好形象和影响力，成为一代新乡贤。

在新的历史条件下，乡贤的主体范围更加广泛。在寻找新乡贤中，我们重点寻找有奉献精神、对农村经济文化社会发展有带动力、引领力的3类人员，即“本土乡贤”“离土乡贤”“外来乡贤”。“外来乡贤”，是指原本不是本地人，因早年到此地创业、逐渐成为一方致富带头人，或长期以来关心运城发展并对运城这块土地有着深厚情结的外地友好人士。

首批拟定的“运城优秀新乡贤”有五种类型：一是引领农村社会新风尚；二是兴办公益慈善事业；三是繁荣发展农村文化；四是化解乡村矛盾纠纷；五是脱贫攻坚奔小康。

在寻找和发现新乡贤中，我们获得了新的启示：新乡贤诞生在建设公益事业中，新乡贤诞生在带领共同富裕中，新乡贤诞生在主持公道正义中，新乡贤诞生在敢于惩恶除黑中，新乡贤诞生在保护青山绿水中，新乡贤诞生在留住历史延续文脉中，新乡贤诞生在以德服众依法行事中，新乡贤诞生在引领风尚敬老爱亲中……

（六）

在党的十九大报告中，习近平总书记指出：“加强农村基层基础工作，健全自治、法治、德治相结合的乡村治理体系。”

新乡贤的号召力、凝聚力、话语权，在引领时代新风、推进基层协商民主建设、基层政权建设和农村社会治理中，发挥着不可替代的特殊作用。

面对农村社会建设中还存在的诸多问题和短板，建设新乡贤文化的工作，显得更加重要和实际。

发展新乡贤文化是一项系统工程。党委政府高度重视，统筹谋划、凝聚合力的同时，还需要各有关部门的积极参与，大力支持，共同为乡村振兴战略献策出力。我们坚信，在各级党组织和社会组织的引领带动下，在承载着5000多年灿烂辉煌的中华文化的河东大地上，新时代的乡贤一定会成为建设乡村治理体系、建设农村公共文化、建设美丽乡村的生力军。

（七）

如果说“古贤”是本地区的文化资源，那么“今贤”则是本地域的文化名片。

“过尽千帆都不是，斜晖脉脉水悠悠。”

也许你是在外博弈财富的游子，也许你是功成名就的业界老板，也许你是领军一方的创业精英，也许你是扬帆在海外学界商界的人士，你都不要忘记，家乡总是在对你寄予热切的期望，在期盼之中，乡民们在骄傲地重复着关于你的故事。

市委、市政府在实施“走进新时代，建设大运城”的战略部署中，推出在外务工人员关心关爱计划即“凤还巢”计划，不断增强运城在外务工人员的归属感和返乡创业兴业的荣誉感，欢迎广大在外人员还“巢”创业，立足河东大地，实现“凤”志。

这是大运城充满亲情的寄语。新农村需要新乡贤，新乡贤点亮新农村。

君子行大道，行之者众。随着更多的新乡贤的不断涌现，“厚道运城”的城市精神，将成为大运城的自信表达。

（2018 年 4 月 28 日）

第五编

南国观澜

第二届中国（深圳）“文博会”考察系列述评

用产业观做大“文化财富盛宴”①

——赴深圳、长沙文化产业考察见闻及思考（一）

什么是文化产业？

一个十分简洁的定义，就是联合国教科文组织所作的表述：“文化产业就是按照工业标准生产、再生产、储存以及分配文化产品和服务的一系列活动。”

从理论上讲，文化产业是文化经济的集中体现，它的核心是创造经济利润。

深圳，作为中国文化产业发展的试验田，它的成功道路，给我们的认识开辟了广阔的视野。

深圳龙岗区有个大芬村，是第三届中国国际“文博会”的一个分会场。这里原来是一个在中国地图上都无法找到的小村落，后来却因油画产业的崛起，“大芬”这个名字在中国、欧美等十多个国家被叫响！“大芬模式”的神话，创造了中国文化产业发展的令人瞩目的奇迹。

故事讲起来也很简单。

与罗湖口岸连通比较便利的大芬村，原是一个不足400人的小渔村，人均年收入不足200元。1989年，一位香港画商来到大芬村，看中了这里优越的地理交通位置、淳朴的民风和低廉的房租。随后，他带领十几名画工来到大芬，开始了当时国内少有的油画加工、收购、出口的产业化经营。

于是，艺术与市场在这里对接，才华与财富在这

① 2007年5月中旬，运城市委组成文化产业考察团，赴深圳、长沙两地进行学习考察。作者作为考察团成员参加了全程考察活动，共写出10篇述评文章，自6月11日起，在《运城日报》第一版连续发表。其中部分篇目与《运城日报》记者吴丽合作。

里转变。

“文博会”期间，记者随运城文化产业考察团，走进了这个艺术海洋。最先扑入眼帘的是，汇集在大广场的400多人正在进行油画创作或临摹，大芬村人沉浸在艺术与财富相融合的文化经济氛围里。

最新资料显示，截至2006年底，大芬村共有油画及各类艺术品经营门店700家。其中，从事油画经营的516家，从事画框、颜料等相关配套产品经营的700家，从事工艺、雕刻、刺绣及书画培训的44家。大芬油画产品，主要销往欧美、中东、非洲等海外市场。2005年，大芬油画销售额达2.79亿元人民币。在采访中得知，首届“文博会”给大芬村油画企业带来了超过1000万元的收益，第二届“文博会”期间，大芬村油画各项交易额达1.55亿元。目前，大芬村云集了1万名画工、画师和画商。主业兴旺，带动副业，油画产业催生了高度关联的多元化产业形态。仅仅七八年时间，大芬村成为全国最大的油画产业基地和交易平台，并建成国家级的文化产业示范基地。

大芬给我们带来的启示是深刻的：一、大芬起步就是产业化。在大芬流行一个口号：“画家＋企业”前途无量。大芬村之所以成为中国最大的油画产地，不在于它里面生活着多少优秀的画家，而在于它彻底改变了传统的油画创作方式，将个人的创作变成了流水线式的集体创作，把单一的艺术品的生产变成了大规模的批量生产。整个大芬村每天都会有两万多件油画产品源源不断地运往海外。二、树立文化产业意识，提供超前服务。龙岗区政府为打造大芬品牌，一抓环境改善，二抓人才引进。该区将周边1平方公里范围纳入大芬油画产业发展基地，并先后出资1600万元用于环境改造，吸引国内外油画行业的优秀从业人员聚集大芬；帮助他们解决入户问题，并成立了布吉街道文联，为大芬村的外来画家建立起交流和合作的阵地。

从大芬村油画产业的成功演进，联想到北京中关村画家村的黯然消失，再到运城“书画一条街”的长期清冷，我们在启示中当有更多反思！

（《运城日报》2007 年 6 月 11 日）

文化创意决定核心竞争力

——赴深圳、长沙文化产业考察见闻及思考（二）

文化创意是文化产业的先导，也是发展文化产业的动力。

在这次文化产业考察中，大家感受最深的，就是“创意”的内涵、“创意”的力量。率团的市委领导一路给大家频频吹风：“从大的方面讲，创意是一切流行产品得以受欢迎的前提条件，创意本身就是一种文化体现。我们这次在深圳、长沙两地所看到的，都是文化产业发展中较为高端的产业模式，我们也许马上做不来，但是我们学到了先进的理念，在认识上先清楚了创意是构成核心价值的基础，创意决定核心竞争力。我们发展文化产业，在发展思路上必须创意为先。”

考察团一踏入深圳，就从当地媒体上感受到“创意”已生发成文化经济的万千气象，深圳正在靠文化创意打造着文化力。

在“文博会”主展厅，“雅昌”这个新奇的名字，几乎带给每个与会者一种美的发现和美的理念。循着“雅昌”的召唤，5月18日，考察团来到分会场雅昌艺术馆。

雅昌印刷之所以名扬全国，创意是企业的灵魂。雅昌集团是一家为中国艺术市场提供综合服务的文化产业集团，一直致力于文化艺术产业的创新变革，首创了“传统印刷＋现代技术＋文化艺术”的雅昌经营模式，成为中国印刷业和艺术产业成功结合的一面旗帜。2001年，该集团被指定为北京2008年奥运申请报告的唯一印刷商。在艺术馆里，考察团的成员无不为雅昌集团新开发出的艺术衍生产品所震撼，比如他们对清人孙温绘制的全本《红楼梦》的复制。

湖南省文化产业的龙头是影视和动漫。动漫产业本质上是以内容为核心的创意产业。1999 年，三辰卡通集团“蓝猫”的出现，为中国的卡通业翻开了历史性的一页。在虹梦卡通集团，我们见到了被称为“蓝猫之父”的王宏董事长。在采访中得知，2006 年，该集团制作的《虹猫蓝兔七侠传》在央视播出后，全国每天有 1.5 亿名青少年固定收看。专家认为，该片大胆突破中国动画低幼化和偏重于说教的传统，将电影电视剧的手法引入动画制作，以成人的视角与少年儿童平等交流，为中国动画提供了新范本、拓展了新领域。目前，虹猫蓝兔品牌先后被评为中国动漫产业“最具影响力品牌”和“消费者满意的卡通动漫”。

回望这次文化产业考察之旅，记者想到在田面创意产业园开幕仪式上，被誉为“世界创意产业之父”的英国著名经济学家约翰·霍金斯所言：“在创意产业上，深圳已成为中国内地的先锋城市，并正在加速与世界接轨，前途不可限量。每每思考未来之时，我总会想到‘新十亿’这个问题。在未来十年间，将会有超过 10 亿的年轻人寻求他们的第一份工作，但他们不会在传统行业中寻找。在这 10 亿人中，中国占最大的比例，他们将成为中国未来创意经济发展的强大支撑。”

人类正在进入一个“创意时代”，财富和幸福决定于我们头脑中的思想观念的更新。这是我们这次考察之旅获得的深刻的启示之一。

（《运城日报》2007 年 6 月 12 日）

发挥优势找准产业定位

——赴深圳、长沙文化产业考察见闻及思考（三）

与传统的产业形态相比，文化产业属于新经济业态，它是创意产业，又是知识经济的典型业态。

就一个地方而言，发展文化产业，关键是找准自己的产业定位。产业定位的基本坐标，应该是建立在当地优势资源的转化和文化品牌的创立上面。

你大概听过这么一首歌，歌中唱道："太阳歇歇么？歇得呢；月亮歇歇么？歇得呢；女人歇歇么？歇不得——女人不去吃苦么，日子过不甜呢！"

著名舞蹈表演艺术家杨丽萍把这首描写高原女人的歌，作为大型原生态歌舞《云南映象》中她领舞的《女儿国》的背景音乐，并用自己的云南方言缓缓地吟诵时，不知震撼了舞台下多少观众的心！这部舞剧，是经过创意而表现出的一种"变化中的原生态"，它复原了最古老的舞蹈方式，用自然的力量来安抚现代人疲惫的心灵。

《云南映象》创作于2003年，一上演便轰动神州，2004年踏上世界巡演之路。它的核心卖点，就是民族区域原生态艺术。至2005年，《云南映象》已在国内25个省32座大中小城市以及巴西、阿根廷、美国演出600多场，演出收入3000万余元。2006年，《云南映象》继续在美国、澳大利亚、英国、法国、日本等地巡演，进行全球推广。考察活动中，记者走进"文博会"的"中国舞台艺术精品工程展馆"，对入选2004—2005年度国家舞台艺术精品工程十大精品剧目《云南映象》的市场运作方式进行了采访。

据展馆人员介绍，云南映象文化产业发展有限公司于2004年成立，杨丽萍任执行董事，标志着“云南映象”的品牌价值得到进一步提升。公司确定了“企业化管理、市场化运作、产业化发展”的经营思路，从一开始，《云南映象》就是作品、产品、商品三位一体走向市场。在昆明首演时，没有向社会上发一张赠票，观看演出的云南省委、省政府领导一律购票入场。在进入全国商演中，其票价由不同区域的市场来确定，如最高票价宁波为1180元，杭州为880元，广州、成都为480元，北京为680元。

《云南映象》进入产业化是必然的选择。目前，它的产业链不断延伸，该公司携手“昆明城建股份”推进城市建设：一是在昆明市投资建设“云南映象专业定点演出剧场”，在此将呈现完整的、全新的大型原生态歌舞集《云南映象》；二是在昆明市兴建一个占地1200亩的云南映象主题文化社区，并向海外发售；三是投资建设云南映象旅游商品城，从而形成以云南映象为品牌、多元化发展的产业模式。

记者从《云南映象》市场冲击波中发现，品牌建立即产业定位，大体经由两个路径：其一是对原有文化的发掘，从历史的、民族的、民间的、现有的多种人文奇观中，发掘出具有深厚文化内涵与底蕴的文化品牌。这是指文化品牌的地域特征。其二是创立一个前所未有的、全新的、富有现代气息和风尚的文化品牌。这是基于现实的创意梦想，一种富于时代精神的创新。其实，这两条路径都要靠创意思维去发现、去完成。

品牌的确立决定产业定位，产业的崛起依赖于独特的资源优势。

河东是华夏文化的直根，五千年泱泱文明，厚积着令世人惊叹的丰富文化资源。我们要有产业腾飞、品牌昭世的梦想和雄心！

（《运城日报》2007年6月13日）

急切呼唤文化领军人物和团队

——赴深圳、长沙文化产业考察见闻及思考（四）

文化产业的经营管理，是文化产业发展的关键。它涉及产业的经营战略、产业的品牌塑造、产业的资本运营及产业的管理模式等。在这里，一个核心问题是，要有精英式的管理人才和高度专业化的技术团队。

在文化产业已显现世界性潮流的当今，人才资源，特别是具有创意智慧和经营谋略的文化创新人才，是发展文化产业的核心要素。

在长沙考察中，有一个问题引起大家的注意与思考：湖南经济总量并不名列前茅，没有产生影视人才的教育基地，没有最大的收视人群，不是中国时尚文化的中心，甚至没有几个叫得响的电视广告品牌，但是，“电视湘军”和“动漫王国”却神奇崛起。它使我们强烈地感受到：文化产业的竞争，其实是优秀人才资源的竞争。

说起卡通动漫片《蓝猫淘气3000问》，几乎家喻户晓。王宏就是蓝猫的创造者，是《蓝猫淘气3000问》前1520集的总导演、总编剧，被动漫界称为“蓝猫之父”。动漫业内有句话说，没有王宏就没有湖南动画，没有王宏就没有能和迪斯尼唐老鸭、米老鼠相媲美的中国“蓝猫”。王宏被称为“一位在中国动画界创造奇迹的领军人物”，应该说当之无愧。一个人带动了一个产业的发展，我们不能不说，人才是文化产业发展中最大的引擎。

在湖南，还有一个人，掀起了一场影视产业“革命”。这个人带着自己写的“适者生存≠强者生存”公式，带着“天下媒体不分大小，市级广电照样做强”的自信，把长沙市的市级广电做成了全国市级广电的翘楚，这个人就是长沙广电集团党委书记、董事长王昌连。是他把一个“一潭死水”的广电行政机关带进了市场，在市场的激烈竞争中求生存、求发展，终于实现了在新闻宣传、经营创收、扩大覆盖、网络扩张、电视剧生产、产业园区建设等方面的跨越式发展。《中国经济时报》曾称王昌连是文化产业的大胆实践者。可以说，没有王昌连，长沙广电人过的可能还是 8 小时以内看报、喝茶的日子。

正如没有马云就没有阿里巴巴，没有丁磊就没有网易一样，一个优秀人才往往能带来一个产业的成功。因此，加快文化产业管理人才的培养，特别是培养既有文化创新能力又懂经营的复合型、高素质管理人才，显得十分紧迫。

我市发展文化产业，人才匮乏是一个突出的“瓶颈”。有一些长期做产业、在一定程度上懂经营懂管理的人，看中了文化产业这块“蛋糕”，却苦于对“文化”的概念捉摸不透，不知如何涉足这个领域；而一部分长期做文化事业工作、对文化精通的人，却苦于没有经营经验，不敢涉足市场。这种现象导致我市这个文化资源丰富的地方，因为人才的缺乏而延缓了文化产业发展的脚步，就是有“金山”，也没有人知道怎样“抱走”。

中共中央政治局常委李长春最近在河南视察工作时指出，各地要大力发展文化产业，催生一批有较强实力、竞争力、影响力和自主创新能力的大型文化企业和企业集团，形成以文化企业为主体、以市场为导向、产学研相结合的文化创新体系；培养一支高素质的文化建设和管理工作队伍，一支德艺双馨、影响较大的作家、艺术家队伍，一支坚持正确导向、熟悉市场经济规则、懂经营善管理的文化企业家队伍。

我市作为文化资源大市，发展文化产业的潜能很大，在新闻传媒、文化旅游、演艺娱乐、信息网络、制版印刷这五大主导产业中，每个主导产业都要培养出一支人才队伍和一些领军人物。

这是时代的呼唤，更是产业发展的必然要求。

人才，已经成为我市发展文化产业一个急需破解的命题。

（《运城日报》2007 年 6 月 15 日）

品牌是产业发展的生命力
——赴深圳、长沙文化产业考察见闻及思考（五）

严格地说，现代意义上的品牌概念，应是市场经济的产物。它是一种时代的标志文化，是一种时尚。就像说起动画片，你就会想到《蓝猫淘气3000问》；说起深圳，你就会想到“世界之窗”与“中华民俗村”。这就是品牌，准确地说，是品牌的力量。

在我国市场经济日趋成熟的今天，人们在生活中越来越感到品牌的可靠性以及对品牌的依赖性。在发展文化产业中，品牌一样是精品、可信的代名词，品牌的价值在它活跃的生命力中。无论是电视节目、故事影片、各类电视剧，还是旅游景观、平面媒体、互联网以及各种图书期刊等，都需要突出其品牌特性。因此，打造知名品牌就成为文化产业追求的目标。

这次在湖南考察时，大家对品牌的战略意义有了更为深刻的认识。湖南，就是靠“湖南卫视”和“卡通动漫”这两大文化产业品牌打天下的。

湖南卫视放眼全国，以打造中国第一电视娱乐品牌为理念，选择“品牌频道”的发展战略，打造出《快乐大本营》《谁是英雄》《超级女声》《快乐男生》等一系列娱乐色彩浓厚的栏目。这些栏目推出后，收视率急骤升高。娱乐效率带来收视率，收视率带来广告效益，2006年1月至8月，湖南卫视广告收入突破6.3亿元，位居“中国五百个最具价值品牌”之列。

王宏在接受我们的采访时，结合《虹猫蓝兔七侠传》的市场影响力，一再强调他的“衍生论”。他说，一个卡通品牌的效应价值在于它的衍生产品，虹猫的品牌价值不仅在于动漫产业链中图书、音像的销售量，以虹猫为品牌的服装、饮料、玩具、儿童用品所产生的价值远远超出了动漫本身的价值。

由此我们想到香港博创企业管理顾问有限公司董事长刘创博士说的一句话："对于企业而言，能力比机会重要，发展比发财重要，方向比速度重要，品牌比产品重要。"企业有无成熟的品牌战略，直接影响其在市场竞争中的成败。

2005年是中国品牌发展史上具有标杆意义的一年。党的十六届五中全会审议通过了《中共中央关于制订国民经济和社会发展第十一个五年计划的建议》，提出"十一五"时期要"形成一批拥有自主知识产权和知名品牌、国际竞争力较强的优秀企业"。可见，实施品牌战略，增强企业的核心竞争力，已成为国家的重大战略决策和部署。

在我市发展文化产业战略中，也有几个成熟的品牌，但是还有相当多的文化产品没形成品牌优势，构不成产业规模，没有把存量资源转化为增长资源。一个现实的例子，关公文化本是一个具有国际影响力的大品牌，然而我市并没有把它做成功。如果一个品牌没有它的衍生产品和衍生效益，那么这个品牌就只能是块"璞"，没有玉的光辉，产生不了生命力。

从理论上讲，文化品牌的价值不仅关系到企业的兴衰，而且代表着企业的形象，体现一个产业甚至一个国家的综合国力。品牌决定影响力。运城有不可复制的文化内涵的独特性，有做大文化产业的创意资源，相信会有更多的文化企业优秀人才加盟，共同创造产业崛起的明天。

（《运城日报》2007年6月16日）

文化体制改革这样突围

——赴深圳、长沙文化产业考察见闻及思考（六）

近几年来，在党和国家深化文化体制改革方针的指引下，全国涌现出一大批有自主创新能力、有知名品牌、有自主知识产权的国有和民营骨干文化企业。2004 年 11 月和 2006 年 5 月，文化部分两批命名了 75 个国家文化产业示范基地。这些基地在引领我国文化产业快速发展方面发挥了重要作用。

在这次考察中，3 个文化体制改革的成功典型，清晰地走进我们的视野：辽宁歌舞团、湖南千金文化广场有限公司和女子十二乐坊。

案例一，辽宁歌舞团。该团曾是全国四大甲级歌舞团之一，由于长期受计划经济体制的束缚，发展缓慢，2002 年仅演出 83 场，收入 88 万元。2005 年，歌舞团划归辽宁歌舞剧院后，为适应改革发展的需要，歌舞团以文化体制改革为契机，整合了艺术资源，壮大了产业实力，提高了集约化经营水平，为实现跨越式发展奠定了基础。该团实行竞聘上岗，创新分配机制，演职员工月薪最高的达 5000 元，最低的只有 800 元；年终奖励高的 5000 元，低的仅 500 元。《女子风流》是该团走向华南市场的代表作之一，该剧还在排练时，就与广东一些剧院签了 180 场的演出合同，且每台剧目都创下平均每场票房收入 15 万元的收益。

案例二，湖南千金文化广场有限公司。该公司前身是株洲电影院。2000 年，电影院新一届领导班子组建后，开始实施“置换国有资本，改变职工全民身份”，按照市场机制进行改革，打开了市场融资的大门。2002 年，实力雄厚的株洲千金药业股份有限公司资金强势注入，使株洲电影院成为该省第一家由现代企业投资控股的文化企业。公司改造影院基础设施，建设株洲唯一集电影、KTV、网吧、电玩、购物于一体的大型文化娱乐广场。单是电影超市，2004 年接待观众 18 万人，电影放映收入 400 万元；2005 年接待观众 23 万人，电影放映收入 500 万元。

案例三，女子十二乐坊。其成立于 2001 年，是北京世纪星碟文化传播有限公司旗下的独立法人企业。2003 年 7 月，乐坊首张专辑《奇迹》在日本上市发行，当日售出 1 万张，两个月内突破 100 万张。2004 年 8 月，专辑《东方动力》在美国全线上市，当天便在沃尔玛等全美最大的超市销售一空。迄今为止，公司在北美、亚洲等地累计发行唱片 500 万张，销售额约合人民币 10 亿元。女子十二乐坊的成功在于它是民营文化产业，具有更加充分的经营自主权，可以根据国内外市场需求的变化及时决策生产产品。

从上述几个典型案例中，我们可以获得一些规律性认识，推动我市文化体制改革向纵深发展。一、文化体制改革难度很大，必得经历几个大的回合，拼杀一条血路，才能从旧的体制束缚中突围出来。二、改制的目的是促进产业发展，政府要积极支持现代企业投资文化产业。这样不仅解决了文化企业资金短缺的问题，而且带来了先进的企业文化、领先的经营理念和科学的管理方法。这是加快传统企业改制、实现向现代企业过渡的捷径。三、注重发展民营文化企业，实现投资主体多元化。给予民营文化企业与国有文化企业同等的政策待遇，是保证民营文化企业健康发展的重要条件。

（《运城日报》2007 年 6 月 19 日）

以工业化的标准抓文化产业

——赴深圳、长沙文化产业考察见闻及思考（七）

在理论上，我们要深化对文化产业的历史背景和概念内涵的认识，解决“为什么是这样”的问题。

文化产业既是知识经济的产物，也是知识经济的结果，它代表的是人类产业文明的历史演进。在“戈森规律”之后，“逆戈森规律”理论出现，揭示了世界财富中心转移的一个历史性秘密：资本已不再是生产和积累的社会物质形态，而是媒介和信息的非物质形态。它随着社会需求的满足，在市场与产业、产业与文化的不断创新与组合中，不断实现持续性的财富增值，从而形成新的社会财富形态与非物质产业的文化价值体系。这也就是知识经济时代发展文化产业的历史背景。

在“文博会”上，流行这样的理论：“今天的文化就是明天的经济。”“早晨的文化是中午的经济，中午的经济是晚上的利润。”“经济重症需要文化的药方。”这表明：文化不仅是人类的文明形态，还是一个重要的经济门类，它使得社会的经济结构从“生产力经济”向“注意力经济”转移。文化不只是花钱，它还能赚钱。在市场经济中，文化产业就是文化经济，就是文化工业。

我们注意到，在2007年沈阳世界文化与自然遗产博览会高峰论坛上，教育部副部长、联合国教科文组织中国代表处主任章新胜说：“文化产业的发展也要像工业那样打造自主知识产权和自有品牌，形成产业集团和文化产业链。”他还举例说，现在美国的第一大出口产业不是IT业，也不是飞机汽车制造业，而是文化产业。中国的文化产业发展正面临绝好的机遇。

在这里，我们应该清醒地认识到，要把我市的文化做成产业，就应有产业的性质，应迈步走向市场，以新型工业化的标准来发展文化产业，像抓工业项目一样抓文化产业项目。

进行项目策划是文化产业发展的前提。只有策划出适应本地发展的项目，文化产业发展才能有正确的方向。如长沙市发展文化产业，策划出八大项目：媒体传播、出版印刷、休闲娱乐、卡通动漫、文化旅游、工艺美术、文博会展、文化体育。如今，长沙的休闲娱乐、歌舞演艺、卡通动漫在全国有广泛的影响。

我市曾对发展文化产业也有一个全盘规划，它包括新闻传媒业、文化旅游业、演艺娱乐业、信息网络业、制版印刷业五大主导产业。除了这些以外，我市还有民间地方特色的文化产业群。但遗憾的是，至今还没有几个能够在全国产生影响的知名品牌。

还有一个关键的问题要重视，就是文化产业的项目评价。对产业项目进行评价，是为了规避市场风险。在“文博会”的一个论坛上，有专家指出，永济市重建鹳雀楼，该项目实施前的评价是“良好”的。但是，经过几年的运营实践，有关部门组织专家对其项目影响评价的结论却是“失败”。这是因为，以钢筋水泥建造起来的鹳雀楼，没有能够真正体现唐代文化的精髓，尤其是为便捷登楼而安装的电梯，彻底颠覆了“欲穷千里目，更上一层楼”的优美意境，因而显示不出鹳雀楼的文化优势资源。当然，这是一家之言，但的确需要我们深思！

（《运城日报》2007 年 6 月 20 日）

搭建产业集群发展的“蜂房”

——赴深圳、长沙文化产业考察见闻及思考(八)

航机、大巴，一路都是课堂。

在这次考察旅途上，全团成员的思维始终没有停顿，思考的脚步在急促前进。

你看，刚考察完湖南广电集团，大家一坐上车，率团的市领导就提出了一个问题：“在他们的经验介绍中，‘产业集群’频频出现。这不只是个新名词，而是一个非常重要的概念。我们看了一路，几乎每个点都具有产业集群的特点。这是产业规模，但与我们过去的认识却不在一个层面上，是真正意义上的产业园区。有人将集群发展称为做大产业的‘蜂房’，我看很有道理，希望大家都能在理论上对它明晰和掌握。”

文化产业集群，亦称“产业集聚”“产业园区”，它是指相互关联的多个企业共处一个文化区域，形成产业组合、互补与合作，从而产生乳化效应和整体辐射力。正像有的专家形容的那样：产业集群“不是从上到下的一根链条，更像是一簇生机勃勃的野生丛林，掺杂着鲜花、药草、刺槐和昆虫”。它与文化产业链一样，都是文化产业发展到一定阶段的产物，是产业化走向成熟的标志。只不过，产业链是纵向上的产业延伸关系，产业集群是横向上的产业并存关系，都是发展文化产业所要追求的重要目标。

在“文博会”上，我们注意到，深圳宝安区《文化产业发展规划纲要》中提到，至2010年，宝安将全面打造创意设计、印刷包装、玩具礼品、文化服务、休闲娱乐五大文化产业集群。届时，该区将实现文化产业增加值250亿元，占全区生产总值10%。从其规划中我们还看到，每一项文化产业都站得很“高”：高起点，站在国际高度做规划；高品位，力争成为国内行业的龙头、国外有影响的企业；高创意，不仅做产业本身，产业所衍生的会展经济也一并规划入内。

比照我市，一个明显的差距就是，文化产业基本是单个发展，根本谈不到集群发展。目前还没有一个文化产业园区，一些文化产业企业零散地分布于全市13个县（市、区）。宇达集团、运城根祖文化产业开发有限公司等几个企业都从事艺术品、收藏品加工制造，且在区域上也不在一个产业群落里；包装印刷行业在我市比较发达，也没有形成园区规模优势；一些优秀的剪纸、刺绣、布艺、面塑产品加工点分布在村庄院落，还停留在小作坊阶段，没有企业，更谈不上集群发展。

集群发展、园区发展已经成为招商引资最具吸引力的载体。国外一位经济学家认为，产业集群带来聚集经济效益：第一，基础设施和辅助行业专门服务的共享，提高了基础设施的利用率，降低了服务单位的成本；第二，产业集群中的每个企业深深根植于园区经济网络中，增加了企业的社会资本，使融资渠道多样化；第三，企业集群带来了知识技术的溢出效益，加快了技术在园区扩散，提高了人力资本的质量。所以说，园区经济扩大了企业的资本，降低了企业的成本，具有很大的经济优势。

理论是行动的先导。一旦拥有了理论视野，我们文化产业的集群发展，就会获得更广阔的创造空间。

（《运城日报》2007年6月22日）

以资本的力量激扬文化经济

——赴深圳、长沙文化产业考察见闻及思考（九）

这是一个值得注意的变化：去年的“文博会”一号馆名为“中国文化产业成果馆”，而今年名称调整为“中国文化产业项目交易馆”，进一步印证了文化产业项目从“展示”走向了“交易”的新锐风姿，也证明了招商引资在“文博会”上的人气指数。

从“文博会”的窗口，人们看到在中国经济地图上，资本的力量催生文化产业正迅速崛起。文化产业的迅猛发展，使得现代资本市场为现代企业从事资本运营提供了无限广阔的舞台。

在长沙，湘绣业演绎着一个资本成功运作的故事：一根“绣花针”，竟能变成搅动市场的“金箍棒”。

湘绣是我国四大名绣之一。在历史的演进中，虽然被当成一种民族传统文化被保护起来，但仅有的一些湘绣企业都属于作坊式。20世纪末，湘绣企业纷纷倒闭，湘绣步入低谷。

正当众多湘绣企业不知路在何方时，湖南龙腾工业服饰有限公司于2003年联合韩国高丽丝绸会社、台湾金霞湘绣有限公司投入近两千万美元，在湖南省星沙镇建起了一座占地300亩的湘绣城。而今，湘绣城生产总产值达1.98亿元人民币。毫无疑问，是资本的大量投入激活了湘绣的产业，是资本的运作激扬了文化的力量。

文化产业要发展，需要大量资金的投入。我们要承认一个现实，资本运营的概念在我市文化领域还比较陌生，文化产业经营者，大多还刚刚从单纯的生产型向生产经营型转变，还没有真正意义上实现向资本运营型转变。我市有许多像湘绣一样的独特民间文化，如盐湖的绒绣、芮城的民间布艺等，目前生产方式还停留在小作坊阶段。但其具有很大的发展潜力，只待资本来激活、来壮大。

文化产业的资本运作，一是要大力吸引民营资本。在长沙市，卡通动漫、民间工艺、图书交易基本上都是民营投资，民营经济投资文化产业的机制已经形成。其经验值得我们借鉴。

二是要吸收外来资本。湖南广电集团被称为崛起的“电视湘军”，其发展速度与规模令人瞠目。但他们并不满足，准备3年至5年之内在海外上市，争取海外资本来不断壮大自己。这就说明，只有不断地注入营养，吸纳资本，文化产业才能做得更大更强。在今年的“文博会”上，招商签约会非常密集，签约投资项目总数与投资额比起上届“文博会”，有了很大的突破，就是很好的例证。

三是政府要创造有利于文化产业发展的资本运营环境。只有实行以明晰产权制度为核心的企业制度改革，建立现代企业制度，才能保证资本运营的成功。现在，资产重组、企业并购、股份合作、参股经营、合资经营甚至企业上市，都是资本运营的有效方式，有着巨大的市场空间。基于我市文化产业资本运作的现状，我们应该多管齐下，壮大民营资本，加大财政投入力度，吸收外来资本，通过成功的资本运作，使文化产业这一“朝阳产业”迸发出蓬勃发展的力量。

（《运城日报》2007年6月25日）

政策构建力度决定文化的发展

——赴深圳、长沙文化产业考察见闻及思考（十）

发展文化产业，一个根本性的问题，就是必须对国家的文化经济政策有全新的认识和掌握。

2006年，中国文化产业发展的一个标志性年份。这一年的1月12日，中共中央、国务院出台了《关于文化体制改革的若干意见》，发出了全面实行文化体制改革的信号；9月13日，国家《“十一五”时期文化发展规划纲要》颁布，确定了未来五年文化发展的指导思想、方针和目标任务；10月11日，党的十六届六中全会通过了《中共中央关于构建社会主义和谐社会若干重大问题的决定》，标志着我党以经济建设为中心，把构建社会主义和谐社会摆在更加突出的地位。

这是指导“十一五”时期我国文化建设的三个纲领性文件。这三个纲领性文件向世界表明，中国今后五年将是改革和发展更加紧密结合的时期，经济体制和文化体制改革并举，文化发展与经济发展汇流，经济建设、政治建设、文化建设、社会建设全面推进，逐步形成综合发展的态势。

这次赴深圳、长沙进行文化产业考察，无疑是对我国文化产业政策背景和发展趋势的一次巡礼和展望。

深圳为了实施“文化立市”战略，2003年以来相继出台了一系列发展文化产业的政策，结合《深圳市文化发展规划纲要（2005年—2010年）》，于2005年12月出台了《深圳市文化产业发展专项资金管理暂行办法》，上面写道：“十一五”期间，由市财政从市产业发展资金中安排专项资金3亿元，纳入每年的市财政预算。专项资金的管理和使用，坚持“公开、公平、公正”的原则，实行“企业申报、专家评审、社会公示、政府决策、绩效评价”的管理模式。《办法》指明，市文化产业发展办是专项资金的管理部门，市财政局是专项资金的监管部门。

长沙市委、市政府2001年出台了《长沙市“十五”文化发展规划》，先后投入40亿元兴建重大文化项目和公共文化设施，并规划了6000多亩土地保证各类文化项目建设的需要。2005年，长沙文化产业总产值为302亿元，比2004年增长26%，缴纳各种税费170亿元；2006年，文化产业总产值达360亿元，占全市GDP的10%。

在长沙，民营经济投资文化产业的机制已经形成，目前该市的卡通动漫、歌厅、民间工艺、图书交易基本上为民营投资。在“十一五”文化产业发展规划中，该市明确提出要建立文化名城、休闲之都、创意中心。据长沙市委宣传部的同志介绍，目前长沙市文化体制改革正向纵深推进，市委、市政府出台了《关于深化文化体制改革，加快文化发展的若干意见》，重点先抓长沙晚报集团、3个剧团、田汉大剧院和文化局四方面的改革。在财政扶持上，该市每年设立2000万元的文化产业引导资金，并要求各区（县）配套。长沙市2007年的文化产业发展目标：文化产业增加值要突破200亿元。

深圳和长沙的经验告诉我们，在国家大的文化经济政策背景下，探索和制定符合当地实际的文化产业政策，不断创新文化政策环境，是一个地方文化事业又好又快发展的制度保障。考察中，率团的市领导有感而发：“长沙给我们上了一堂大课，有一个问题值得注意：发展文化产业，其思路、理念以及措施，必须要升华、细化到政策层面上，这是文化产业发展的内在动力。我们只有在理论上觉醒，才能求得实践上的自觉。运城绝不能错过了这个战略机遇期！”

（《运城日报》2007年6月29日）

第六编
案头片语

编者按 · 开栏语 · 编后感言

“小麦战略——河东参谋部”战役报道系列按语[①]

1997年初，山西省政府提出实施“小麦战略”奋斗目标，在全局性规划中，运城地区处于战略重心，任务重大而艰巨。为了保证“小麦战略”目标在运城全区的实现，《运城日报》从7月下旬开始，组织实施重大战役报道，开辟“小麦战略——河东参谋部”特别专栏，形成舆论攻势，发动、引导广大群众积极投身“小麦战略”战役中。该栏目组织记者采写编发出20多篇颇具指导性的文章。为了更好地发掘、概括所报道典型的内涵，提高该栏目宣传的吸引力和效果，见报时每一篇文章都由本书作者拟定题目并配发编者按，累计万字以上，时间跨度3个月。

该栏目是新闻改革的一次有益尝试。它是编辑与决策者、记者与专家、新闻与科技形成有效的结合体，是新闻工作者参与决策和服务决策的一次成功探索。省、地领导对这次战役报道给予了高度评价，认为这一栏目真正发挥了“参谋部”的作用，极大地激励运城人民与旱魔进行艰苦的斗争，为夺取“小麦战略”的全面胜利提供了思想保证。

《站在自己的土地上跨越》编者按

通讯《站在自己的土地上跨越》，作为“小麦战

① 从1997年7月开始，《运城日报》开辟的“小麦战略——河东参谋部”特别专栏，在社会上引起强烈反响。是年9月7日，在“全省小麦生产1997年总结表彰暨1998年抗旱播种工作会议”上，山西省政府主管农业工作的副省长王文学在会上高度赞扬和评价了《运城日报》。省领导在讲话中说：“《运城日报·农村版》组织的‘小麦战略——河东参谋部’战役报道，很是了不起，为实施‘小麦战略’立了大功！从一定意义上讲，他们就是运城地委、行署小麦战略的参谋部。希望全省所有的新闻单位，都能像《运城日报》那样，把小麦战略的宣传报道当作一件政治任务，连续不断、毫不动摇地抓下去。”作者时任《运城日报》农村部主任。山西省劳动竞赛委员会为农村部记“集体一等功”一次。

略——河东参谋部”栏目推出的第一篇报道，将会给读者以全新的视野和瞻望。记者笔下反映的人物是一群掌握了先进的农业科学技术的新型农民。他们用科学技术的杠杆，在自己祖辈痛苦依恋而又困惑不安的沉重土地上，实现了历史性的跨越，走出了旱地小麦夺高产的路子。用辩证法的眼光看，他们是从必然王国走向自由王国的人，因而在向大自然旱魔的进军中，表现的是那样地意气风发和成竹在胸！这个很有说服力的典型，对那些在干旱地区面对困难仍然一筹莫展、怨天尤人的人们，是一个很好的教育。事实再次证明：在农业生产上，谁认识并掌握了先进的科学技术，谁就赢得了主动权！

《“陈兵”地下抗大旱》编者按

抗旱，是我区农业走向“一优两高”目标进程中必须做好的一篇大文章。运城市墩张庄村农民在旱垣麦田打井集雨喷灌，谱写了河东农业抗旱新一页。地委、行署领导和省、地农业专家将决策和研究的目光集中到这里，表明我区抗旱进军步伐又迈向一个新的领域。

通讯《“陈兵”地下抗大旱》，一语破题。就是说，河东人民对老天要有长期抗旱作战的准备，集雨“陈兵”，待时而用，表现的就是一种有充分准备的思想。这是墩张庄村搞集雨喷灌的典型启示之一。启示之二，我区抗旱还是要从根本上解决水之“源”的问题。集雨喷灌就是抓住降雨机会，创造形成一个特定的源地，对天雨积累、利用。墩张庄村这个典型，对我区旱垣地区抗旱有普遍的推广价值。

《实施“小麦战略”的重点战术》编者按

推行小麦统一供种是实施“小麦战略”的首要战术。农业部门提供的资料表明，今年我区种子统供工作是力度最大的一年，发展态势是前所未有的。但是我们也应清醒地看到，目前在一些地方的干部群众中，仍然有不少人对种子统供问题认识不足，甚至对“什么是种子统供”在概念上都还搞不清楚，严重地影响着种子统供工作的进展。今天刊登的《实施“小麦战略”的重点战术》，是记者对地区农业局副局长樊剑展就种子统供问题进行的一篇专访。樊剑展同志对农业问题有研究，特别是在良种推广上有自己独特的见解和丰富的实践经验。根据记者的提问，他从全国种子统供的背景说开，指出我区良种推广中存在的主要问题，就是没有实行“统供”，导致了每推出一个小麦良种仅两年时间便出现混杂退化的局面！在此，我们希望各级政府的领导同志和广大干部群众，都能认真读一读这篇文章，进而整体推动我区的小麦统供工作顺利进行。

《良种区划纵横谈》编者按

“一粒种子可以改变世界。”人们这样说，不仅仅是一种诗化的语言，而是对种子本身意义的一种科学概括。种子改良是人类改造自然的一种生动实践。纵观新中国成立以后我区的农业发展史，就是一部种子革命史。目前我区农业已进入小麦种子第六次更新换代的重要时期，因此说 1998 年的小麦生产是“种子革命”的关键年份。《良种区划纵横谈》可以说是一篇“田头评论”。被采访者雷致斌同志，是一位长期沉在农业生产第一线、对种子问题有着很深研究的高级农艺师。他所推举的小麦种子，都是我区今年要重点推广的小麦新品种。从种子区划的角度，专家对每一个新品种都作了详细的阐明，并指出应该注意的地方。展示在人们面前的，其实就是一幅种子全景运行图，在科学技术上，指导性和操作性都很强。建议基层的干部群众很好地看看这篇文章，一定会对推广的新品种有一个新的更高层次的认识。

《走进这块神奇的土地》编者按

王肖村今年小麦亩产超千斤，是我区小麦生产发展上一个了不起的世纪性跨越！今夏麦收刚过，本报记者对这里平衡施肥即推广小麦专用肥的典型做法进行了专题报道。记者们对这块神奇的土地产生了浓厚的兴趣，纷纷提议再访王肖村，对其高产经验进行全面探寻，于是有了这篇通讯《走进这块神奇的土地》。“科学必须离开它的宝座，并且以人民的语言来讲述。”用这句科学家名言写照，正是这篇通讯的特点。记者隐身在文章中间，而让农民群众出台说话，讲述自己的高产“真经”。从农民的谈吐中得知，他们经验的关键之处就是实现良种良法配套。在新技术推广应用中，这里的农民对生产要素进行了重新调整组合，其整体水平要比别的地方高出一个档次。我们的农民朋友，应该对这一典型作细心的观察和借鉴，既要重良种，更要用良法，推进小麦生产整体水平提高。

《河东之水何处来》编者按

《河东之水何处来》是一篇新闻述评。一看标题，就知道它是讲水的，文章采用大量的背景资料，由远及近地透析和说明水源紧缺和干旱气象对农业发展特别是粮食生产构成极大威胁的严峻现实，从新的视角向人们提出：解决我区水利问题，还是要引导干部群众创造性地进行节水灌溉。

水利是农业的命脉。我区是一个农业大区，但同时又是一个水资源缺乏地区，做好河东现代化农业这篇大文章，真正的浓墨重彩还是要放在节水灌溉工程上。从认识论上说，首先是要以科学态度和战略眼光来看待节水灌溉这一处在发展中的新生事物。只有先把这个“思想工程”搞起来，其他的事情才能好办。这是本文对人们的真正启示。

《科技唤雨河东来》编者按

今年我区遭受百年不遇的大旱，旱魔就像打开的潘多拉盒子，灾害的阴影无情地降落到农业上，秋粮被“卡脖子”，麦播眼见受到威胁。抗旱成了刻不容缓的大事！我们目前一个重要的任务就是要从根本解决河东干旱的问题上寻找良策。

《科技唤雨河东来》是一篇关于抗旱的文章。从准确的意义上讲，这是为决策者提供的一份带有战略性研究的分析报告。文章提出了抗旱新思路、开拓了抗旱新视野，话题有力地落在“为有源头活水来”的要害上。

这篇文章可以说是与老天的对话，作者通过长期的科研实践与观察，形成一些精到的观点，破译了制约我区雨量稀少长期干旱的气象“密码”。它指出我区每年雨量严重不足，其主要原因是植被覆盖面少，大地积温高，造成山西、特别是运城地区特有的“开锅效应”。文章特别提醒，我们有时从中央电视台天气预报的气象云图上看到降雨线圈把运城地区包括在内，但在实际中等到最后只是密云不雨，这就是“开锅效应”带来的结果。作者在文中发出热切的呼唤：抗旱工作的人力、物力放到植树造林工程上，增加地面植被覆盖率，改变地面水分的运行路线，增大河东上空的降雨量，从根本上扭转本区农业长期干旱的困难局面。

靳效诚同志的这篇文章主题重大，战略性强，希望能引起各位领导同志的足够重视。

《消灭高茬有机械》编者按

在目前抗旱保麦播的紧要关头，行署农机局负责人王四群等6位同志，向本报写来这篇文章《消灭高茬有机械》。文章针对严重影响小麦播种的高茬和干旱问题，从农业机械角度提出灭茬伏耕的具体技术模式和对策。这篇文章对我区系列新型灭茬机具的性能和优势是一次全面的展示，同时折射出我区农机科研人员的创造性精神。我们相信，在长期与大自然斗争中有着非凡气魄和丰富经验的河东人民，一旦运用和掌握了这些新型的农机具，就会化害为利，变“我要烧麦茬”为“我要利用麦茬”，为农业可持续发展拓出一条新的坦途。本文同时还有一个启示，“推动世界进步的不是我们的知识，而是如何运用我们的知识”。为解决灭茬难题作出贡献的科研人员，就是心系农业、学以致用的典范，全区农科战线的同志应该向他们学习，为实施小麦战略贡献自己的聪明才智。

《实施要素配套工程》编者按

永济市市长潘和平《实施要素配套工程》的文章，是一个关于实施“小麦战略”在特定区域间作战的战役指令，实在是一篇难得的好文章。

我区实施“小麦战略”一开始，地委、行署就明确提出，2000年以前永济市要建成小麦千斤示范市的奋斗目标。潘和平同志这篇思路明晰，运作科学，且充满理性思维的文章，就是在这样一个特定的背景下运筹构思出来的。文章渗透了系统论和方法论的观点，提出小麦夺千斤是要“发挥各种要素的最大效率”的科学论证，因而具有一定的指导意义。各县（市）的领导同志应该认真读读这篇文章，从中领略一些带有启示性的东西来。

就这篇文章本身而言，还带来一个重要的启示，就是我们的领导同志搞调查研究和指导工作一定不能离开理论思维。恩格斯早就提醒人们：“没有理论思维，就会连两件自然的事实也联系不起来，或者连二者之间所存在的联系都无法了解。”现在我们基层领导干部中的一些同志不善于学习，缺乏足够的理论素养，部署工作时，不会运用辩证法作科学的理性思考，而是凭空想当然或犯经验主义的毛病，往往将工作导入误区造成损失。看看潘和平同志的文章，就会感受到理论素质和理性思维对一个领导干部是多么重要！作为一个县市领导同志，指导当地实施“小麦战略”，在总结群众实践经验的同时，不忘记运用理论思维去调整优化自己的“作战方案”。

《雨后备耕夜访农》编者按

本报三位记者采写的《雨后备耕夜访农》是一篇战地通讯，愿大家读一读。

在麦播备耕第一线，记者踏着雨后的泥泞走访了万荣县皇甫乡的领导同志和一些村的干部群众。他们被月光下一幕幕激动人心的场景深深感动，连夜采写出稿件。记者们对农业的高度负责和奋发有为的工作精神，是难能可贵的！

省政府提出，在实施“小麦战略”中通过推广小麦地膜覆盖这项龙头技术措施，带动小麦品种更换、栽培技术和耕作制度上的革命。我区全面落实塑膜覆盖是顺利实施“小麦战略”的决定性一步，地委、行署领导同志对此投注了热切的关注。皇甫乡党委政府站在讲政治的高度，采取非常性措施，促使全乡覆盖准备工作一次到位。其创造性的工作精神、工作思路和经验，值得全区各乡镇的领导同志学习、借鉴。看看记者月夜从一线采回的这篇散发着浓郁战斗气息的文章，就不难看出，皇甫乡人民群众已将贯彻落实十五大精神的行动，浓墨重彩地写在了皇甫的大地上。

在此提醒那些对搞小麦塑膜覆盖还有畏难情绪甚至一筹莫展的同志，应当从皇甫乡这一典型中得到这样的启示：不是事情难办使得我们畏缩不前，而是因为我们畏缩不前才使事情难办。

《走进地膜覆盖田的“特别证件”》编者按

进行大规模的麦田地膜覆盖，这在我区农业发展进程中堪称一场空前的“白色革命”。它由去年全区铺膜27.8万亩急剧扩张到今年的200万亩，其势“若垂天之云”，铺天盖地，是河东实施“小麦战略”中的一个激动人心的画面。进行铺膜会战的主体是广大农民群众。然而如何组织、引导群众积极主动地投身麦田地膜覆盖新的战役中来呢？领导的决策和工作方法就是组织这次战役最关键的因素。万荣县是今年我区推广麦田地膜覆盖的主战场之一，该县的领导同志从政治和战略高度决策麦播工作，组织农科人员和村干部进行战前机播知识培训，从中发现和总结机播中可能遇到的种种问题和解决办法，然后对经培训的人员发放上岗证，跟踪服务，现场指导。记者常永强采写的这篇特写《走进地膜覆盖田的“特别证件”》，以其生动活泼、朴素无饰的文笔，简要地反映了万荣县组织技术人员持证上岗抓麦播服务的典型做法和经验。相信各县市的同志能从中得到深刻的启发。

《干部就是旗帜》编者按

干部就是旗帜，力量来自群众。通讯《干部就是旗帜》，是一篇反映夏县决策者领导全县人民进行大规模地膜覆盖会战的战情报告，全景展示了在这场攻坚战中各级干部带头奋战在第一线的赶超伟力和动人场面。读一读这篇大气磅礴、充满战斗激情的文章，人们会不难看出，这是一场涌动在夏县大地上的新一轮解放思想发展生产力的浪潮！

面对今年规模空前的小麦地膜覆盖任务，夏县县委、县政府的领导同志站在向传统耕作制革命、大打粮食生产翻身仗的历史高度，首先高扬“干部是决定因素”这面旗帜，“充分发挥全党的积极性和创造性”。小麦播种一开始，这个县从县委书记到农村党支部书记，从县长到村委主任，从乡镇领导到村组干部，全部奔赴旱地小麦地膜覆盖第一线，直接指挥和服务于田间地垄，带领全县人民群众抢时播种，彻底打胜了15万亩地膜覆盖这场攻坚战。决胜在于决策，干部就是旗帜——正是这篇文章给人们带来的最大启示。愿大家都来读读此文。

（《运城日报》1997年7月30日至10月11日）

跨出一步天地宽[①]

——“走南闯北河东人系列报道”开栏语

党的十五大以后，中国农民真正走上了思想解放的道路。我们从浩浩荡荡、意气风发的闯世界民工潮中，看到了当今我区农民那股求富思变的强大欲望和对创造新生活的美好憧憬。

民工潮的出现是中国农村问题的延伸。有资料表明，当前我国农村劳动力约有4.5亿，其中1.3亿转移到二、三产业，继续从事传统农业劳动的还有3.2亿。按照适度耕地面积计算，我国的1.5亿亩耕地只需要1.8亿劳动力进行耕作。这就是说，剩余劳动力高达1.4亿。这是民工潮出现的一个重要原因，但是最根本的因素是十五大思想解放的浪潮给农民带来的强大动力和历史机遇。

每个人都有改变自己生活、由平凡跃入神奇的愿望。对于农民来说，城市充满了机会，是一个闻所未闻的世界。在我区，有不少这样的事例：最先是一个人或少数人先出去打工，待视野开阔和站稳脚跟后，影响和带动一个村和周围村的农民出去搞经营，因而托起一个新的产业，甚至对市场的某一领域形成垄断。随之出现了大小老板，不仅向城里人挑战，而且敢同黄头发蓝眼睛的外国人洽谈项目，折冲樽俎，谈笑风生。

为了将我区在外闯市场的农民们的精神风貌和

① 《运城日报》推出“走南闯北河东人系列报道”栏目后，引发了运城电视台及各级媒体的联动效应。在这次采访活动中，《运城日报》先后派出30名记者搭乘飞机飞赴全国各地采访。这是运城各新闻单位迄今为止规模最大、延续时间最长的一次联合集中采访活动。

出门经验、经营观念展示给人们，本报即日起，开辟“走南闯北河东人系列报道”专栏，用真实典型的事例，生动而有新意的文笔，手法多样的报道方式，深刻观察，翔实地把河东人闯世界的激动人心的画面反映出来。

总栏目“走南闯北河东人系列报道”，下设“春天的脚步声”“在奔驰的列车上”“天南地北探老乡”三个分栏目，连续推出记者从不同地点、不同空间和时间写回的报道。同时欢迎读者提供采访线索。

（《运城日报》1998 年 1 月 23 日）

田野上充满创造的力量

——写在“跨越在今天”开栏之际

本报今起推出新栏目：“越跨在今天——河东乡土拔尖人才风采展示”。

“跨越”，是在全党全社会大力弘扬科学精神，兴起科技进步和创新高潮的重要形势下推出的。它是时代的需要，它是“21世纪科技兴运计划”的需要。

该栏目指向明确，就是宣传报道乡土拔尖人才的先进事迹、科研成果和创造奉献精神。大力弘扬科学精神，努力在全区营造“尊重乡土拔尖人才，尊重创造性劳动”“学科学、用科学”，共同促进科技发展的良好氛围，让社会各界对乡土拔尖人才在科技兴农中的重要作用有充分的认识，使他们赢得社会的普遍尊重和爱戴，形成正确的公众舆论，从而为各级组织部门进一步开展选拔管理乡土拔尖人才工作奠定更坚实的社会基础。

近年来，在我区调整农业结构和农村经济发展过程中，涌现出了一批根植于农业一线，具有鲜明乡土特色和丰富实践经验的农民优秀科技人才。他们以自身的科技专长为农村经济发展起到一定的示范、带头、辐射和导向作用。这一新的特殊的知识分子群体的出现，有效地缓解了长期以来广大农村及乡村企业科技人才普遍缺乏的矛盾，为实现县乡科技进步，推进县域经济发展，作出了突出贡献。乡土拔尖人才，是农村先进生产力的代表，是“两个文明建设”的骨干，是结构调整领域最活跃也最有影响的力量。他们生活和创造在群众中间，他们是“科普”的最好老师。他们的科学精神是一种崇高的奉献精神。全区广大干部群众和各条战线上的科技人员要向乡土拔尖人才学习。

江泽民同志最近在“两院”院士大会上指出：“在科技事业的发展中，科学家的作用十分重要，但仅仅靠科学家的努力还不够，必须动员全社会的力量共同支持和参与，这样才能形成科技发展最深厚的基础。”在农业科技革命和结构调整战略中，乡土拔尖人才发挥着科普工作的桥梁和纽带作用，使先进的农业生产技术，通过他们的示范效应得以迅速地应用推广，带动一个地方区域经济的发展和主导产业的形成。乡土拔尖人才是农村经济跨越式发展的希望之光。

本栏目将对乡土拔尖人才的代表性人物，以及各县（市）组织部门对乡土拔尖人才的选拔管理工作经验进行重点报道。为乡土拔尖人才提供强大的舆论支持，乃是本报的责任！

（《运城日报》2000 年 6 月 10 日）

通讯《依靠群众智慧跨越》按语

本报今天推出重要通讯《依靠群众智慧跨越》。记者以饱满的时代激情和真实感人的文笔，报道了运城市陶村镇党委书记焦合家和镇党委、政府一班人调查研究，正确决策，注重做群众工作，热情而又科学地组织引导干部群众积极推进全镇经济结构调整的感人事迹。文章主题深刻，情感质朴，表现手法多样，给人以思想上的深刻启示和感情上的强烈共鸣。这篇新闻力作，值得作为新阶段农业结构调整的一个典型向读者推荐。我们各级干部特别是基层党委书记和从事农村工作的同志，应当用心读一读这篇报道。

积极推进农业结构的战略性调整，是新阶段农业和农村工作的中心任务。乡（镇）处在结构调整的前沿，任务艰巨而具体。面临新形势，乡（镇）干部特别是乡（镇）党委书记，采用什么样的领导方式和工作方法，引导群众做好结构调整这篇大文章，确是一个新课题。运城市陶村镇党委书记焦合家，注重调查研究，善于发现和总结调整结构中群众的成功典型，用群众的实践教育引导群众，推动工作。这种运用典型做群众工作，为群众提供有效服务的科学决策和工作方法，是值得大家学习借鉴的。

人民群众在创造历史的过程中，总有一部分先进的人走在前头，他们的成功实践，无疑具有极大的示范和引导作用。领导者的责任，就在于把他们的经验和事迹加以总结、推广，变成群众的共同行动。农业结构战略性调整，是一项很强的群众工作。焦合家同志就是善于做群众工作，并由此取得理想效果的一个典型。

我们要大力宣传这一先进典型，使基层的同志更多地学会做群众工作，努力提高领导农业和农村工作的水平，切实搞好我区农业结构的战略性调整。

（《运城日报》2000 年 4 月 4 日）

“建国50年特别瞭望”开栏语

本报今日起，在头版开辟一重要栏目：“建国50年特别瞭望”。

该栏目的主旨是，突出报道建国50年特别是改革开放以来，我区农村发生的巨大变化。本栏目组稿体现宏观视角和历史穿透力，但不面面俱到，而是全力将报道点聚焦到一村一镇或者一个主导产业上，让人们从一个地方的历史性变迁中，真正感受到邓小平理论的伟大、正确。为了使这一栏目取得最优化的宣传效果，本版将不定期拿出超常版幅，集中版势，推出既带有普遍意义又具有不同特点的先进典型。让人看后拍案呼应，有所启示。

本报并以此作为纪念建国50周年的特别礼赞！

通讯《“蜜林”，共同富裕的希望》，作为“建国50年特别瞭望”栏目的首推文章，一定会引起广大读者的关注。该文体现了“中国最大的变化在农村，农村中百分之九十的人生活改善了”这一庄严的历史主题。坞堆村是走共同富裕道路的一个典型。该村7000口人，超大群落，之所以出现文明富裕的新景象，就是因为有一个深受群众拥戴的好村党委书记薛梦林，选准并兴起了一个带领一方经济腾飞的主导产业。该篇通讯虽然没有展开去写，仅仅从一项产业入笔来展示这个大村的共同富裕，但是它所蕴含的意义是深刻的。愿大家关注“特别瞭望”，展卷必受教益。

（《运城日报》1999年8月18日）

在群众中间寻找答案[1]

——“编辑部办到农家院”开栏语

为了真正践行“为农民说话，让农民说话，说农民的话”的办报宗旨，本版在出刊百期之际，特别推出“编辑部办到农家院”专栏。该栏目旨在针对农业、农村、农民工作中的热点、难点、疑点问题，组织采编人员走进农家院落，在群众中间寻找答案。

5 月 17 日，本版全体采编人员在总编辑王雪樵带领下来到盛产苹果的芮城县岭底乡。在平王村和桃沟村的农家院落，编辑、记者就目前我区部分果农生产苹果“是多还是少”的困惑和农村精神文明建设等方面的问题，进行了专题采访。地委委员、宣传部部长王大高特意参加了这次活动。《人民日报》记者刘建华闻讯后专程对这次活动进行了采访。

创办“编辑部办到农家院”栏目，是我们在报纸改革中的一个尝试，许多方面难免存有遗憾。诚恳期望农民朋友多提建议，点石成金。也希望大家点题或提供采访线索。

“编辑部办到农家院”栏目，将在探索中推进，在创新中提高。

（《运城日报·农村版》1996 年 5 月 22 日）

① 该栏目曾受到时任中宣部副部长徐惟诚的赞扬。

爱我们这片土地吧！

——对《大田歌》的编辑点评

韩生泉写的这首《大田歌》，抒大情，言大理，可谓振笔长啸撼人心！

土地是人类的母亲。《易经》讲得清楚：“坤厚载物，德合无疆。”意思是大地深厚，胸怀宽广，能承载、养育万物。古哲人墨子不是曾激动地赞美过大地的“仁”吗？随着工业文明的发展，市场经济大潮的涌动，今天，人们对自己一腔热恋的土地渐渐陌生了，冷淡了，弃耕、乱占、滥用耕地的现象日趋严重。如果你是一个有历史责任感的人，如果你是一个对农民、对土地、对自然有深厚感情的人，你就用心读一读这首《大田歌》。联系现实中的一些事例，你会感受到土地在伤心、在流血、在倾斜。保护耕地、关心土地资源的安全，是关乎民族未来命运和子孙幸福生活的千秋大计，已成为今天每个人的责任。

我们沉浸在大地的无限母爱之中，享受着母亲无言的恩赐。著名诗人艾青在《我爱这土地》长诗中写道：“为什么我的眼里常含泪水？因为我对这土地爱得深沉……”

编辑在这里大声疾呼：人们，爱我们的土地吧！

（《运城日报·农村版》1996 年 4 月 10 日）

一杆铁笔描到底

——“涑水河诉说”开栏语

从4月1日起，本报连续刊发三篇报道，集中报道了涑水河中游的夏县水头、运城市（今为盐湖区）王范和泓芝驿等乡（镇）群众去冬今春提取河水浇地，导致数万亩麦田受损，其中近半绝收的令人震惊的事实。这一事件的曝光，引起上级领导和有关方面的重视，社会反响强烈。

为了全面掌握涑水河污染情况，本报农村部记者从涑水河源头沿河访查，将彻底查清各流段的排污流量和两岸农田受损面积情况。从今日起，本报开辟“涑水河诉说”系列报道栏目，一杆铁笔描到底，为涑水河沿岸各县市的领导同志和有关部门提供一份明晰而又翔实的新闻调查，以达到“正本清源”，根治涑水河之目的。

河流是一个地区或城市的血脉，是流动着的文化记忆，是农业发展之命脉。涑水河穿流运城，是我们的母亲河。从关注水安全的战略角度讲，本报此次采访活动，是走近母亲河、触摸母亲河的第一步，因此有着十分重要的意义。

（《运城日报》1998年4月15日）

要让我们心中常挂风景
——“保护南山，就是保护我们的城市”开栏语

南山，运城的后花园，我们运城市区一道天然的生态保护屏障。曾几何时，私挖滥采之风让郁郁葱葱的南山，满目疮痍，风光黯然，蔓延至今，更有愈演愈烈之势。

南山在流泪，南山在伤痛，南山在颤抖！

今天，我们正在步入科学发展的时代，科学发展观是统领经济社会发展总的指导思想。发展，绝不能以牺牲环境为代价，已经成为国人的清醒认识。从关注民生，构建人与自然和谐相处的环境友好型社会出发，市政府果断下发“封山禁采”令，发出“保护南山就是保护我们的城市，保护我们的生存环境”的坚定之音。

“青山一脉共云雨。”生态环境的好坏，与我们每个人生活环境与幸福指数息息相关。要让我们心中常挂风景，眼前的南山必须生态安全，景色青葱。今日起，本版特开设“保护南山，就是保护我们的城市”专栏，希望大家都能来关心南山，关注我们赖以生存的家园，保护南山，保护我们的家园生态不再遭受破坏。

（《运城日报》2007 年 3 月 4 日）

将行骗者的伎俩毕现于报端

——一封读者来信的编后语

昨日晨报刚刊发有人冒充本报记者在福州行骗的新闻，今早又接到老干部张世贤诉说其上当受骗的来信。这些事情，让人扼腕愤慨之余，自然激起编辑的一番思考。

看张世贤的激愤举措，让人想到了明代文人张应俞写的《杜骗新书》。这是一部专门揭露世间众多骗子种种行骗术的奇书，在作者记述的各种骗术中，尤以钱财的诈骗为最，行骗者的设谋之深、用心之毒、手法之巧，实在令人“叹为观止”。后世评说此书乃作者“发愤之作”。作者想用自己手中的笔，致“奸心盗行之毕述，钩深隐若瞭在目中”，起到“彼翳膜层生，只一金针点破；任伎俩百出，抵以法力澄清”的醒世作用。此良苦之用心，表现在每则故事结束后的“按语”里，作者对骗子的骗术予以剖析，最后彻底揭穿。

其实，自古以来，那些专以行骗而获取利益的骗子，尽管所施行的骗术形形色色，机巧多端，但都逃不过警惕者的眼睛，最后败露出马脚。然而，一般地说，骗子都是多在善良的人们身上打主意，致使善行多遭“暗算”，这就提醒人们，遇事理性为先，做到慧眼明察。张世贤曾长期在领导岗位上工作，退休以后，全身心地致力于社会救助事业，他受骗后，生气但不生暗气，也不怕被人取笑，而是将自己受骗的经过曝光报端，以使更多的人警觉起来，识破行骗者的惯用伎俩。他投书本报，揭露骗子的行骗术，体现的是一种社会责任感。在来信中他说：“我虽然亮了丑，但有了一个教训。我劝读者切莫像我那样，遇事要想一想，问几个为什么，免得上当受骗。”

本报曾发出“女窃贼白日大胆行窃”的报道，将其作案行径一一毕现于报端，引起公安机关的高度重视，不出一周案子即告破获，窃贼被捉。编辑在这里提醒大家，倘若遭遇了诈骗，要及时迅速地向公安机关报案，积极提供线索，给作案者以严厉打击。

（《黄河晨报》2009 年 12 月 8 日）

长篇通讯《隐在采访本中的新闻碎片》按语

在长期的县委书记工作岗位上，卫孺牛同志对媒体关于自己个人的采访，总是紧紧地封闭着“大门”。谈及此，记者们多有感慨。这篇重要通讯《隐在采访本中的新闻碎片》，是作者跨越10年的采访随记。它是一种原生态的碎片化的缀连，没有对事件与情节做过多的事后追寻。去年10月，作者将这篇特殊的采访手稿交与卫孺牛同志审阅，他改了几个数字，然后就压在手头，“当作一个纪念留存”。随着他从县委书记岗位卸任，人们颂扬声日盛，出于媒体的责任，本报将这篇几于尘封的稿件打捞出来，旨在对一位领导干部任职一地十年岁月作片段还原。其意义就在于，展示县委书记这个特殊群体的旗帜作用和力量。

（《黄河晨报》2011年7月29日）

《舞台上的活动雕塑》后记[1]

《舞台上的活动雕塑——名家纵论表演艺术家景雪变》一书，由人民出版社出版。它是关于一位戏剧表演艺术家的评论专辑，随着本书的出版问世，也为拥有悠久辉煌历史的蒲剧留下一部神韵独具的信史。

该书收集的是国内一流学者和戏剧大家、评论家，包括媒体记者，对景雪变戏剧表演艺术、艺术成就和艺术精神的研究专论，它不是纯学术性的文字，评论中有记述，记述中内含生动的写实。其中，一些权威的艺术研究与艺术思想，代表了我国当代戏剧思想的特点和走向，他们真切的声音，对充满文化自信的蒲剧艺术寄予热情的厚望与期待。本书的出版，无疑会使更广大的读者加深对蒲剧的认识。

景雪变是山西省十大文化领军人才之一，她的艺术造诣和艺术成就，早在20多年前就为众多的戏剧权威所认可，也被历史的发展所证明。她是改变和提升蒲剧历史地位的艺术家。她为蒲剧的崛起和戏剧教育事业作出杰出贡献，代表着蒲剧的一个新时代。

英国美学家科林伍德曾言："没有艺术的历史，只有人类的历史。"一个戏剧表演艺术家的成长史，无疑折射一个剧种的发展史。纵观景雪变非凡的艺术人生，从帷幕起落、舍命厮守的戏剧舞台，走向以哺

① 2011年11月，人民出版社出版了《舞台上的活动雕塑——名家纵论表演艺术家景雪变》，此文为该书后记。

育戏剧新人为己任的艺术教坛，她艰难负重，奋斗成功，又无时不在追求着新的超越……

景雪变是经历了童年苦难生活的人，她十分珍视人间的友爱与真情，她感谢曾经关心和帮助过她的人，她曾为照顾当年把她从苦难家庭带出学艺的老师的遗孀，坚持赡养数十年，直至将师母扶棺送终。她对报纸杂志上关于报道她的文章，尽皆收藏，包括专家、记者、观众的文章、照片、来信，甚至值得纪念的短信，都做了收藏和记录。所有的这一切，都是她为之珍爱的东西。她在搬家的时候，似乎什么东西都不记于心，唯只惦记着那些记录她成长和艺术评论的“陈旧书报”。这次在对她收存的文类梳理整集入选过程中，景雪变看到每一篇文章，就像见到了一个个“风雨故人”，感到亲切，让她激动，而不忍心割爱。

编选构思伊始，对书稿规划层面分割太细，显得面面俱到，内容繁芜，书稿出手延误了一段时间。好在人民出版社办公室主任蒋建平先生接到书稿后，从本书的出版价值上考虑，良匠所度，作出主导性意见，才形成现在本书的面貌。在此，对蒋建平先生为本书出版所作出的努力深表谢忱。对著名出版人、人民出版社副总编于青、乔还田对本书出版的关注表示由衷的感谢。也非常感谢北京皖风堂文化传播有限公司设计师孙钊为本书提供的创意设计。

（2011 年 11 月）

让幸福，溢过心头的堤坝

——关于龙年贺岁主题活动的献词

在中国人的精神家园，有着一种能够升华为集体意识而历久弥新的文化表达浪潮，这就是拜年贺岁的传统良俗。年节的特别祝福，它发自心灵和梦的深处，是超越时空的一个温馨相遇。对于深怀感恩之心的人们，她是生命存在的方式，她是人之美德的灿烂回归，她是幸福一年的美好兆示。

这是幸福时刻的感恩的情愫，就像一段积蓄的江流，只有在年节的时候，才能溢过心头的堤坝，一路清澈地流向最为你怀念、想念和感念的地方；那里的人们在信息的流中，也许正在等待着、甚或是在久久的盼望中，打捞着从远方漂来的“那一个”，或者“这一个”的新年问候。

也许你是在外博弈财富的游子，也许你是功成名就的业界老板，也许你是领军于一方的企业精英，你感念哺育你成长的那方热土，感念存在着青春记忆的校园，感念四邻乡亲对身居故园年迈父母的护佑照顾，感念所有员工的付出和对你工作的支持……或许你是一位普普通通的在外工作人员、一名工人师傅、一个在外务工对父母难尽跪乳之礼的农民兄弟……那你就为“感恩”的这一刻，用心打造一个值得永久纪念和珍藏的新年贺礼吧！

建设优秀传统文化传承体系，弘扬和创新年节文化，是我们媒体人的责任。值此壬辰年新春来临之际，《黄河晨报》精彩推出——“以报为媒　感恩贺岁”主题活动。怀感恩心，启祥瑞年，以期让你的问候乘风飞翔，将你的祝福打包寄送，永久留存。同时，我们还将分赴诸君投放感恩祝福的所在地，回访那里的民众，反馈他们的叮嘱与希望，感动和评价。

（《黄河晨报》2012 年 1 月 10 日）

“来自一线指挥员的声音”开栏语

县（市、区）委书记、县（市、区）长是处于一线核心地位的指挥员，他们是领导者，又是执行者。在领导一个地方转型跨越发展的科学决策上，在对于重大战略问题的处置上，在开创工作新局面的使命担当上，他们要比别人想得早、谋得深、看得远，这样才能使指挥员的作用得以充分发挥，决策者的才能得以充分体现，执行者的榜样力量得以充分彰显。

目前，市委、市政府实施的工业强市、文化强市“两强”战略，正在全面深入推进中。实施“两强”战略，已经或正在转化为全市人民实现工业复兴和文化复兴的伟大实践。在这一新的历史进程中，作为县（市、区）委书记、县（市、区）长和县级班子的主要领导成员，肩负着为党分忧、为民解难、为一地谋福祉的重大使命。努力以创造性的作为和转型跨越的最新成就，接受党和人民群众的检验，这是摆在各级指挥员面前的一个重大命题和新的挑战。

“将之道，谋为首。”在当前“两强”战略实施推进中，一线领导者的主要作用，就体现在：一是做决策，二是抓落实。做决策，是一线指挥员领导能力的核心性要求；抓落实，是一线指挥员领导能力的实际体现。而科学超前谋划能力，即做决策、定思路、谋方略，是抓好落实的重要前提。这里所说的决策，更多的是指指挥员从战略上、宏观上思考问题，从上情与下情、全局与局部、宏观与微观的最佳结合点上筹划工作的能力、经验和方法。为了推进“两强”战略真正深入落实，展示各县（市、区）

一线指挥员的决策思路、工作措施、实施路径，本报今日起，在第二版重要位置推出“推进‘两强’战略——来自一线指挥员的声音”重要栏目，选发他们在实施“两强”战略决策实践中的战略谋划、思考研究和工作经验等方面的文章，以期相互交流、学习借鉴、达成共识，推动全市“两强”战略开局得胜走向深入。

（《运城日报》2012 年 5 月 23 日）

第七编
写在早上八九点钟的文字
总编辑评报语辑要

版面，正在走向成熟

——评今日报纸编辑们的精彩劳动

诸君，请看今日报纸各版的编排策划，你会发现，日报版面带来一派全新的感觉。

我们提出的办报理念：追求有力量的新闻。力量是什么？就版面风格讲，就是报纸整体风貌的稳定与成熟。这是办报思想和办报水平的成熟，这种成熟，作为一种文化印象，定格在读者的广泛认同中。

本期报纸除了第四版形式殊异外，整体上各个版面（包括资讯版）均为上乘之作，是优秀的编辑所为。近期，国家设定出版系列的政府奖——首次将编辑业务纳入大奖之列，体现了国家对编辑劳动的尊重。有道是："没有优秀的编辑，何来优秀的作品？"同理，没有负责任的大手笔编辑的辛勤付出，精心构划，哪有优秀的新闻作品完美面世？看来，坚持编辑为主导的办报理念，是科学的，它得到了我们在实践上的印证。在这方面，我们有教训（反复折腾，莫衷一是，取得不了一个一致的认同，在实践上起点不高，且坚持不够，问题的要害就在于缺乏理论上的研究），但能在挫折中觉醒，认知上能求得一种理论上的升华，产生一个质的飞跃，这也是一件好的事情。

同时，请大家再看看今天的"百姓纪事"版上，关于"盐"的报道文字，共三篇。日本大地震之后，在我们国内一些地方竟引发抢盐之风的令人不可思议的奇怪现象，看看这三篇"盐"味深长的报道，也许会给大家带来更多理性思考与清醒，减少认识上的浅薄和盲从！

（评 2010 年 2 月 24 日《运城日报》）

敢于剖析：折射记者的责任与勇气

我们常说带着问题抓新闻，带着思考看问题。晨报今天推出的这篇报道，就是抓住了一个社会关注的问题，即河东市场一段时间出现乱象的问题，展开报道，进行分析。本文可贵之处，就是报道中有分析，而且顺藤摸瓜，触及问题的根底。其特点有三：

一是问题交代清楚，用联系的方法将近年来市区夜摊发生的斗殴问题和案件进行综合，将它显现为河东夜市的“一角现象”，引起人们的极大注意。

二是对连发此类案件的原因进行了分析，讲得具体、真实，没有记者主观臆断的推测，不妄下断语。分析，也是依托于事实说话。

三是穿透事件现象的雾幕，直接切入问题的本质，这就是：警方对复杂场所没有采取必要的防控措施，而这正是造成夜市斗殴事件多发的重要原因。

更为人惊叹的是，记者抓取调查中的一个细节，就是报案人遭遇的“尴尬”与“无奈”，也是一个深层次的原因。如果记者没有采访的勇气，是不会到警方等方面追究这个“令人感到寒心”的事情来的。虽然是问题的一个侧面，但它引发人们的思考，将问题的严重性赫然凸现暴露了出来！

最后要说的一点是，年轻记者的写作水平（驾驭大的文体）已飞升到一个新的高地，这是“突然”的发现和感觉，但其中早已蕴含着一种“必然”。这篇报道的作者走过的采访写作道路，已经清楚地回答了大家。

（评 2010 年 6 月 3 日《黄河晨报》）

报纸，一样要讲版面生态

请两报同志都来看看，今日《黄河晨报》头版上的内容以及版面的元素构成和版式设计。

这是一组围绕抗冻救灾的主题报道，由消息、评论、图片三块组成，其主体内容占去大部分版面，浑然一体，成压顶之势，更具视觉冲击力和牵引力。

该版带给我们最大的启示，报纸一样要讲究版面生态，既显示整体性，又要突出主体性；既要有主打新闻，又要讲究丰富性、多样性，而评论和图片是少不了的。

消息标题为主、副两行题构成：《把抗冻救灾作为当前农业生产头等大事 市委市政府要求全市紧急行动起来，迅速采取有效措施抗灾减灾》，同时配发“本报评论员文章”《全力以赴抗冻救灾》。这里，我重点说这篇评论。

这是一篇极好的新闻评论。一是它的权威性；二是按照评论的规律在写，凸显了评论的指导作用；三是本文属于时评，但更带有政论色彩，一看语气，即知是评论熟手所为（永强同志撰写）。它再次提醒我们，晨报要向主流媒体逼近，一定要加大时政新闻报道和新闻评论的分量。

该文注意讲究评论的语言艺术，文中五大排比句，是本文得意之笔，推理递进，造成逼人之形势。评论的最后一段，笔触延伸，即觉生辉，显示文势的“豹尾”力量。

在版式设计上，整体升高头条区。一是头条消息标题通栏压阵，走势开阔（五栏占满），消息内容呈扁平化并做转版处理，留出充足的版面空间，抬升评论和图片的占位；二是评论占据左边一栏，呈一柱挺立之势；三是图片紧依评论且居于版心位置，走左四栏，同时兼顾新闻版面的综合性，版面的右下方留给其他新闻处理，视角上相对分割。整个版面看上去，主打新闻呈现一幅飘扬着的旗帜型画面。

图片是果林中的雪景，雪压枝头，四野皆白，此照直接告诉人们雪冻的严重程度（假使图中无雪或者少雪，图片顿失“精神”）。图片下方同时配置了一段带有标题的文字，题为《运城普降雨雪 冻害更加严重》，摄影记者的独立视角加大了图片的新闻性。敢踏雪地“第一痕”，第一时间赶赴冻灾区，是为记者职业素养所决定的。

问题：（一）图片唯一不足，是没有标清雪冻是在哪里拍摄的。（二）头条标题制作，有感召力，但缺审美，也不简练。

（评 2010 年 4 月 15 日《黄河晨报》）

对领导指导工作的报道也要讲究艺术性

昨天，市委书记高卫东来报社慰问指导工作，《运城日报》和《黄河晨报》均做了重点报道，但依据报纸的属性和风格，两报在处理形式上各有不同。从读者反馈回来的意见中，对两报的处理方式和传播效果评价都不错。总结我们的成功做法，是大家（特别是部主任）值得研究的一件事情。

首先从日报说起，正确认识党报新闻标题的价值，表达思想要起到旗帜作用，体现指导性、权威性。今天日报制作的标题，此题虽长，但内容完整，表达力强。为什么此消息一出能引起社会的热议？一是党报在人们心中的地位，党报的权威性、政治性、指导性，决定了它的必读性。二是读者对我报从 12 月改版以来报纸面貌的肯定，并充满新的期待。这次高卫东书记的谈话意见，是我们今后一个时期办报工作所要遵循的方针，望大家认真学习领会，巩固我们的改版成果。

今天《黄河晨报》1 版，同样是关于高卫东书记来报社年根慰问的报道，晨报与日报标题为何不一样？正是高书记所讲，晨报有晨报观察问题的角度和独特的表述方式。你看，晨报的标题就比较独特，“市委书记……激励大家——站在民生角度读者角度办报 增强中心城市文化辐射力”，其选取重点不一样，体现了该报的亲民与人文情怀。

（评 2010 年 2 月 12 日《运城日报》）

一样要追求社会与经济“双效益”之统一

晨报第 8 版 这是春晚的节目单。我要说：将“这期报纸带回家！”——为何？一言以蔽之：实用、方便，而且能管一个年节。

我们编辑就是要有这样的自信，追求最大的传播效果和效应。

政治是报纸的第一属性，信息和“商品”是报纸的第二属性。出报就是出产品，它除了政治属性外（首先要保证政治属性），也体现经济学的规律，“好货”不仅能卖出去，而且还会产生文化和知识等方面的溢出效应。报纸一样要追求社会与经济的“双效益”统一，晨报的同志应该有这样的底气和信心，出来的报纸，就是要叫读者、市民非看不可，也必叫好！

（评 2010 年 2 月 12 日《黄河晨报》）

记者总是要置身于事件的河流中

看今日晨报头版《居民院突发大火烧出一个“黑工厂”》，文图并出，不惜版幅，坐大版心位置，十分抢眼！

一是标题好！

掐住问题的“咽喉”部位制作新闻标题，新闻价值就出来了。单是标题就体现记者、编辑不凡的发现力。这就是“鹰眼”！能于万里之云层直击地面上的“猎物”，即观察到事件的“关节处”。

二是图片现场感强（记者第一时间抓拍）。

版式上，编辑大手笔处理，图片版幅大于文字占位，占据版面大部空间（文图整体占四栏，而图片占两栏半），突出了新闻视角化的设计理念。

该篇报道，引发了我的联想——

记者，不是书斋内的纯粹学者，他是自由飞翔在事件上空的鹰。有时，他离地面最远，因为他在高处观察，是为了更准确地接近目标；有时，他离地面最近，因为他要捕捉，行动目标就是“现场”。所以，记者总是要置身于事件的流中（想到美国思想家、演讲家爱默生的一句话：“记者的眼前没有看不见的黑夜”）。

该篇报道带给我们的启示是，抓取好新闻，是记者的事，能使好稿子上到版面重要的位置，则关键在于编辑是否能站在版面全局看问题，处理稿件。编辑、记者合力跃身于事件的河流里，就能抓到大鱼（从新闻价值上讲）。评估此稿——是为好新闻，获奖跑不了！

2 版头条，图题和谐，如画在前。而下面的这张照片占栏不足。一般地讲，照片要走自然栏，轻易不要分割了自然栏，以影响视觉美感，今后注意。

3 版头条，肩题字体太重，拟用标宋为好。我的意见是否确当，可商榷。

（评 2010 年 3 月 24 日《黄河晨报》）

头版要保证中心图片的视觉效应

关于今天日报的头版，整体意见是，头条处理到位，主专栏给人力量，图片配置相宜，且发稿14篇之多，信息量丰富。现在中国编辑学会提出“大编辑”理念，我在多次评报会上，给大家讲解并强调了这个问题，喜看今日头版之变化，这是我报编辑群体向“大编辑”进军的趋势显现。值得叫好！

（一）头条是一篇文化通讯，标题很入眼：《古典蒲剧与青春蒲剧的深情约会》，作者是时评部主任杨红义。该篇通讯写法独特，作者以散文化笔法入手，兼有述评性质，通篇文字，行云流水，文机清利，步步深化，引人入胜。特别是作者语境新锐，“潮”味很浓，因其时尚，定会赢得众多读者的关注，特别是年轻读者群的兴趣。作者能写出此类看似平常（文章给人以轻松自然感）但却意蕴深厚的报道文章，一是作者长期历练的文字功力，二是作者对所要报道的新闻事件全悉掌握。这些，都是我们记者编辑同志要学习的。

（二）关于头版的新闻图片，其主打图片是学苑北路立交桥竣工的新闻，它是一张成功的新闻图片。一是民众关注，回应了他们的期待；二是鸟瞰全局，全景展示，而又突出南北即将贯通的立交中心区，传播出人们感兴趣的信息——立交桥连接点已经贯通了；三是新闻信息量较为丰满，一角红色标语，彰显时代精神，持如此新闻“巨眼”，这是为记者的职业素养决定的。值得为之叫好、鼓劲！

问题：头条照片为配图，处理上如做扁平设计，上空再裁取一点，效果应该更好。这样，就能保证中心图片（立交桥竣工图片）的视觉效应。

（评 2011 年 12 月 12 日《运城日报》）

突出新闻性：展示权威性的前提

1版照片，此照充满春天蓬勃气象：在“世界水日”活动中，运城市区出现由志愿者组成的“节水宣传”自行车绿色阵列，成为初春的一道靓丽风景线。一个爱水的城市一定是美丽的城市，在此后的报道中，可关心一下运城的“水”的问题。

2版照片，关于绿化报道，采编采用宽银幕的表现手法，以大尺寸的版幅处理新闻图片，从视觉上给读者以震撼。今年的运城“绿”字为要，为大。让市民知道，我们的后花园美丽的景色，就是要靠“绿”的理念、“绿”的旋律、“绿”的共识与憧憬，才能够创造出来的。

3版头条标题，《平平仄仄歌一路——让“楹联文化软实力”更硬气些》，好！今天此文一出，电话频来，无异于新春最响的一炮！运城享誉“中国最佳楹联文化城市”的美称，但是，在春联的“密林”中却出现很多用印刷品代替传统书写、甚至平仄不合的简陋制作品，记者抓住这一现象，进行了深度报道。搞楹联文化报道，不是虚的，此文笔锋甚健，批评与讽喻并用，直入人们的灵魂。记者在文中引用了作家韩石山先生的“愤怒”，习惯于用印刷品来附庸风雅，本身是一种堕落，是一种背叛！真可谓：一纸刊出，众者醒然！

在处理该篇报道上，编辑手法有创意，标题三栏回题，显其厚重；文章处理形式顶天立地，通体挺拔，给读者以精神。

4版标题，主标题为《期盼公交车为城市增色》（此系问题性报道），这样的标题处理用超黑，凝重，权威性就出来了！

尤其叫好的是，这篇报道配置漫画（两幅），文图呼应，将公交车线路规划中存在的隐患，昭然曝出。漫画新闻，从来就是颇具杀伤力的新闻武器，能给人以“记忆”上的重创，发扬下去！

今天的诸版面给人一个启示，突出新闻性，是展示权威性的前提；有了新闻性，权威性就出来了！过去的热线版标题制作压不住阵，问题是新闻要素（或问题）提炼不到位，最近有起色，值得鼓励，发扬下去。

（评 2010 年 3 月 23 日《运城日报》）

文艺评论要回归报纸副刊

看看这期日报副刊版上的两篇文章（文化时评和随笔），引人一读。它提示我们，报纸的文艺副刊，不能全是软的和碎的东西（如伤怀吟唱、怀念追思、花草雪月等一类的“小我”东西），首先要有思想性、时代性和新闻性，即要与人们的当前实际生活相关联；选题视角要宽广，涉及社会生活之万象，彰显人间之正道，即能够行使批判的武器，如此，才能担当得起报纸副刊的文化责任。

我们长期缺少这样的文字，致使副刊（各类版面亦在内）的批判功能大打折扣。究其原因，一是缺少评论（文艺批评）的栏目，文艺评论长期缺席，很少见到剧评、影评、舞蹈、美术等方面的评论（写书法家的东西甚多，也多是人物传记类的），文艺专论、文艺短论、笔谈、杂谈、随笔等形式活泼的文体，更是鲜见。问题是由于我们在规划副刊版面时，对副刊的文化功能重视和研究不够，最后演化成副刊版完全是按照编辑个人的意志和兴趣在做。二是由于统揽不够，两报管理协调机制不健全，造成一些投稿“老常客”长期占据版面，即版面上作者面孔老熟，发现不了文学新手，以致出现被日报挡回的稿件，结果转头在晨报登场的怪现象，读者对此有反映，编辑部内部也议论强烈，这个现象应予注意。从现在起，对一些钻空子的“老常客”，我们要树上一堵墙，上写：“此路不通，另求他途。”我们没有这么多的便宜版面可给，更不能把珍贵的版面资源拱手浪费！

今天推荐常振科的文章，是一篇文化时评，作者对文化经营类业务中出现的一些肤浅、庸劣现象，发出“亟待整治”的呼吁！此文刊出，一定会给运城的一些酒店、商家点燃起一把火，让其懂得何为文化，文化不是一种装饰与附庸之物，文化是有尊严的。同时也告诉读者，我们的副刊版也是有影响力和引导力的。

（评 2010 年 5 月 27 日《运城日报》）

写好群众语言是记者的一项基本功

推荐副刊上的这篇小说，请大家看看，是老曹（喜庆）同志写的。也许有人会说，这与办新闻有什么关系？不，是有关系的。

该篇小说反映的是农村改革开放带给人们生活观念上的变化，其最大特点，就是运用白描手法和人物对话。作品将人物刻画得如此深刻，一是作者有生活阅历，二是善于驾驭人物的语言。整个故事是通过主人公的典型语言来推动的。注重传播效果的新闻写作，就是讲好新闻故事，记者要学会讲故事，新闻视角与故事思维兼具，这里就有一个对文学表现手法的借鉴问题。

我们记者，不缺少生活，但缺少发现，问题就在于不会抓取人物的个性语言，不懂得细节的力量，其实是不会写作。学会写话，才能让人物站立起来。学会运用群众的语言，这是记者的基本功。用群众的语言反映群众的生活实践，这样的作品才能教育群众。

近段时间以来中央领导同志一直强调文风问题，要学习群众语言，讲话要用真实的生活中的语言。而表现在新闻上，也就是群众观点、新闻真实性的问题。

从此篇小说中，我们该学到不少东西来，但熟练采用群众语言的写作方法，是我们首先要学习的。记得新闻学史上有这样的话，记者要能了解到群众的情绪和群众的心，才能写出群众形式的有用文字来。

老作家马烽说：人物语言，特别是人物对话，是写作上的硬功夫。没有这种本领，作者尽管花花草草，文字很美，都是虚功。

新闻写作一样是这个道理，写好人物的语言吧！

（评 2010 年 6 月 8 日《运城日报》）

新闻性永远是头版经营的基本原则

他山之石，可以攻玉。请看今日《山西晚报》头版封面。其营造的“视觉中心”，就是头版的“华裔虎妈”上“时代周刊”的新闻图片。照片剪裁有度，不大，不旷，但给人以冲击，引发联想和思考。

照片的大与小，是由思想内涵所决定的，而不是单靠尺寸的大小来裁定。古语有：“玉卮无当，虽宝非用。”卮（读音 zhī），古代盛酒的器皿，其意思是，如果玉杯装的不是佳酿美酒，那么这个容器玉质再好、造型再独特精美，也显不出它的价值和意义来。报纸的头版，一如玉器一样，盛装的内容一定要与这个玉器相匹配，是上等的“好酒”。换转过来说，就是它要承载和表达的新闻内容（包括知识、创意、信息、观点、图像等）要与形式相统一；具体到图片的选取，如果质型不统一，或大而不当，或大而不重，或以小充大，都是判断性的错位，或者说选题与设计上的一种失败。

一张现代都市类报纸，无不注重头版的经营，特别是追求“封面化”的处理（借鉴杂志化做法是普遍的追求，但也非绝对）。

从报纸视觉设计上讲，封面版有“面子”说，即先卖“面子”，后看“里子”。报纸的封面设计是否精彩，直接影响读者的阅读兴趣和购买行为。

再有“屏幕”说，报纸封面如电视、电脑屏幕一般，展现着其重要内容，给人以“读屏”之感，给读者以屏幕化、图像化的视觉认同感。

新闻性，新鲜感，人情味，震撼力，永远是封面版追求的基本原则。

封面版是厚报时代的产物，我们晨报这次改版，将其改扩为16个版，更有理由要重视和加强头版的视觉设计。

可以说，这次改版，后面的版面是调整与扩容，而头版——是变革！是震荡！是涅槃！是重构！

《山西晚报》今日头版的照片处理手法，以及后面各版式的安排，是我长期以来“追梦”中的“这一个”。

（评2011年1月26日《山西晚报》）

用“超出”事实本身的视野来写报道

今天重点推荐郭瑞倩同志的这篇文章。这是作者随市文化考察团赴深圳之行的收获之作，开篇即以思想深度见出，可见不虚此行。

在文类上讲，这是一篇述评，准确讲，叫记者述评。在新闻学上，记者述评，又称新闻述评或述评新闻，顾名思义，是一种以事实为基础的评论，以评论为核心的新闻。述评的写作要求一是有事，二是有议，而关键是以议为主，或曰以议为重（从述评文章的篇幅来看，我们会发现，述往往多于评，但它的重点还在于评，述是为评服务的）。著名记者、新闻大家艾丰，是我崇拜的新闻大师之一，他在《经济述评自析集》中说：“把这种主题‘升格’、用‘超出’事实本身的视野来写报道的方法，可以说是这种述评体裁写作中的一个很重要的技巧。”郭瑞倩这篇报道写的是文化，那么就要以记者的文化眼光、文化修养、文化情怀而取胜。一般都讲文化产业，岂不知，应该是先有文化，后有产业。我们写文化产业的文章，也应该是以文化的笔触来述说（当然思想永远占据第一的），站高看远，指导当下，该篇作者做到了。

述评这类文章不好写，关键是作者的理论水平和对事物的认知程度、视野高低，同时也伴有文思的兴发，比兴手法要掌握，哲学思辨要到位，是一大本领。从此篇文章中，我们应该感知出一些东西来，要学习借鉴。

其中一个问题可探讨，这段文字（文章的中部内容）“启示”是点睛之笔，应表明“启示”这个关键字眼。这一段落（见文章），放在文中间，起到转合的作用，但也可以移置到文章的最后，以做压轴之笔，可显示结论的千钧之力，并点明这是“重要的启示之一”。如此，似为更好！

（评 2010 年 6 月 2 日《运城日报》）

增强“记者意味着真实”的职业理念

编辑部各部主任：

近期，西南地区一家商报严重出错（虚假报道），上至领导，下至记者、编辑，相关人员全做严肃处理，有的当即被敲了饭碗，撤了职务（见《中国新闻出版报》2011 年 1 月 25 日）。此事再次给我们敲响警钟，“道听途说未加核实”的虚假新闻是一大令人恐怖的“魔鬼”，随时都有可能依附到“掉以轻心、不负责任”的编辑、记者身上，生成不可救治的毒瘤，到时只能坚决铲除之！

我们要从这家商报事件中汲取教训，切实负起认真办报的责任来。责任感，就新闻的职业要求来讲，是一种担当；对编辑、记者个人来说，是随身的安全带。系上安全带上版、采访——这是我们时刻要绷紧的弦！

近日，我们要再次组织大家学习“杜绝虚假新闻”的典型案例一书，从中汲取教训，引以为戒，真正增强“记者意味着真实”的职业理念和责任意识。切记，我们要以使命和责任开创美好的新闻人生，而不要以“昏昏然”状而梦断“虚假报道”鬼门关，致职业、前途两空！

（2011 年 1 月 28 日）

追求新闻“视觉化”的设计理念

1版，编辑将这张题为《“迫不及待”看世博》的新闻图片选放在头版，给我们带来启示，即具有视觉力量的重要新闻就是要“占山为王”，独居要位。世博，是每个中国人的事情，世界关注，此照刊出，无疑增重了要闻版面。

2版，头条消息（也是1版头条标题性导读）《运城市区人民路拓宽改造战役打响》，成为人们今日关注的本土新闻。本消息特意配发了“人民路拓宽示意”，便于读者快速、直观地理解新闻主体。现在是读图时代，新闻“视觉化”成为设计主流，其中就有“解读性图表”“信息图表”等多种新闻信息的构图元素。就今天的本版来说，在读图时代，图表就是新闻。它示意性强，超出一般的信息传播功效，不仅能给人以“快知”，更能给人以“即用”。

3版，消息《6岁女孩被困六楼窗外 民警消防紧急营救化险》，此标题走栏适中，回行处理，使得题文相宜，又便于左栏上下一通（集纳一组民生新闻），以显版面挺拔之势！

如果此标题拉通，必然会给人一种文不压版的感觉。

7版，“天天视点”专版，主稿《青春何处安放——一位80后新生代农民工的“蚁”事》，版面设计通体大气，文图兼容，大而不虚，重而不沉，给人视觉很舒服。编辑王耀同志组的版有特点，要在“创新”，用心出新。他善于学习借鉴，博众家之所长，化为己用。每天和他碰面最多的地方是资料室，他在浏览学习全国各家报纸的排版方法（三楼会议室）。

学问就在身边，而我们好大一部分同志，每天置身在各家报刊版式的“大课堂”，只是熟视无睹，缺乏“发现”。

问题：该文提要处，文字应简练，但瑕不掩瑜。

（评 2010 年 3 月 17 日《黄河晨报》）

版面要讲究“天空”

今天头版上发了两篇重头稿件。请大家仔细一瞧，头条配有压题照片（以为背景），报眼上配发一张新闻图片，编辑在两篇稿子的设计安排上，对其图片和标题均作升高处理，很好，版位居高雄视，立见大报气象。

过去我们早就这样做过，且也强调过，只是我们没有坚持下来，问题是没有作为一种理念追求。

“咫尺应须论万里”“剪取吴淞半江水”（取杜甫“论画”诗句）。

大家一定要明白，版面有天空。一如建筑学一样，要讲究天际线，给人以抬高望眼的感觉。头版的头条与报眼的位置就是版面的“太阳”与“红旗”区。其版面美学创意，就是给人以“红日高照，旗帜飘扬”的视觉美感。

今天的头版之所以能升高头条与报眼位置，且保证相对重量的篇幅，一个重要的“奥秘”，就是全版上的文字稿件（共5篇）均作了转版处理。由此生发感慨：一“转”定乾坤也！

再深入一层说，编辑能做到保证头条与报眼的黄金版位，不只是一种经验上的做法，其实质就在于我们编辑的组版理念，已经进入方法论的高度，这是一个十分可喜的进步，可谓办报观念上的一次大变革！

近几期版面变化带来的启示是：

（一）改变“大而不重”的传统版式（虚胖），体现头版“重而不‘大’”的凝重、清新之版风。

（二）标题走栏到头，避免了传统组版风格中的勾、包题，体现“风展红旗如画”的标题设计新理念。

假如，出现一篇勾题或包题式的标题，本版这种通透大气的感觉就大打折扣了。所以，要解决过去版面“局促”与“小家子气”的问题（其实是顽习），就是在标题制作上，解放思想，放宽视野，尺度扩展，走栏到头、到边。

（三）保重稿，保头条，其他稿件皆作转版处理。再如，倒头条区，一定要呈现“磐石”之状，这样，整个版面就有了物理学的力之效应，版势稳固，且富张力。

（四）版面是思想的载体，充溢着生命的力量。思想是第一位的，组版技术是第二位的。思想决定高度，思想性与审美性提升表现力。

（评 2012 年 7 月 2 日《运城日报》）

编辑撰写编者按应该是“生而知之”

就今天的头版，我想就两个问题来点评，可分作上下两篇。

首先看今日头版稿件配发的编者按，文词清新，有章有句，浑然成篇。

此按语，系张志敏同志手笔、马坚兵主任指导，这是真正的新闻评论风格，有思想，有张力，有激情。

就撰写编者按的问题，我还是想展开几句，做针对性的强调。编者按是一种简短而灵活的评论手段，运用编者按来处理重要的新闻稿件，是编辑体现其权威性和主导作用的形式之一。“梨园弟子易习歌舞，兵家儿女早识刀枪。”一个合格的报纸编辑，应对“编者按语”这种特殊的评论手法，做到“生而知之”，驾轻就熟，召之能来，提笔成文。此处说“生而知之”，意指新闻从业者一进入此领域就必须学会撰写编者按，有人从事一辈子记者或编辑工作，终写不出一篇像样的编者按，是为遗憾。

所以，编辑、记者掌握编者按的写作要领，是练就评论写手的第一步，不可等闲视之，“不因善小而不为”（注：我曾给过各主任关于编者按的写作方法，即《编者按：锻炼评论写手的第一步》讲稿，不妨再找出来让新来的记者们看看）。

近段时间，头版和专版上言论迭出（包括编者按），显示编辑记者评论手笔日趋成熟，这是一可喜的趋势，应为之加力叫好！就一期报纸来说，言论一出（包括编者按），气象不凡，不仅提升了该版的分量，同时是为我报质量跃升作出了贡献。希望年轻同志挥动思考之笔，向评论高地迈进，并蔚成风气！

（评 2012 年 6 月 13 日《运城日报》）

标题决定读者的阅读选择

看 4 月 17 日《山西日报》头版标题制作，很有感触，我想给大家提出几个问题，共同思考和研究。

就拿该报旁栏的大排档新闻一例来说，其主标为什么要用两排题标出？编辑的创意在追求什么效果？我报在这方面做得如何，差距与问题在哪里？

依我的认识，答曰：编辑之所以这样做，一是要让标题起到统领作用，二是显示新闻内容的厚重之感，三是对读者起到一种新闻价值的引导，让读者首先从标题处打住，不要轻易地一翻而过。

反观我们以往对此类新闻标题的处理方式，习惯于通用一排标题（单列）标出，这样做，又会是怎样的一种效果？答曰：单薄、无力、小气，缺乏质感。而且，给人一种“小马拉大车”吃力与局促的感觉。

“标题是新闻学的最高技术。”标题决定读者的阅读选择。

我们的问题是：（一）一些年轻记者编辑，从新闻学理论上（或者说学理上），还没有认识和掌握新闻的本质属性和功能，尚不知新闻标题在新闻作品中有着特殊之地位，故而不会做新闻；（二）编辑在办报中的重要作用发挥不够，在提炼和制作标题的过程中浅尝辄止，不能立足于版面全局看问题。

上述问题，作为一个硬仗来打，要通过专题讲课，从理论、从案例、从实践、从机制等方面，多管齐下，持续半个月时间来解决之。

再看该报 4 月 18 日，头版重要会议新闻占去版面大部，用稿量少，怎么丰富版面？编辑采用图表、短讯和导读补齐信息量，且留白讲究，反而显现版面大气、包容、凝重。

再看该报简要闻的处理办法，采用加密大排档，左右、上下呼应，浑然一体。特别是图片处理，主副照片比例对照鲜明。尤以头条配照为最，图片直升文章顶部，如一片彩霞飘在版面上空，使报纸在手，有“抬望眼”的感觉。所以，版面设计，也要讲究“云层”与“大地”的空间感。

人家好的，我们就学习，不要固执己见，老面孔无生气，硬顶着一个花岗岩脑袋见读者（矫枉过正，刺激一下无妨）。

（评 2012 年 4 月 17 日、4 月 18 日《山西日报》）

不懂产业文化就不懂时代

7月26日，日报的《产业周刊》正式启动。今天本期周刊，在前几期的基础上，更显出分量。它带给我们几点启示：

（一）报纸是常青的事业，原动力是不断地创新，而创新在于年轻编采力量，年轻同志是能干成大事业的。因此，要充分地相信他们，尊重他们的创造。刀锋只有在磐石上砥砺，才能显露锋芒。年轻人有了用武之地，幸也，扎根在新闻的“湿地”，会成长得更快！

（二）办报要有阵地意识，年轻人捷足先登，振臂一呼，扯起“周刊”旗帜，开局良好，其勇可嘉！由此知道，版面意识，就是阵地意识，空有新闻理想，无阵地何逞其能？

（三）新闻永远在发现，不断提供着时代的、社会的、文化的、经济的、科学的和教育的前沿信息。借用恩格斯的话，就是：“历史从哪里开始，思想的进程也应当从哪里开始。”《产业周刊》发刊词开宗明言：“产业是时代的标志，产业反映着时代。”办刊思想是新锐鲜明的，与时俱进的。

（四）还是那句曾说过的话，不懂经济就不懂生活，不懂产业，或者产业文化，就不懂这个时代。很同意一位学者的观点，“新闻是思想史的一部分”“新闻记者思想于是成为社会变革的精神序曲的诸种成分之一”（著名经济学家汪丁丁语）；我们如果不思考不研究，就永远不懂什么才是要做的真正新闻。

在这里还想指出的一点是，主持本刊的同志要懂得什么是“坚持”……这是拼搏的世界，此处与怕累者、喊累者无缘！毛泽东主席有句名言："搞新闻工作，要政治家办报。"何为政治家办报，记得主席的话是，办报要多谋善断，曹操就多谋善断；同时举例批评袁绍，指出袁绍的弱点是"志大而智小，色厉而胆薄"。我读《三国志》，还记得一句，袁绍是"遇小事而孟浪，干大事而惜身"，我们一些编辑就犯这样的错误，怕遇事，怕挑重担，不敢接受办"周刊"的任务；结果让几个年轻同志来办（如樊军、文军、亚峰），成了，效果很好！此例，不得不发人思考！

（评 2012 年 8 月 9 日《运城日报》）

从入菜园与进森林所想到的

——子夜走笔

昨夜，完成报纸版面签署，已过午夜时分。黎明将启，突然想到艾青的著名诗篇《黎明的通知》：“为了我的祈愿，诗人啊，你起来吧 / 而且请你告诉他们，说他们所等待的已经到来 / 说我已踏着露水而来，已借着最后的一颗星的照引而来……”一时兴致所致，不得入眠，联系编采业务中存在的一些问题，索性灯下走笔，写出这篇短小文字来，一陈管见。

就采写消息和深度报道的问题，我联想到割韭菜与打猎物。

这好像是风马牛不相及的两件事情，但是将两者联系起来看，其间却很有一番道理值得说道。

在人们眼里，春日佳蔬韭菜当头。乍暖还寒的早春时节，那满畦新绿的韭菜，抢先向人们展露春意，成为上市的应时鲜蔬。从植物学理论上讲，韭菜属多年生宿根植物，一经栽培，可剪而复生，更新复壮能力极强，“久”和“韭”同音，故称韭菜。但是，韭菜割过头茬，后面复出的也就不是很新鲜的了，菜价就要下跌。它告诉我们的，就是第一时间的问题。

抓新闻也和割韭菜一样，要追求的是第一茬，第一刀。

新闻在于新鲜，就像早晨的菜市，摆在摊上的刚出田的蔬菜，满目新绿，叶面带着露珠，根部沾着泥土，当然受到人们的欢迎，成为抢手货。它启示着我们，鲜活的新闻都来自生活的原野，第一时间带着事件的原发气息，见诸报端。如果记者延误了采访时机，新闻就成了随人之后的重复别人的“第二茬韭菜”，自然吸引不了读者。

但是，一张报纸如果单是局限在韭菜园子里跑不出来，传播的信息都是平面的东西而没有深度报道，对读者注定没有吸引力。这就要求我们做记者的，要有走进事件“森林”的勇气和能力，敢于走进森林深处，获取有关新闻事件背后更深层次的东西。

在当今新闻报道中，人们对刚才发生的什么，在感觉上已不是最重要的，因为每天各种媒体都会对所发生的事情作出相同或相近的报道；这个时候，只有对事件背景的深度分析即新闻的来龙去脉的报道，才是最吸引观众的。所以，读者和观众要求媒介能担负起对社会问题、社会现象的认识和思辨功能。记者只有行使批判的职能，用历史的评判眼光，通过对大量事实材料的深刻分析，从全局、整体上对事物有宏观的认识和把握，才能对事物作出基本正确的评价。

总括起来说，跑韭菜园子的，要追求的是割第一茬，就是追求“早”和“鲜”。走进森林里，靠的是运用思想的脚步深入、理论的眼光穿透，追求的是“深”和“广”，也就是事件的来龙去脉和事物的本来面目。正如国外的一份新闻研究报告所说的：“只是真实地报道‘事实’，已经不能令人满足了。现在必须报道事实的真相。”

这两者的关系，其实还是传播和引导的关系。也就是说，抢割第一刀“韭菜”，是传播；穿越事件“森林”，是评判和引导。

（2015 年 5 月中旬）

党报的权威意识首在评论

（一）

本报作为地方党委的言论机关，一定要在围绕大局上首先以评论的形式及时发声，这是我们为党立功、为人民立言的责任所系。全市实施“工业强市”战略号角奏响后，总编室的同志率先发出有分量、有深度（尤其是能符合新闻评论写作规律）的“本报评论员”文章，是我报实力水平、特别是立言能力的再次有力的证明。

今天发出的第一篇评论员文章——《运城“转型跨越”的第一要务——论强力推进工业强市战略》，系总编室主任马坚兵同志手笔。开局决定全程，头篇即彰全胜之佳兆（这是一篇总评论，接着要组织系列评论）。

（二）

主流媒体总是要踏着时代的重要节点前进。当前新的“运城时刻”是什么？这就是市委、市政府最新提出的“工业强市”战略。目前，各地各部门都积极投身这一主战场，河东大地已现波澜之势，在传媒人的眼里，这时应拿起的冲锋号，就是“本报评论”。

我报评论的旗帜能否飘扬起来，对于我们的确又是一个新的大考，市委领导要求的标准会更高。编辑部的总体安排：一是立定选题，做好策划（并拿出系列评论之题目），统一认识；二是组织系列评论，发扬好的传统，总编辑撰写头篇评论，各部主任配合总编室承担评论任务；三是编采力量通力合作，打通资源，在版面的设计安排上要有一线记者的参与，总体风格追求大宽幅、抢眼球的大手笔处理。

本报“巡礼，在工业强市主战场”新开栏目，这是对工业强市报道的进一步深化。今天下午，领导即带领相关科室主任与小分队下县（市、区）采访。希望本报全体编采人员乘势而上，尤其是采访小分队的同志要不辜负编委会之重托，一力前行，奋发作为，为全力推进工业强市战略向深广领域发展，作出新的引领性贡献。

“闻鼙鼓而思良将”，期待能有更多年轻记者写出好的深度报道和评论来。

（评 2012 年 5 月 11 日《运城日报》）

风格　版面　记者

——景克宁教授关于报纸的一次谈话

恩师景克宁教授逝世已5周年，对于他在病重期间对我的一系列谈话内容，因编务繁忙，未及时动手系统整理。这是先生生前和我的一次关于报纸工作的随谈，先生和我讨论了版面和记者培养方面的问题。虽然是提纲式的谈话，但针对性强，指要明确，可谓语语破的。

对于先生的思想贡献，我向来将其视为“人类共同的财富”，始终怀着敬畏之心。正如我在《生命力量》（人民出版社出版）一书中所表白的，对于先生的谈吐和思想，我是“不以自得而自秘”的；因为，他是属于这个时代，他的思想更是属于社会和人类的。我读《关于基辛格的历史对话》一文时，非常赞赏作者的一句话：“当一个人的才智具有普遍性时，这种才智便成了人类共有的财富。”此话颇耐人寻味。

先生在世时常讲一句话，要写具有报史价值的文章。下面的这段谈话，应该是有着新闻学意义的。

风格是一张报纸的成熟标志。编辑、记者也应该有一个卓尔不群的风格，名报要培养名编辑、名记者。

目前的一些报纸，包括你们的《运城日报》，看什么都有，其实都是停留在社会层面上，现象的东西覆盖了本质。

报纸不要求全，也不可能求全，不能变成万花筒、大杂烩、大拼盘。拼盘的东西永远是衬托。美宴佳肴，但人们只记住特色菜。这是一个通俗的例子。

一般地讲，名记者有三大类型：新闻型记者，文学型记者，学者型记者。

1. 新闻型记者。新闻敏感性强，善于捕捉社会焦点、热门话题。报道出的一些信息，是聚光的东西，就是我们常说的有新闻价值。

2. 文学型记者。笔下有文采，有感性，有形象，所报道的东西是立体的，而不是平面的。他们视角宽广而独特，思维富于张力，写出的作品有形象性、可读性、感染性。因此，文学型记者写新闻记事、通讯报道，而不是发一般的短讯、消息。当然，报社离不开跑动态性的记者。

3. 学者型记者。这个标准要求很高，有理论高度，思想深度，内涵丰富，他们不仅善于提出问题，揭示问题的实质，而且能将事物的内涵升华，引起人们的思考。

任何一张报纸都离不开这三种类型编辑、记者。但是报纸最缺少的是学者型记者。

报社是培养人才的基地，它是显示和激发记者才干的舞台。提高编采人员的综合素质是一项硬任务，要根据每个人的个性、知识结构、志趣等，看怎样配置、运用和培养。在分工上要区别对待。

一张报纸有闻必录，版面大拼盘，这是没有形成自己风格的显露。我认为，不要求全，每个版，每一天都有吸引人、让读者非读不可的东西。所传播、所体现的东西，或者新闻的敏感，或者文学的特色，或者学者的深刻，如此，慢慢就会形成一种风格，一种品牌，在社会上产生影响力。

这是一个意见的框架，一个轮廓，所见都是浮光掠影。你们可参考。

最近，你们报纸上开办的“新城市、新形象”栏目，办得好。但是要注意，这种情况，写一般报道解决不了问题，一定要有针对性，以引起当地领导的注意，要害揭示出来。栏目刚开，这仅仅是个端倪，还没有形成自己明显的趋势，目前还不宜肯定。

。

要加强评论性，报社一定要重视评论工作。普遍地讲，地方性报纸评论少，评论也太一般。无评论，报魂、报力都体现不出来。

风格、特色、品位、形象，名报素质和记者素质是相应的、统一的。

名报最基本的要求，就是要有自己的独特风格。

先生这番关于报纸风格的谈话，其实是对此前关于办报理念与方法讲述方面的一个补充（更多的见《生命力量》一书），指导性、针对性都很强的。我把它作为办报业务培训中的一个内容，多次讲给大家，对于提升编辑、记者的办报水平和强化锻炼自己的专业优势，不乏引导和警策之作用。

（2011 年初夏）

记者首先是真实的捍卫者

责任当头。整治和杜绝虚假新闻，记者要从自身做起，扎起篱笆墙，系好安全带，稿件要过“核审关”；而稿件自核，是记者自我保护的“防弹衣”。对这个问题，大家一定要有清醒的认识，自觉地警醒起来！

某某报纸这次虚假报道（竟是该报一级记者所为），所犯错误是不能容忍的，它伤害了人民公安的神圣形象，损坏了新闻媒体的信誉。

从编采人员的思想根源上找问题，表现在采编工作上的浮躁与失度（把新闻纪律和法规不当一回事）。部主任把关不严，编辑简单采信，是目前威胁报纸安全的一大“蚁穴”。

目前，一些浮躁、轻飘、自以为是、得意洋洋、不知自己能吃几碗干饭的记者编辑，本身就是携带着“炸药包”或“定时炸弹”的危险“人物”，他们在政治上和职业上早已迷失了自己，因此，要及时棒喝，令其警悟。我报在编采出版各环节上，一样存有隐患，对这个问题我们要给予充分的估计。看来，我们“排雷”清人工作，是必须下决心做的。

古语有：“一言兴邦，一言丧邦。”报纸无小事。编辑记者工作，是政治性、纪律性和荣誉性很强的一种神圣职业，来不得半点马虎和随意！失去公信力，何谈主流媒体？！真可谓创业艰难不寻常，毁于一旦太容易！

我们之所以强调“记者意味着真实”，这是因为从本质上讲，记者代表真实，新闻职业本身就是真实的表征。在新闻报道活动中，记者不只是记录者，同时也是核实者，因为你要忠于事实，就必须对真实负责。责任的担当，要求你必须对真实性严加拷问！

真实，是对记者职业道德的第一要求，因此，记者首先是真实的代表者、捍卫者。范长江在抗战初期曾撰文说："有了健全高尚的人格，才可以做新闻记者。有了健全的人格，才可以谈到其他各种技术的问题。"此论发人深省！

《中国新闻出版报》这次将违规者公开曝光于报端，且放在头条显要位置；时间再追溯到一个月前，即2010年12月15日《中国新闻出版报》将一家出版公司出版不良内容的问题（该公司的"道歉声明"），放置在报眼位置公开曝光！这是国家重腕整治虚假新闻报道及伪劣出版物的一个强烈信号。

报纸日新，警钟长鸣！我们要从中汲取严重教训，引以为戒，严格遵守新闻采编纪律，不让虚假新闻有生成的土壤！

（评2011年1月25日《中国新闻出版报》）

坚持重要监督稿件上头版

报纸重在办头版，尤其是头条，抓住头条这个龙头，整期（各版）报纸就好处理了。

看今日对全市“统计公布”信息的处理，就是采用新闻化的处理手法进行包装、提升，强化版势，体现了编辑和美编的版面策划意识。

美编如果有思想，就能使头条的主稿升华到“太阳当头”的高度，而且展示一种可向整个版面辐射的力量；版面编辑只要能将主稿的新闻价值和自己想到的创意告诉美编，美编就能设计到位（当然，这里是指拥有学识且具审美能力的优秀设计人员）。

重要舆论监督稿件坚持上头版，是我报的一个原则与经验。我们对涑水河污染问题的监督报道，长期坚持而不懈，终于引起市政府领导的重视，市人大常委会也将涑水河的生态整治纳入视察和监督范围，真可谓“功不唐捐”！今天，记者对涑水河治理战役的推进式报道，“涑水复清有望”，给人们带来振奋与期待。

在法律监督、组织监督（纪检）、群众监督中，新闻舆论监督是群众（社会）监督的主要形式，是整个国家监督机制中不可缺少的一部分，而且是其他形式不可替代的。在近年来中央领导的讲话中，一直强调重视舆论监督的问题，从我市三次党代会一直到近期召开的经济工作会议，市委领导也更是重视强调这个问题，我们要坚持运用好这一战斗利器。

（评 2012 年 2 月 18 日《运城日报》）

看：记者走街！

——兼谈关于“婉君”故事的报道

（一）在全国新闻战线“走转改”活动中，晨报连推数期“记者走街”专栏报道，以“宽银幕”版面表现形式，拉开“创建省级文明和谐城市”活动大幕。新闻，只有走在前面，引领潮流，才能彰显担当与作为。在此方面，晨报做得很好！

推出“记者走街”栏目，以不同阶段赋予不同内容，内涵外延不断延长，作为品牌，坚持办下去。此栏目极有评估价值，“她”会得到上帝（读者）的垂爱，因为它会产生“马太效应”的神奇力量，不信，你就“走”着瞧，而问题在于——能否坚持“走下去”，我们已经显示出可持续的行走力量。品牌的影响力，首先建立在资源积累的基础上，我们对此要有一个清醒和坚定的认知。

（二）《有个女孩叫婉君》这篇报道——极显记者的“社会情怀”。这是记者薛俊、王文军采写的报道。该文导读这样交代：“牛婉君，‘90后’的女大学生。4年间，正是同龄女孩享受花季生活的美好时光，她却奔走在学校和家的路上，照顾行动不便的养母，从事着繁重的农活……她用自己单薄的身体，为养母和自己撑起了一片蓝天。”一位新闻学者曾言：有责任感的记者，正是通过一些特殊家庭的命运，描述社会的图景（大意是这样的）。作为新闻写作方法，这一点，为我们记者这篇报道所表现了出来。

相信，人们在读到此文时，感动之余，一定会在版面上寻找记者的署名。因为，人们阅读一篇好文章的同时，也是发现其作者的过程。记者和作家一样，“典型是作家的印章”“特殊的这一个”是记者的印章。如想到“祥林嫂”，就想到鲁迅，想到《祝福》；想到焦裕禄，就想到穆青，想到《一位县委书记的好榜样》；等等。

（评 2012 年 6 月 8 日《黄河晨报》）

看省报吹来的改版新风

看《山西日报》近期重大改版，特点：大气凝重，版式开阔，立显大报“王者”气象（党报的权威形象）。整个版面风貌，似有《新华每日电讯》头版手笔之格调，我们应该学习借鉴之。

（1）头条区开阔挺拔，即横宽竖挺。譬如，左宽，走栏开阔；右窄，一线到底。

（2）突出版心位置，创意经营，照片保持四栏或三栏半，或两栏半基本定式。

（3）“时事之要”上头版，体现国际化办报视野，会天下风云于一掌。但在信息内容处理上，均为简要辑纳，不做大段赘述。

（4）头条区新闻标题体现旗帜意识，走栏大气，一体贯通，统一齐左，且在右上方留白，流动疏朗，亦是讲究视觉优势。

关于版面留白，我们在2010年初日报、晨报改版中，追求版面标准化建设，其中一项重要的突破性改进，就是强调各版的留白（晨报“天天视点”改版后的一个重要变化，就是注意了版面留白）。

留白，是绘画艺术中的一种特别表现手法。一样，版面留白，是组版语言艺术中的一个重要表达形式。

我们要学会讲述，同时也要学会省略。思想往往在留白处澄明，智慧往往在留白处凝聚，神韵也往往在留白处流响，因之，留白是一切艺术家们所追求和运用的“神妙”手法。诸如，书法讲“飞白”，音乐的“停顿”就是乐章中的留白。

罗丹有语，大意是：雕塑的艺术，就是凿掉多余的，留下和凸显有用的。

联系起来讲，我们对新闻价值的判断与提炼，对新闻标题的提炼、深化与提升，难道不是在做与雕塑艺术一样的审美追求吗？

（评 2012 年 4 月 10 日《山西日报》）

评论人才培养不只是业务问题

这次系列评论由总编室承担，热切期待第五篇评论出现！今日的系列评论之四，出自张志敏同志之手笔。

我们常讲，消息是关于事实的报道，而评论则是关于报道的思考。这是评论与消息的区别。新闻评论不同于一般性论文，它有其自身的写作规律：一是对新闻事实的评论，二是对问题（社会现象）的评论。今天发表的这篇评论就是属于后者，重在阐述重视和加强监督考评对于抓落实的重要性，以及如何抓好监督的方式方法，包括监督的重点。同样是一篇成功的评论。

我报重视报纸评论工作，我在党组会上，在报社大会上，多次强调这个问题。对于办报来说，立报就是立言。首先是总编辑要带头写评论，这不只是水平能力的显现，而是一个政治性要求。

报社，向来是培养人才的重要基地，评论员队伍建设不只是业务问题，而是必须纳入干部培养范围，作为一项核心任务与干部培养同步实施。各重要部门的干部要从评论人员中胜出。下一步，我们在队伍建设上要重视加强评论人才培养，在重要的写作实践中、在“高一筹”的任务负压下，使一批评论写手能够快速砥砺成长起来，“桐花万里丹山路，雏凤清于老凤声”，我们充满期待！

（评 2012 年 2 月 20 日《运城日报》）

善于发现和运用新闻的背景力量

看今天的3版头条报道《28年祭奠守墓慰英魂》（主标），报道的是盐湖区曲村两位老妪为解放战争时期杜马战役牺牲的18位无名烈士守墓祭奠28载的感人事迹。事迹典型，文章写得也很讲究，读来感人，引人思考。

这是老杨（克民）同志写出的最好报道之一，文章讲究“义法”，有思想，讲结构（重在穿插），内含记者的历史眼光，不只是局限眼前的人和事，而是纵笔从历史的烟尘中走来。价值就在这里，方法也在这里。

同时，应赞同志（共同采访署名）将背景资料联结起来，形成历史的链条，不，应该是历史的画廊、英雄的群雕，使得文章的厚重感立现。

足见，铺垫、钩沉、背景诸元素，在报道中显得是多么重要啊！

老杨、应赞二同志之所以抓住了一条“大鱼”，而且报道又显得这样醒目，如背景资料的缀连，新闻图片的立体化处理，原因有二：一是记者经常深入群众中间（他们前后三次深入该地采访），赤脚下海，迎来海浪一般的新闻资源；二是编辑讲究排版艺术，提升了报道的冲击力。

我在评报会上，不止一次地申述一个观点：新闻的力量就是背景的力量（当然，这是有针对性的相对而言），意在提醒我们的记者在采访过程中，注意掌握和运用新闻的背景资料（新闻学上有人称为“外部事件”），这是记者写作方法和技巧的高下问题，要学会这一招！

自然现象中，我们看到的树干、树枝、树叶，是从树根上长出来的。同样，事实的逻辑关系，只有通过我们去认识，抓住根本，把一定的事实组织起来，才能把事实的本质“表现”出来，为读者所认识、所领悟。因此，单一的事实一般体现不出逻辑关系。由此我想到前苏联的尤·科尔尼洛夫（记者、作家）讲过的一段话：“作为新闻核心的基本事实不能只靠它本身来说话，它应当有一定的背景，应当有别的补充事实来说明主要事件，指明其意义。新闻工作的艺术就在于找到这种背景，善于深思熟虑地处理这一切。”

这是我从案头讲稿中信手翻出来的一段引语，抄录在此，想有心者能把它记住，有所顿悟。

第4版的头条标题，见报的现题比原（初样上）标题好得多，新闻标题首先在准确、简洁。好的标题富于质感和动感，是跳跃的，是鲜活的，如此，可使新闻显得更有张力。要注意，一般少用对称句，那样给人牵强、刻意的痕迹，这是我们所有的同志都应注意的！

（评2010年4月1日《黄河晨报》）

文化版力量的回归

我们处在“文化强国”的时代，但实现文化强国，首先要有“强国”的文化。运城实施两大战略——“工业强市战略”“文化强市战略”，而文化强市战略的推进，需要文化人才、特别是文化大家的资源支撑。没有“文化”的产业，或者没有文化名家参与的文化活动（经营产业）都是无魂的，是魂不附体的东西，走不远的。

看今天专版上发表王振川的文章《试论关公文化与经济社会发展》，角度新锐，见解深刻，令人读后备感振奋，具有启迪性意义。

文化是一个国家或者地区形象的基本元素和主要标志，人们观察、认识、了解一个国家或者地区，总是首先从文化上着眼。作为报纸来说，文化版要将本土真正的文化人才推到前沿，发表他们的文章，传递他们的声音，展现他们的作为。重视文化软实力，以文化的力量为运城经济社会发展助力，是文化版面临的一个重要任务，更是一项值得认真研究的新课题。

有一个道理要明白，编辑工作是“为人作嫁”，但同时又是在塑造自己对外形象的一个美好过程；尤其是文化副刊版的编辑，大家尊重你，甚或崇拜你，首先是看你自身所具有的文化眼光、文化襟怀和文化责任。所以，编辑是园艺师，不是大树（大树下面长不出大树）。

凡是对运城文化事业和文化产业发展有积极作用，有文化贡献的好文章，都要不惜版面强化处理，以使文得其盛，义得其载。

如此，他们的文章才能登上“版面高地”，放射出应有的光华来。

今天文化版选登的这篇高水平文章，编辑在版位和版幅上都给予特别的处理，从中也窥见出报人办报的气度与境界。这是文化版力量的回归，应发扬坚持下去，该版前景必将看好！

（评 2012 年 3 月 14 日《运城日报》）

我们什么时候也能做出这样的效果来?

《广州日报》消息处理，标题全是两排题制作。我们有时也是两排题，但是效果为什么不如该报?

就是因为我们消息的篇幅扯得太大。这是问题的主要症结。厚题薄文，小就是大；文长题轻，大就是小——这是辩证法的对立统一，要用哲学视角来看待、来认识的。我们的记者、编辑早该醒来了！不要重复旧有的传统手法，版面虚胖，大而不当。

你看，省委书记、省长的新闻虽然安置在头条（因事情的本身具有新闻性），但篇幅小，且作转版处理。为何这样做？因为把报眼的显要位置留足空间报道有关中央领导的新闻。而头条右边的主体版面走栏开阔，主推广交会的专题新闻（图文并茂）。

什么时候我们也能做大标题，划小版幅，届时就意味着我们组版水平提升到新高度，进入到新境界了！

必须指出，由于我报长期囿于传统的组版方式，缺乏现代组版理念、文化气息和审美元素，导致我们的报纸难脱俗气和平庸。

从 2011 年 12 月 1 日开始，我报进入重大的改版时段。日报整体追求：现代大气，庄重挺拔，简洁明快，重而不“大”。版面结构：突出一版龙头，其内容设置——重要新闻、高质图片、评论、焦点（重要监督）和深度报道为主角。组版原则：重点经营头条区和报眼，摈弃碎片化；但同时注意，改变头版头重脚轻的版式结构，强化下半版的版式结构（如倒头条），以相对重要的稿件来支撑。

今天《广州日报》给了我们一个特别的启示：（一）报眼

与头条的重心位置可以相互转换；（二）为了突出主打新闻的版面空间，居于头条的领导活动报道的版幅也可以缩小，这种“缩小”，也是一种思想解放。

（评 2012 年 4 月 16 日《广州日报》）

新闻报道策划：记者的“第二战场”

报纸的风格重在版面气质，《黄河晨报》第8版极富美学价值（同时带动整期报纸都达到了内容与形式的极好统一）。这是编采人员立足版面全局匠心推出的宽银幕制作，应该作为晨报将来对外展示的一个代表性版面。

记者李婉玉、刘杰采写了一篇通讯，题为《半世纪前〈人民画报〉封面上的运城青年今何在？》。该文的提要即写明内容梗概：半个多世纪前的1955年，盐湖区金井乡侯村的一对小夫妻，机缘巧合之下，人生的第一张照片就上了当时的“国脸”——《人民画报》封面。

封面的这张图片说明：“春耕开始了，新媳妇在娘家过完春节回家参加劳动。”（摄影记者是宋学广）短短的21个字，让他们和之前的封面人物——第一个女拖拉机手、铁人王进喜等一样，成为代表着某一群体的符号人物。与前面两位不同的是，这幅照片并没有让他们的人生轨迹发生改变。他们依然和从前一样，在河东的土地上耕作、收获。

记者以深情的笔触写道：“55年过去了，当初的小夫妻已经成了耄耋老人，历经时代风雨的洗礼，两人的记忆依然鲜活。让我们跟着他们，一起走进那虽已转身，但尚未远去的岁月……”

在这一版设计上，为重点处理好这一反映新中国的“新农村·新青年”的历史画照，不惜以五分之三的栏幅，上下一通，顶天立地，使读者进入“大地如画，满目春光”的封面画照之中，当年“农村社会主义高潮”的壮阔历史景象扑面而来。编辑在该图下面匠心制作这样三排行的导读式标题：“这是一幅永远不会失去的青春画卷，它刊登在当年的‘国脸’——《人民画报》，走进共和国画面的这几位运城青年：今何在？”（该篇报道全文见第8版，整版推出）

新闻是流动的历史。

历史是凝固的新闻。

此图是历史为我们珍藏的“新闻”，今日被记者发现，进而通过新闻手段把它发掘传播出来了。这幅蕴含着历史表情和时代进步、社会变革的“国”字号画面，它的复现报端，不只激起读者的激动，而且会引起一代人的集体记忆。“今何在”三字，会使万千读者“卷入”其中，与记者的镜头，一起去追寻掩遮在历史烟云下的几位“新闻人物”。

一张报纸，与一位作家一样，它对读者的影响，首先在于其独特的叙事风格和版面气质。当然，我们只是从版面风格上讲的，在此除去内容不说。

一个精品版面，展示的就是一个精彩的世界。你看，导读语下铺设的蓝色网线，与整个版面色质一样，相映和谐，浑然天成。展读该版，感慨系之：新闻版面设计系列里应该一样有“家”的称谓，建议新闻出版部门能设立“版面艺术家”的荣誉奖项。

要感谢婉玉、刘杰二同志的“鹰眼”捕捉，发现和发掘出这样厚重且体现民族审美风范的新闻题材；要肯定表扬王耀同志对此经典版面的创作，该版与第1版设计风格相映成趣。这是编辑与记者的共同创造成果。

这里一个重要的启示：现代媒体记者不只是新闻采写者，同时也是新闻报道策划者（注意：此处强调的是对新闻稿件处理和传播形式上的策划）。它已在新闻报道（传播）的创新实践上，得到充分的证明。由此得知，记者要投身两个战场：一是新闻一线的采访，二是参与编辑的版面策划和稿件“话题性”的评估。一个优秀记者成长的过程，其实是参与新闻报道全程策划的过程。

记者在写回新闻稿件后，与编辑一起研究版面的设计，重新“塑造”新闻稿件的视觉效果与美学形态。

（评 2010 年 4 月 1 日《黄河晨报》）

优秀报纸离不开副刊的“山水”映衬

今日晨报“百姓纪事”版发出的散文《母亲上“错”坟》，确是一篇好文章（作者支怀龙）。篇幅很短，我大略看了一下字数，约700个字，可谓文不在长，有“魂”则名矣！

“文章精工不易”，写篇好文章是要费神的。然而该文却写得这般自然流畅，紧凑精致，让人轻松好读，读后又令人心生感动，发人深思，且联想甚多（就为文为人而言），个中奥秘就在：

（一）真实。这是本文最为冲击人心灵的地方，真情出于真知（作者对主人公的了解），篇中人物普通而又不平凡的事迹，笔笔落在“真”字上，着实令人感动和钦敬。

（二）善于抓取典型细节。作者选取了主人公“五臣叔”的几个典型事例，如：“他最大的优点是能真心帮助人，比如，谁要来他家借麻袋，他宁愿把自家的粮食倒在炕上，也要让人家拿去用”；再如，（一天，母亲在地里摘棉花突然犯了病，头上直冒汗，肚子痛得在地上直打滚）“在这紧要关头，正遇见五臣叔往秋田里送粪，他二话没说，忙将一车粪倒在路边，飞也似的用小平车将我母亲送到公社医院诊治……”，“五臣叔”的“真心帮助人”的可贵精神和纯真形象，立马映现在读者眼前，鲜活如见。

（三）为文得法。作者懂得写作方法，如：文中有背景交代（“五臣叔”的苦难出身），有人物对话，有典型环境，有逻辑联系，有点题回应处（把母亲在坟前对儿孙们的讲述放在最后）。

由此想到清代文章家姚仲实所言，“位置之先后，剪裁之繁简，为文第一要义也”。

（四）发人深思。本文带给人们一个重要的启示：现实生活中，就有这样的好人，而且很多。这是此文带给我们最要紧的地方（代表中华民族伟大道德美德）。看来，与文中典型相比，我们学会“做人”，都还存在着距离。

今天的“百姓纪事”版，是部主任郭瑞倩同志亲手为之，编者对副刊稿件的审美追求与发现眼力，于此俱见。同时告诉我们，报纸离不开副刊的支撑，优秀的报纸离不开副刊的“山水”。

（评 2010 年 3 月 30 日《黄河晨报》）

再接再历“走转改”

请看省新闻出版局发出的第 6 期报刊审读评价意见，题目是《还是要坚持“走”下去——我省部分报纸“走、转、改”动向分析》，出刊时间是 3 月 2 日。意见指出：“自从去年中宣部等五部门在全国新闻战线提出开展‘走基层、转作风、改文风’活动意见后，我省各报积极响应，迅速掀起了‘走转改’的热潮。进入 2012 年后，这种热潮还热不热？”就这个问题，省局抽阅了全省 9 家报纸，分为 4 种类型（一直坚持、一月中旬才发力、需要改进提高、尚未启动）进行点评。我们《黄河晨报》在第一类型里，位居第一，受到表扬。

在全国新闻战线“走转改”活动中，我报在全省报界举了头旗，这是我社的光荣，更是晨报全体同仁的光荣。但同时也带来一个启示，也是大家要思考的一个问题：《黄河晨报》能排到省报之前，不是因为我们“走”得早，而是我们不拘泥于形式，大胆创新，“社区主任助理”“追深度”“记者在现场”“文化运城巡礼”等栏目，是晨报编委会集体研究、进行战前策划的结果；是追求“有力量的新闻”、着力品牌塑造的理念所致。

其实，我们在启动“走转改”的时间上，比中宣部的安排晚了一周。因为，当时要设置的栏目没有思虑成熟，但能后来居上，持续深入，主要得益于：（一）晨报同志立足全局，关注民生，真做文章的爱民情怀和新闻作风；（二）注重策划、品牌、设计等价值性元素的创造性运用，每出新栏目，力求报纸有声威，群众有期待。譬如，我们“走转改”第一天，记者写的两篇稿件。

一个是雨中“追随”，一个是雨中“探访”，报道活动就是在雨中访民情的“风景”中拉开序幕的。

此期《审读快报》统计我们“走转改”共发报道 90 多篇。感谢大家的辛勤付出！分享荣誉，再接再厉，把“走转改”活动坚持“走”下去！

（读山西省新闻出版局报刊处 2012 年第 6 期《审读快报》有感）

在版面大局上要“当仁不让”

今天，推荐大家看看采访部主任马坚兵写的这篇报道领导活动的工作侧记《寒冬中的暖流》，很符合报道领导活动的新闻写作要求，凸显新闻眼，而且文笔生动，使人耐看。其带来的启示：写领导的新闻是写思想的、写观点的，体现针对性和指导性。

领导的权威、形象、思想水平与工作方法，能否在新闻报道中体现出来，关键是从报道中看他的思想、观点和具有指导性且能够解决实际问题的意见与思路，而不是人云亦云，照本宣科。那种“八股新闻”，千篇一律的东西，群众不爱看，领导也不满意。记者同志跟随领导活动，跟的是思想，跟的是问题，跟的是研究，目的是抓住问题，推动工作。绝不是从工作人员手中讨份材料，照画一遍，应付了事。这种采访作风反映的是文风问题，提升一步就是党性不纯的问题，是党报记者之大忌！

联系到有一期报纸，曾发出一则市政协副主席视察两家企业的消息，就有问题。根据实际情况和新闻价值，此稿重心应放在领导的指导性意见上，而不是大篇幅写被视察的两企业的背景资料。这样引发的效果，就是给人以广告味太浓之嫌。

据值班领导讲（我也有印象），其中一企业，原来就发过此类新闻，叫人不好处置；问题也不全在记者，以后都要引起注意。在版面大局上，我们一样要“当仁不让”！

（评 2010 年 1 月 26 日《运城日报》）

注重细节力量：用描述带动叙述

上午展读报纸，值班副总编进办公室来，欣喜谈及：年轻记者的稿件中有了“细节”和“对话”。我曰：深有同感，可为鼓劲叫好！

近期审版时发现：新同志的稿件中投射一种新闻眼力，他们能从采访的事件中发现其中内含的具有新闻价值的细节元素，从而使新闻变得更富有可读性。在采访过程中，能养成一双善于抓取事物本质的“法眼”，即对采访事件（对象）的敏捷理解力，是新闻记者最具本质力量的所在。就今天的几篇稿件来说，值得注意的特点在于：

（一）他们注重学习和研究政策，懂得了在大局上下功夫，用政策眼光发现新闻。（二）写稿过程中，注意“细节的力量”，用描述带动叙述，用对话（这是展示细节的最好表现手法）推动主题的深化与升华。

在新闻写作中，记者的风格与写作方式各有不同，我常举例，在各种记者类型中，一般分为作家型记者、记者型作家、学者型记者三种。而今讲究新闻手法的综合运用、组合式写作，要求记者除了新闻眼光、思辨能力之外，还要兼具故事思维，即要学会讲故事。

前些年，我读过一本书，很有收获，这本书的名字叫《华尔街日报：记者如何讲故事》，是一本译著。它不是教科书里的东西，没有更多的术语，只有方法，能直接应用于新闻实战，我给几位部主任做了推荐。“华尔街日报”体的写作理念，正是要求

“记者用讲故事的方式写新闻”。

作者指出，优秀的写作从来都是痛苦的产物。不过这种痛苦应该是有回报的，这种回报就是创作完成后，从一篇成功作品中产生的深切满足感。然而，令人遗憾的是，许多作者体会到了痛苦，却很少得到这种满足。这是因为，我们一些记者没有掌握新闻写作方法，不得写作要领。我们所有人都在承担着一种责任，一种常常被我们忽略了的责任，这就是我们既是事实的提供者，更是故事的讲述者。如果我们没有做好这两件事，就没有人理睬我们的作品。

这里，要切切记住后者，即“讲述”的重要性。

创威同志在指导采访部年轻人的写作上，培训得法，业绩显著，值得褒扬！

（评 2012 年 2 月 7 日《运城日报》）

后记

从2013年初动手，开始整理这个评论集子，由于编务繁忙，中间几次搁置，直至2016年的初夏，书稿的编辑才算基本完工。后来，又写了多篇评论，也一并归集到这本评论书稿里，最后的定稿时间就到了2020年夏天。

这是立夏的清晨，凝神于摆放在案头上的书稿，心绪又不免疑惑起来，它的价值究竟如何？“流水之为物也，不盈科不行；君子之志于道也，不成章不达。”沉吟着孟子语，我又陷入深深的思考中。

文章要有经世致用的社会功效。这让我想到了魏源的《秦中杂感》，诗曰：“天地有时龙变化，英雄无运鹿奔驰。文章要在经纶后，落日柯亭吊所思。”其意表明了写作文章的价值观，一是文章写作要对社会和国家有用；二是文章思想要与时俱进，表现时代精神。我想，新闻评论，就是这样的追求，要与时代前行，回应人民关切。

“文者变之谓也。”在各种文章体例中，新闻评论当为文章丛林中的虎豹，这是我的认识。因为，不论是思想高度还是文采激情，评论都最具文炳之美、文蔚之变。新闻评论，前沿发声，是时代精神、社会声音、民众意愿的最直接表达者和引领者，总是在创新与求变中立体放射着独特的光芒和力量。每一家报纸的重要评论，都是这张报纸为时代立言的声音刻录，也是社会对这张报纸实力与水平的检验。

我拿出的这个集子，所选评论作品，时间跨度是20年，即2000年至2020年。书中收录的评论文章跨越了我们党的十六大、十七大，又走进十八大、十九大新时代这样重要的历史时空。这里有一点要说明，其中选择了五六篇1997年前后的评论文章，因为它代表和反映了一个地域和城市一段重要的变革史。

我把这个评论集子，献给我所从事的正在向着高端迈进的报纸；也献给热爱新闻评论工作的年轻朋友，他们更懂得新闻的力量。

同时还需要说明，本书除了新闻评论文章，还收录了自己对报纸的部分评点文字。在总编辑岗位上，自己习惯于每日早上展报审读，对当日报纸进行即时评点，草就文字，然后贴于走廊，供大家讨论交流。此项工作坚持数年不辍，断续累计300多篇（大多写在报纸上，惜多遗失）。本次收录的文字，是从留存的百则报评篇章中选出的，为本人所珍视，对年轻记者编辑业务提升应有实际的用处。

在此，我首先要感谢当代著名文艺理论家仲呈祥老师，在百忙之中为本书作序，使得本书生辉增重。

要感谢本报同仁郭瑞倩同志，他在紧张繁忙的报纸编务工作中，尽量挤出时间，全程参与了文稿的编辑。瑞倩是位年轻的主任编辑，担任过报社多个部门的主任职务，其人品文品一流。他思维敏捷，文字功底深厚，尤以文学才华为同仁所称道。同时，要感谢报社照排室主任张菊芳及张小芳两位同志在参与本书编排的全程工作中付出的辛劳与热情；感谢高级摄影师樊晋英先生给我抓拍的那张夜班工作照片，这张为他所称的“信手之作”，我是十分珍爱的。

此书稿于2021年初交于东方出版社，得到出版社领导的重视和认可。在此，尤其要感谢蒋建平先生对本书出版的大力支持；感谢鲁艳芳老师在书稿审定中提出极为珍贵的删改调整意见，使本书呈现新的面目；感谢张洪雪、杭超两位编辑老师在编审和设计上的匠心独运，其严格把关、求美求精的科学精神和文化情怀，令我深深感动。

2021 年 8 月 30 日

附录

笔触今天的历史[1]

景克宁

长夜灯下，我几度翻阅着《时代的档案》这部书稿，像反复审视自己的作品一样。摩挲品味，伴着思绪，和书稿凝为一体，融入忆念荡漾的情怀。

那已是20年前了。1980年，那是我刚从中国历史的阵痛中解脱，从上海回到故土，走上运城师专的讲台。我面对着同样从那个特殊岁月中解脱，重新走进大学之门求学若渴的莘莘学子，其中便有这部书稿的作者卫君翔。他是我时隔23年重新执教大学中文系的首届学生，他相对年轻些，有点腼腆，似乎不善言谈，忠诚厚实，笃学不倦。在习作中我惊奇地发现他有着非常的思辨力和善于表达的形象力，亦即具有逻辑思维与形象思维双重优异的能力。而这却是一般青年学子不多见的，也就自然引起我特别的关注。他的习文是我经常向全校宣美的示范佳作，从而建立了深厚的师生情谊。

这部20多万字的书稿，便是他从事新闻工作以来的部分作品集成。

① 2001年12月，作者的新闻作品集《时代的档案》由山西古籍出版社出版，恩师景克宁教授为该书作序。景克宁教授是国内著名教育家和演讲家。新中国成立前曾任南京《大江晚报》总编辑，在南京解放前夜撰写了欢呼南京解放的社论《天亮了》。是新中国成立初期上海高校界最年轻的马克思主义哲学教授。作者曾记述，“在我大学毕业时，恩师景克宁教授在送给我一个活页笔记本上题赠道：‘当你拿起笔的时候，要知道你是在面对社会说话。’此嘱语成为激励我坚守新闻事业并热衷于新闻评论的一个动力源。”

新闻报业是社会大学。在这座大学里，他勤奋敬业，积学储宝，学养日厚。

新闻报业是人才舞台。在这座舞台上，他激扬文字，挥毫文采，展示才华。

新闻报业是世界窗口。在这里锻炼了他活跃的思维，开阔的视野和敏锐的观察力。

近20年的报业生涯，涵养了他多功能的笔墨，编辑、评论、报道特写的历练，使他成为报业的全面手。特别是他哲学、美学、文学的修养，不仅使他的新闻作品文采斐然，语境亮丽，且富引人入胜的哲思，因而写人论事、报道评议，均堪品索。

本书辑分三类："激扬文字·点评时事"，是大小评论的汇辑。"文学展翼·报告特写"，是人事纪实的汇辑。"诗文一束·文苑点缀"，是散文随笔的汇辑。这三类文字，反映了社会、历史发展的风情万象，构成了"史镜"；洞照了人物的音容世相，构成了"人镜"，既有历史的河东演绎的宏观浮雕，也有人物浮沉的微观细刻。社会的拓展，是由各个领域代表性的人事演化驱策的，反映着时代的律动，是社会鲜活的历史表征。新闻记者犀利的笔端，总是快捷地触摸着"眼前的历史运动"，即党和国家当前正在做的事情。本书名为《时代的档案》，是文质恰切的。

综览全书，内容的广深，文本的形象，以及新闻人事纪实的导向，凸显出了三个特点：时代的前瞻性、认识的思辨性、文本的审美性。

前瞻性：改革开放时代，为社会发展注满了活力，日新月异的迅猛律动，要求人们以新的目光审视生活的变数。新闻记者是历史风云的参与者、目击者。时代要求编辑记者，不仅是历史演化的见证人，世界大剧的报幕者，更要求报业人员是洞察世态变易进程的实录者和时代趋势的导引者。急遽变革的社会呼唤新闻记者站在时代地平线的前沿，成为历史的良知，把目光如炬的流动视野，投入现实蜕变的历程，感应时代气息，把握社会脉搏，倾听并传达人民心声，洞察世态明暗，领受中国伟大变革演绎的搏动，捕捉典型人事的双重风情，为读者提供前瞻的景观。所有这些，在本书各篇的人事论述特写中获得了印证。

思辨性：新闻作品在给人耳目一新感受的同时，还应给人以理性的启迪。本书各篇行文，超越了人事实录的局限。写人，不停留在人的外在的音容笑貌的评介，而重在展现人物的精神世界。写事，亦不絮叨于就事论事的平面报道，而是揭示事理，剖析机要。在他的重要的报道人事的作品中，哲思感悟，渗透辞章；良知警语，充盈毫端；睿智火花，闪烁字里。宏论中，可窥机微；片言中，深含警策。述事，联想遐驰，有神思张力；议理，鞭辟入里，能烛照幽微；论人，以言观行，展示灵肉。总体显示了作者识见赡博，心境闳达，骚情忧思，洞彻心迹。无疑，这是作者多年文化积淀，升华为通体无碍的思想，诉诸智性和灵性的文字，清澈澄明，读之如临秋水，达到了引人入胜、思绪流连的韵致。

审美性：变革中的历史风情，时代旋律，社会生活，缤纷多彩。人的生活节奏，七音交响；社会画面，七色交织；心灵天地，七情交融，折射着“社会关系总和”的本质。单调的、一色的、无情的、流水账式的记录报道，何能反映人事多义的社会变革？新闻人物与社会事件，内含着大千世界的万象——社会、时代、历史，经济、政治、文化，伦理、道德、时尚，天涵地负于焉其中。所以，写活了新闻人物，写透了新闻事件，也就活现了时代历史的风情，这是一般记录式的扁平行文难能竟功的。“言之无文，行而不远”，自古亦然。

人们常说：“新闻是易碎品”，过眼烟云，难以保持久远。这是因为一般新闻人事报道，只重事实而乏美质；只注意新闻人事“5 个 W”的基本规范，而乏报道的审美品格。但国内外那些历久弥新的新闻经典之作恒常的生命力，提出了反证：如范长江的系列新闻作品、穆青的《焦裕禄》、魏巍的《谁是最可爱的人》、徐迟的《哥德巴赫猜想》、爱伦堡的《西线无战事》、斯诺的《西行漫记》等。有写事，有写人，都传遍遐迩，镌刻在人们记忆中。其何以然，盖都在于具有审美品格，即文学艺术的形象感染力。

足证，人类精神活动，不仅求知，而且求美。如何增强新闻作品的强磁力，是报业工作必须面对的课题。读者要求新闻冲击力、穿透力的同时，也要求新闻人事报道在真实的基础上具有审美情趣。但新闻报评，却一般地没有从“新闻八股”的框架中解脱出来，以致读者往往把“满纸新闻语言”与“听读味同嚼蜡”联系讽喻。因而，如在新闻报道中善于“因体赋形”，探索新闻报道的多元结构方式，这就首先需要插上文学艺术的羽翼，如同穆青所言：报纸“一篇新鲜活泼、精彩优美的作品，就是一首动人的诗，一曲悦耳的歌，一段美丽的舞，让人们读了，听了，看了，从中获得一种美感，心理上得到一种愉悦和享受”。

卫君翔的新闻作品之所以具有强磁力，就在于他的人事报道、特写通讯，在行文上，在结构上，无不具有浓郁的审美品格，甚至达到了“读文知人”的程度。这就证明了卫君翔在新闻写作的文体上，已经形成了独特的飘逸潇洒、豪宕开阔的风格，而风格是一个新闻记者成熟的标志。研读全书，口诵心醉，有落笔兴波，一泓清泉碧澄见底之作；有浓墨重彩、声情并茂之文；有汪洋恣肆、淋漓酣畅篇章；有逸气绝尘、蕴藉高雅、闳远通达的天然文墨，这就自然使其作品平添了盎然意趣，呈现感染力浓、可读性强的特点。

新闻记者有三种类型：新闻型、文学型、学者型。时下报人，多属新闻型，少有文学型，而学者型更为罕见。在中国能够身兼新闻、文学、学者三型于一体的莫过于萧乾。这位 20 世纪 30 年代即享誉国际、硕果仅存的报界大师，无疑是中国新闻界光芒四射的明星。而在卫君翔身上，我欣喜地发现，他已具有新闻型的敏感素质，善于捕捉新闻的焦点、热点以及时代前沿话题，而且文质彬彬，具有审美素养。同时，在他行文走笔思辨性的语境中，我也隐约感到他在新闻、文学型的基点上向学者型的高峰攀登，这是异常可喜的趋向。

我愧为其师，深知他孜孜其学，博览、精读、熟记、远虑、忧思、力行的学养品德。这春秋廿年的苦学功力，厚积薄发，已经使他新闻之作内含着如下的雏形：有的体大思精，器识宏伟，张力磅礴；有的行文绚烂如画卷，识见博物似殿堂。写大业，气吞山河，目骇神夺；写正气，大声镗鞳，宏朗乾坤；写自然，依山点石，借海扬波。论其视野，如广宇无涯，气象万千，视通万里；论其思路，深思邈远，淹贯中外，思接千载；论其笔力，如金戈铁马，矫健有力，纵横驰骋；论其气势，如大川决堤，冲飚激浪，一泻千里；论其结构，如大梁巨石，缔结广厦，豁朗壮美。展卷读之，如同开门雪满山，推窗见明月；掩卷思之，意趣盎然，余音袅袅，挥之不去。

总之，本书各章，既有鸿篇大论，胸怀全局，为时代放歌立言，有认识的洞察力；又有短剑匕首，笔锋犀利，褒贬春秋，有微言大义的穿透力。贯穿全书的主旋律，是通过新闻人事报道、社论点评，立足时代前沿，为改革开放和社会主义现代化建设大业鸣锣开道，召唤伦理道德，弘扬崇高人性，赞颂廉政，扶正镇邪，清除精神垃圾，净化社会人心，为真善美的人和事，放声鼓呼，是长管直写青云，笔揽春秋唱大风的。

时下商潮冲击，粉腻脂香，铜臭气息，血腥荒诞笼罩书市。本书之出，犹如拂尘清风，恰似春风化雨，使人耳目一新。在《时代的档案》中，可以移情益智，感受社会历史的巨变，从而响应时代的召唤，投身于新世纪振兴中华的伟业中去。

是为序。

跟着老卫写新闻[1]

郭瑞倩

老卫者，《运城日报》副总编卫君翔也！

1992年春节刚过，临近毕业的我有幸在运城报社科教部实践学习了20余天，老卫时任该部的副主任，是当时编辑部最为年轻的中层干部。彼时，运城报人最津津乐道的优良传统之一，就是对平等与民主的生动践行，小辈称老辈一律为“老某”，老辈称小辈一概是“小啥”，亲切自然，职务那玩意儿只存在于档案或表格当中。我不便入乡随俗直呼其老卫，又不愿冒全社之“大不韪”恭称其职务，所以，我找到了一个自以为最准确的叫法，称他卫老师。

卫老师时常下乡，在办公室打照面不多，有限的几次，却对我关照有加，让试编过几条短稿，还布置过一个由他亲自命题的小言论，限定500字。我搜肠刮肚写了两页多稿纸交卷。未几，那几页稿纸即返回眼前：除标题、署名未加改动，天头地脚、左右边白、字里行间，齐密密全是红蘸笔的卫氏毛体草书。卫老师逐字句点读一遍后，嘱我誊写工整，多加体会。我面红耳赤，边抄边比照，越誊越开窍。学生腔多是“为赋新词强说愁”，而唯经社会大学之历练洗礼，方通“修辞立诚”说之要义，皆在“说真话，道真情”。写文章如此，做新闻尤是。

毕业后，顺利进入运城日报社工作，将近三年的

① 作者郭瑞倩，《运城日报》文化新闻部主任，主任编辑，曾获第30届中国新闻奖。此文写于2008年。

努力，终如愿当了编辑、记者，并直接成为卫老师的麾下，他已经担任农村部的主任了。自此，耳提面命、墨浸笔染更成为常态。

1995 年 11 月，永济董村农民杜德建获全国科技兴农知识大赛一等奖，国家副主席荣毅仁亲自为他颁发了金牌。老卫闻讯后甚是激动，第一时间带领我前往杜德建家中采访，发掘出杜德建十几年间节衣缩食创办家庭科技图书馆的感人事迹。是夜，我通宵未眠，赶写出了长篇通讯的初稿。次日一早向老卫交稿。老卫仅看了开头，便大呼："慢了！慢了！"我满头雾水，连夜写，一早交，好家伙，这还慢？

"进入太慢了！小郭，我跟你讲，这破题如切瓜，一刀下去，要的就是黑籽红瓤，万不要这样细细铺陈。"说着，红毛笔刷刷几笔，开头即改定。

接着又讲："你的文章开头胡同太深，入题太慢，半天显不出主旨。写文章，尤其是新闻写作，要讲究立马见意，要追求'开门即见雪满山''一唱雄鸡天下白'的表达意境和效果。好了，你一夜辛苦，稍事休息，弄好了我叫你。"言罢即又提起红毛笔在我的草稿上批改驰骋起来。我虽洋洋昏昏，但哪里敢睡踏实，果然只几十分钟，老卫便喊我发稿了。一看便由不得心生惊叹，通讯改定了不说，连配发的评论都撰写好了。

看大样的时候，我细细琢磨着老卫的每一笔改动，每一处增删，细细体会着批改前后的区别，对于写人记事的通讯，确有一种醍醐灌顶的顿悟。这正是：璞玉不琢难成器，文章何惧经人改？高手胸怀凌云笔，巧增妙剪焕新彩。这篇《跨世纪农民的榜样》的通讯后获中国地市报新闻奖，成为我所获得的首个新闻专业奖项。

和老卫在一起久了，便发现了他更多异于常人的特点来。

老卫的思想永远都处于一种亢奋和游走状态，一般人很难跟上。现在新闻界提倡的下基层和"走转改"，老卫早在当时主政农村部期间就从没放松过。他不仅开设了"农民来到编辑部"这样很接地气的王牌栏目，为“腿脚满是泥泞的农民”搭建了直通编辑部的绿色无障碍通道，更带着全体编辑、记者直接开赴山庄窝铺、田间地头，将编辑部办到农家院；他策划的“走南闯北河东人”系列报道，被地委升格为全区新闻系统的重大战役协作执行完成；他书写了大河东的“苹果”宣言，引起了行署专员的高度重视并通过媒体作出了庄严的承诺，报纸由此又推出了“专员的承诺，就是我们的承诺”的主题专版及系列栏目。

老卫的文章永远都有王官谷飞瀑那样的气魄与高度（王官谷是他的家乡），一般人无法企及。只要他不外出，撰写社论、发刊词、编辑部文章、本报评论员文章的“大权”就不会旁落；重大典型报道或重要工作通讯，只要老卫出手，篇篇都是精品，就是范例；生活中老卫不多言辞，但在工作状态下，他一发声必然是振聋发聩、余音绕梁。他从不说同样的话语，写雷同的文字，他的语境与表达永远是立于潮头的清新。在这个方面，老卫是当之无愧的达人。

老卫是有才情的人，更是一个有激情的人。他的才情，一如他王官谷老宅前的山溪，清亮委蛇，无休无止；他的激情，就像喷涌自地壳深层的岩浆，灼热炫丽，铄石流金。看老卫文章多了，总有“老卫为文如征战”的感觉。一旦挥舞起他那杆“百炼钢作绕指柔”的长笔，将才情与激情两匹骏马套进战车，我们的老卫必定会排开他的字兵词将，纵横开阖马踏连营如入无人之境，想杀他几个来回就杀他几个来回。那真是别样潇洒！这才叫一个过瘾！

老卫的才情是公认的，钦佩老卫到五体投地程度的大有人在，言老卫倚马之才的故事也有多种版本。仅择其二。

其一：那还是新世纪来临的前夜。夜班人员在报社食堂用餐时，社长和总编辑看着老卫，似有期待地说：“我们还是要发表一篇本社的元旦社论。”和班子其他成员用过晚饭，缓缓踱回办公室的老卫准备上手迎接新世纪的元旦社论了。相关环节的人都在各司其职做新年新版面的最后的准备工作，当然，头版编辑要给老卫留足元旦社论的版面位置。履新不久的社长心里还是觉得不够瓷实：君翔，要不到宾馆开个房间安安静静地写？老卫笑对：就在办公室吧，在这里写有感觉呢！旋即关上房门，略加思索，铺开稿纸，接着就是长笔走纸的沙沙声了。楼道里依然是各路人马自顾自地按部就班，招呼应答声、咚咚的脚步声此起彼伏。可能也就是一个多钟头的样子吧，老卫办公室的门吱的一声开了，他那冒着热气的大作问世了。光看标题就让人为之一振——“未来如歌 与时共进 ——写在新世纪来临之际”，好呀，精练、大气、清新！再看首段，好啊，提神、聚气、见功力啊——

今天，新世纪的第一缕阳光照耀在人类上空，沐浴着万古不息的黄河和日日催新的河东。刚刚绘制的新运城蓝图——黄河金三角地区现代化园林式工贸旅游中心城市，在新世纪阳光的映照下，闪烁着更加夺目的光芒。年轻的运城，将以百倍的信心和勇气，跨入新世纪的门槛，迈开现代文明的城市化步伐。

故事到此才进行了一半。这篇文章后获得了“山西新闻奖”一等奖，是该年度唯一的社论言论奖，以致省记协领导任思霖（原山西日报社社长）莅运后，专门要见到这篇社论的写手。在夏县温泉吃饭时，他特意来到老卫桌前，与老卫碰了杯酒，当众予以赞赏。

其二：这事过去时间还不长。市里当天有一项重要活动，傍晚时分编委会决定要配发一篇评论，时间紧任务重，自然还是老卫出马。头版编辑心里那个着急，便屡次到老卫办公室打探。最后一次不幸被老卫发现。老卫招呼他喝茶抽烟，但就是不见他提稿子的事，也不见他写。烟茶用毕，老卫起身欲回家用晚饭。编辑赶紧提醒稿子事。老卫边锁门边说，“不急，不急，等我回去吃罢晚饭，再——” 话未说完，编辑先已崩溃，心想：啊？要吃完饭再写啊，来得及吗？哪里知道，老卫没说完的后半句话这才又悠悠飘过来：“再小睡上一觉，就来写稿。”编辑闻听此言，拿脑袋撞墙的心都有了。果然，晚上八点多了，精神头十足的老卫才返回办公室，端坐在电脑前，一口气敲完了 1000 多字的评论，直接就签发上版了，时间刚刚九点。所有的当值编辑均深深为之折服。就此事我曾直接向老卫求证过。老卫未作正面回答，指着我哈哈大笑，你这个小郭啊，咱们做新闻的，睡觉休息，就像演员出场前虽身处后台，但心早已进入状态，岂有不考虑稿子的道理？

人的激情决定于其精神状态、理想信念，人的才情固然有天赋的成分，但也不尽由天赋所主宰。至少于老卫来说便是这样的。对老卫的这个认识，我是 2006 年才正式生成的。

那一年，老卫与恩师景克宁教授合著的思想大书《生命力量》（二版时还原为原书名《客厅里的大学》）由人民出版社出版发行，冲击波迅速影响全国各地。在我看来，这是一棵为师生两代，以自身学养与智慧颅脑共同培植的思想大树，是一部能让所有读者荡涤心灵，再构知识方阵的思想大书。

品读过《生命力量》之后，我突然意识到，我居然是这部大书的见证者之一，也正是从那一刻起，我似乎破译了老卫汩汩才情背后隐藏着的部分密码。

1996 年前后一年多的时间里，我随同老卫先后五次前往景克宁教授寓所拜访，时间有早上，有中午，也有晚上。每一次老卫都与教授就一些问题进行交流，而我则静静坐在旁边聆听着。有一天晚上，从教授家离开，我随同老卫回到了办公室，他即刻展开了一个规格宽大的白皮笔记本，急急地记了好一阵子，而我并没有意识到他在做什么，只是无聊地翻着书报。等到《生命力量》出版，我从中看到了好几个似曾相识的篇目，这才明白，有心的老卫每次从教授处归来，都要将教授的谈话以及自己的思考及时予以整理记录。他随手之间，竟然做了这么一件具有独特意义与价值的事情！

由此，我联想到老卫办公室、皮包内总能看到的各种规格的笔记本，以及他记笔记时或随意、或庄重的表情来；从此，我也格外关注起他所积累的一本本、一页页的笔记来（此处不谈他的读书与学习，他是研究哲学的），也有意识地照着去做，却总是坚持不好。

我知道，这一页页的笔记一定不是老卫才情的全部发源，但却一定是他思想河流中，十分重要的支流之一。

我庆幸我一开始就做了老卫的兵。

我庆幸我不止一次看到老卫于长夜灯下急就章时不管不顾的身影。

我庆幸我有数次外出采访与老卫共寝一室彻夜聆听其教的宝贵机会。

从老卫身上，我才明白：

有一种才情始于积累！

有一样精神发乎热爱！

有一种力量源自勤奋！